Kai Leuner

Jagd auf den Anwalt

Alle Figuren dieses Romans sind vom Autor frei erfunden. Jegliche auch nur entfernte Ähnlichkeiten mit realen Personen, lebenden oder toten, wären reiner Zufall. Gleiches gilt für die beschriebenen Ereignisse. Der Autor hat sich zudem die Freiheit genommen, die Beschreibung einiger Prozeduren und Schauplätze in Dresden wie auf der Ostseeinsel Rügen den erzählerischen Erfordernissen der Geschichte unterzuordnen und gelegentlich von der Realität abzuweichen.

Der Autor

Kai Leuner, Jahrgang 1974, arbeitete bereits während seines Jura-Studiums für verschiedene Tageszeitungen und ein Sportmagazin. Nach dem Examen führte ihn sein beruflicher Weg unter anderem nach Washington, D.C. und nach Tokio. Der langjährige Berater eines Abgeordneten und spätere Wirtschaftsstaatsanwalt lebt in der Nähe von Dresden. Neben den Büchern gehört seine Liebe den Vereinigten Staaten, die er regelmäßig bereist. Zuletzt erschien im Prolibris Verlag sein Thriller „Kardinalfehler".

Mehr unter www.kai-leuner.de

Kai Leuner

Jagd auf den Anwalt

Dresden Thriller

Prolibris Verlag

Originalausgabe 1. Auflage 2010

Tel.: 0561/766 449 0, Fax: 0561/766 449 29

Lektorat: Anette Kleszcz-Wagner
Korrektur: Christiane Helms
Titelfoto: © Helmut Freudenberg, Kassel
Druck: GGP Media GmbH, Pößneck
ISBN: 978-3-935263-77-1
www.prolibris-verlag.de

Für meinen Bruder

1

Am Elbufer unterhalb der Pirnaer Altstadt wimmelte es von Angestellten aus den nahe gelegenen Büros, die ihre Mittagspause für ein Sonnenbad nutzten. Eine Gruppe Schüler spielte Fußball, vier gegen vier, mit Taschen und Rucksäcken als Torpfosten. Helles Lachen schwirrte durch die Luft. Auf einer Bank saßen drei junge Verkäuferinnen, die Mineralwasser tranken und ein vorbeifahrendes Motorboot mit dem Namen *Copacabana* beobachteten. Der Skipper, ein braun gebrannter Mann mit dunklem, windzerzaustem Haar, winkte lässig herüber.

Nur wenige Fußminuten entfernt lag das Amtsgericht. Das gläserne Bürogebäude war Ende der neunziger Jahre neben der alten Garnisonskirche errichtet worden. Im Erdgeschoss befanden sich die Verhandlungssäle, in den oberen Etagen die Büros der Richter und ihrer Geschäftsstellen. Soeben wurden die Türen von Saal 001 geöffnet, in dem die *Nachlasssache Ovic* verhandelt wurde. Der Richter hatte die Sitzung unterbrochen, um über sein Urteil zu befinden. Nun strömten Prozessbeteiligte und Zuschauer hinaus an die frische Luft oder zu einem schnellen Mittagessen in einer der zahllosen Imbissstuben der Altstadt.

Michael Krohn ging mit stolzer Miene die Treppe des Gerichtsgebäudes hinunter. Die Verhandlung war perfekt verlaufen. Er hatte sämtliche notwendigen Beweise vorgelegt. Seine Zeugen hatten ihre Sache hervorragend gemacht. Alles, wirklich alles deutete auf einen Erfolg seiner Mandantin hin.

Vom Gericht schlenderte der Anwalt über die Obere Burgstraße in Richtung Elbe. In einer Subway-Filiale kaufte er ein Sandwich mit Thunfisch und schwarzen Oliven und eines mit Roastbeef und Honigsenf. Damit setzte er sich auf eine Bank direkt am Ufer. Nachdem er seine schwarze Aktentasche beiseite gelegt hatte, streckte er mit wohligem Seufzen die Beine aus. Während er in die Sonne blinzelte, musste er leise vor sich hin lachen.

»Irgendwann klopft das Glück bei jedem an die Tür«, pflegte sein Vater stets zu sagen. Früher hatte er das nie geglaubt. Mittlerweile schon. Denn er hatte das Klopfen gehört, hatte die Tür geöffnet und das Glück willkommen geheißen.

Mit offenen Armen.

Er war Ende zwanzig und Anwalt bei Herzog, Strasser & Beermann, einer sehr großen, einflussreichen Kanzlei in Dresden. Sein Jahresgehalt betrug einhundertzwanzigtausend Euro. Schon bald würde er Partner werden und das Fünffache verdienen. Er war mit der Tochter des Kanzleigründers verheiratet. Und gerade eben führte er einen Prozess, bei dem es um vier Millionen ging. Das Erfolgshonorar von HSB betrug fünfundzwanzig Prozent. Also konnte er seiner Kanzlei allein mit diesem einen Fall eine Million Euro einbringen.

»Ich weiß genau, was Sie gerade ausrechnen!« Eine spöttische Stimme riss Michael aus seinen Tagträumen.

»Was machen Sie denn hier?« Freudig überrascht sprang er auf.

Vor ihm stand Andreas Brunner, sein Mentor. In den ersten drei Jahren stellte die Kanzlei jedem angestellten Anwalt einen Partner zur Seite, der den Berufsanfänger unter seine Fittiche nahm und ihm das beibrachte, was die Universitäten nicht lehrten. Michael war mit Brunner von Anfang an bestens zurechtgekommen. Mittlerweile hatte sich zwischen den beiden ein beinahe freundschaftliches Verhältnis entwickelt.

»Was ist mit Ihrem Termin in Zürich?«

»Erledigt. Ich komme direkt vom Flughafen. Ihren ersten großen Sieg vor Gericht wollte ich mir nicht entgehen lassen.«

Brunner setzte sich auf die Bank, griff nach der Papiertüte von Subway und fischte ungeniert das Roastbeef-Sandwich heraus. Vorsichtig roch er daran, ehe er hineinbiss. Während er aß, wanderte sein Blick über Michaels rosafarbenes Hemd und die gleichfarbige, etwas dunklere Krawatte.

»Heute findet der wichtigste Prozess Ihrer jungen Karriere statt«, sagte er vorwurfsvoll, »und Sie tragen Rosa? Das kann nicht Ihr Ernst sein!«

Michael antwortete nicht. Sein Kleidungsstil war für Brunner ein ständiges Reizthema. Er schob es auf den Altersunterschied, denn sein Mentor war bereits Mitte vierzig. Allerdings ein ausgesprochen gut aussehender Mittvierziger, der regelmäßig in einem Fitnessclub trainierte und begeistert Golf spielte. Mit fast einem Meter neunzig, den kurzen dunkelblonden Haaren und dem maßgeschneiderten Nadelstreifenanzug war Brunner eine imposante Erscheinung. Die interessierten Blicke der Frauen galten in der Regel ihm, nicht Michael.

»Wie war es denn im Gericht?«, fragte Brunner kauend. »Ich nehme an, Ovic senior ist nicht aufgetaucht.«

»Nein, natürlich nicht. Der Staatsanwalt hat zwar vorsorglich zwei Polizisten geschickt, aber Ovic ist schließlich kein Dummkopf. Wahrscheinlich hat er sich längst ins Ausland abgesetzt.«

»Und die Verhandlung?«

Michael grinste selbstbewusst. »Der Richter kann gar nicht anders als zu unseren Gunsten zu entscheiden.« Er gab seinem Mentor eine kurze Zusammenfassung, während er sich über das Thunfischsandwich hermachte. »Wie lief eigentlich Ihr Termin in Zürich?«, fragte er schließlich.

»Exakt nach Plan.« Brunner klopfte zur Bestätigung auf seine schwarze Aktentasche aus Rindsleder. Sie glich der von Michael aufs Haar, war aber um einiges älter. Brunner hatte sie vor fünfzehn Jahren von seiner ersten Ehefrau geschenkt bekommen. Als ihm Michael zur Ausbildung zugewiesen wurde, hatte er in derselben kleinen Werkstatt in Hellerau eine identische Tasche anfertigen lassen und seinem neuen Schützling als Einstandsgeschenk überreicht. Seine Rolle als Mentor nahm Brunner sehr ernst. Dass er heute trotz seines randvollen Terminkalenders extra nach Pirna gekommen war, rechnete Michael ihm hoch an.

»Wo ist eigentlich Ihre Mandantin?«, fragte Brunner.

»Frau Ebert wollte im Gerichtssaal warten. Die Verhandlung hat sie ziemlich mitgenommen. Ich habe ihr gesagt, dass wir …«

In diesem Moment klingelte Michaels Telefon. Ein kurzer Wortwechsel, dann sprang er auf. »Das war die Geschäftsstelle von Richter Haubold. In zehn Minuten soll das Urteil verkündet werden.«

Auf einmal klang seine Stimme heiser vor Aufregung. Sein übergroßes Selbstbewusstsein war verschwunden. Unsicher sah er Brunner an. »Das ging extrem schnell. Fast zu schnell. Wenn der Richter nicht glaubt, dass Ovic die Heirat wirklich wollte, dann ...«

»Ganz ruhig, Michael.« Brunner warf die Sandwich-Tüte in einen Papierkorb. »Wenn Sie auf dem Schießstand stehen, müssen Sie doch auch einen kühlen Kopf bewahren. Mein Gefühl sagt mir, dass Sie schon in wenigen Minuten ein Held sind. Und auf mein Gefühl kann ich mich verlassen.«

2

Der Saal war bis auf den letzten Platz gefüllt. Spannung lag in der Luft. Die beiden Anwälte gingen mit schnellen Schritten zur Bank der Klägerin, wo sie sich so geräuschlos wie möglich niederließen. Flüsternd machte Michael Birgit Ebert mit Andreas Brunner bekannt.

»Erheben Sie sich!«, sagte die Urkundsbeamtin mit lauter Stimme, bevor der Richter durch eine Hintertür den Saal betrat.

Wolfgang Haubold hatte einen runden, kahlen Kopf und massige Schultern. Die schwarze Robe spannte über seinem Bauch. Er musterte die Zuschauer, die beinahe regungslos vor ihren Stühlen standen. Erwartungsvoll starrten sie auf das Blatt Papier in seiner Hand. Einen quälend langen Moment war es im Saal völlig still. Dann ertönte die sonore Stimme des Richters.

»Im Namen des Volkes ergeht folgendes Urteil ...«

Michael wagte nicht, zu atmen oder gar den Richter anzusehen.

»... Der Klägerin ist ein Erbschein als Alleinerbin des Erblassers Marek Ovic zu erteilen. Der Erbschein des Beklagten wird eingezogen. Der Beklagte hat die Kosten des Verfahrens zu tragen.«

Michael schloss die Augen. Er hörte das Blut in seinen Ohren rauschen. Durch die Zuschauerreihen ging zustimmendes Raunen, schließlich wurde vereinzelt sogar applaudiert.

»Bitte nehmen Sie Platz!« Richter Haubold wartete, bis im Saal wieder Ruhe eingekehrt war. Er blickte kurz auf ein zweites Blatt Papier, auf dem er in akkurater Schrift einige Stichpunkte notiert hatte. Dann fuhr er fort: »Zur Urteilsbegründung. Die Klägerin Nadine Ovic, geborene Ebert, die in diesem Verfahren durch ihre Mutter vertreten wird« – er nickte Birgit Ebert zu – »hat sich gegen die Erteilung eines Erbscheins an den Beklagten gewandt. Sie ist der Auffassung, dass nicht der Beklagte, sondern sie Alleinerbin von Marek Ovic ist. Das Gericht hatte zur Entscheidung dieser Frage in erster Linie darüber zu befinden, ob die zwischen der Klägerin und Marek Ovic in Las Vegas geschlossene Ehe rechtsgültig war.«

Haubold griff nach einem dritten Blatt Papier in auffällig roter Farbe. »Gegen den Beklagten Arden Ovic liegt ein Haftbefehl des UN-Tribunals in Den Haag vor. Wie wir alle den Zeitungen entnehmen konnten, ist er derzeit unbekannten Aufenthalts. Da er hier durch seinen Anwalt vertreten wird«, jetzt blickte der Richter zu Ovics Rechtsbeistand, dann auf den leeren Platz neben ihm, »war das Gericht jedoch nicht gehindert, über die Klage zu entscheiden.«

Michael nickte zustimmend.

»Im Ergebnis der heutigen Beweisaufnahme ist das Gericht zu der Überzeugung gelangt, dass die Ehe zwischen Marek Ovic und Nadine Ebert ordnungsgemäß zustande gekommen ist. Die nötige Heiratserlaubnis lag vor. Die Trauung wurde vorschriftsmäßig von einem Standesbeamten und in Anwesenheit eines Trauzeugen vollzogen. Der Beklagte hat vortragen lassen, dass sein Sohn nicht gewusst habe, dass es sich bei der Zeremonie um eine Heirat handele. Das Ganze habe nur eine Art Urlaubsvergnügen sein sollen, die Laune eines frischverliebten jungen Paares. Keiner von beiden habe im Moment der Trauung ernsthaft an eine Hochzeit gedacht. Außerdem sei sein Sohn betrunken gewesen. Er habe die Belehrungen des Standesbeamten gar nicht verstehen können.«

Aus den Zuschauerreihen war ein protestierendes Murmeln zu vernehmen.

»Ruhe im Saal, bitte!« Haubolds Miene verfinsterte sich, und die Geräusche verstummten abrupt. »Die Beweisaufnahme hat ergeben, dass Marek Ovic um den Charakter der Zeremonie wusste und die Eheschließung auch wollte. Der von der Klägerin vorgelegte Videofilm belegt zweifelsfrei, dass das Paar vom Standesbeamten eingehend belehrt wurde, und zwar in englischer und deutscher Sprache. Hinweise, dass Marek Ovic betrunken gewesen sein könnte, enthielten die Aufnahmen nicht. Die vernommenen Zeugen haben zudem bestätigt, dass sich der Verstorbene und die Klägerin bereits vor der Abreise nach Las Vegas mit dem Gedanken trugen, dort zu heiraten.«

Michael saß auf seinem Platz, unfähig, sich noch länger auf die Worte des Richters zu konzentrieren. Alles um ihn herum drehte sich. Er fühlte sich wie jemand, der auf nüchternen Magen ein großes Glas Champagner getrunken hat. Vier Millionen Euro. Davon ein Viertel für die Kanzlei.

Vor seinem Auge begannen die Zahlen zu tanzen wie Go-Go-Girls.

»Nach alldem gelangt das Gericht zu dem Ergebnis, dass die Klägerin mit dem Sohn des Beklagten im Juli des vergangenen Jahres wirksam eine Ehe eingegangen ist. Marek Ovic ist wenige Tage nach der Heirat ums Leben gekommen. Nach serbischem Recht, das wir hier anzuwenden haben, weil der Erblasser serbischer Staatsangehöriger war, ist die Klägerin als Ehefrau Erbin seines gesamten Vermögens. Der Erbschein des Beklagten wird deshalb eingezogen.« Haubold wirkte wie ein Mann, der mit seiner Arbeit zufrieden ist. »Damit ist die Verhandlung geschlossen.«

Nun ertönte in den Zuschauerreihen heftiger Beifall. Es waren vor allem Freunde der Eberts, die heute gekommen waren.

Michael umarmte Birgit Ebert und nahm die Glückwünsche seines Mentors entgegen. Ehe er ihm die Hand reichte, wischte er verstohlen seine schweißnassen Finger an der Hose ab.

»Willkommen im Club der erfolgreichen Prozessanwälte!«, sagte Brunner und lächelte wie ein stolzer Vater. »Jetzt muss ich aber los. Ich habe in Dresden noch einen Termin.«

Michael seufzte. »Auf mich wartet im Büro ein großer Stapel Akten. Gestern ist wegen der Prozessvorbereitung alles liegen geblieben.«

»Übertreiben Sie es nicht, Michael. An einem solchen Tag sollten Sie lieber nach Hause fahren und Ihren Erfolg genießen.«

»Das geht leider nicht. Einige der Sachen sind ziemlich eilig. Aber heute Abend will ich mit Julia feiern.« Beim Gedanken an seine Frau spürte Michael ein wohliges Kribbeln. »Danke, dass Sie hier waren, Andreas. Das bedeutet mir sehr viel.«

»Keine Ursache. Erzählen Sie aber Herzog nichts davon. Der ist sowieso sauer wegen der ganzen Zeit, die Sie mit diesem Prozess verplempert haben.«

Michaels Miene trübte sich bei der Erwähnung seines Schwiegervaters. »Hat er das gesagt?«

»Nicht direkt, aber was erwarten Sie? Wir beide wissen doch, dass Frau Ebert von den vier Millionen keinen Cent sehen wird. Und kein Geld für sie bedeutet kein Honorar für die Kanzlei.«

3

Nachdem Brunner gegangen war, beantwortete Michael ein paar Fragen eines Reporters des MDR-Fernsehens und ließ sich vom Fotografen der Sächsischen Zeitung auf der Treppe des Gerichtsgebäudes ablichten. Als er sah, dass Birgit Ebert noch in ein Gespräch mit einigen Zuschauern vertieft war, griff er zum Telefon.

»Ich bin's«, flüsterte er, als er Julias Stimme hörte. Er versuchte gar nicht erst, seinen Triumph zu verbergen.

»He, da hat wohl jemand gerade den Jackpot geknackt?« Selbst durchs Telefon klang ihr Lachen unglaublich sexy.

»Und ob! Ein Sieg auf der ganzen Linie. Es ist einfach … unglaublich.«

»Du musst mir alles ganz genau erzählen.«

»Versprochen!«

»Wann kommst du?«

»Ich würde mal sagen, gegen acht. Und dann ...«

»Wie bitte? Du wirst doch wenigstens heute etwas eher verschwinden können.«

»Erzähl das deinem Papa! Der sitzt mir seit Tagen wegen der Kulikow-Sache im Nacken. Tut mir leid, aber vor acht schaffe ich es wirklich nicht. Hör mal, wollen wir richtig feiern gehen? Was hältst du vom *Schmidts*?« Das Hellerauer Nobelrestaurant war bei Dresdner Anwälten äußerst beliebt.

»Das klingt wunderbar.«

»Ich bestelle uns einen Tisch. Also bis später!« Michael strahlte über das ganze Gesicht, als er sein Handy wegsteckte.

Er schaute sich nach Birgit Ebert um. Sie stand an der Eingangstür und winkte ihm zu. Über seine Einladung zu einem Glas Champagner schien sie sich zu freuen. Gemeinsam gingen sie ins Restaurant des Romantik-Hotels, das sich direkt am Markt befand.

Michael hatte Birgit Ebert vor drei Monaten kennengelernt, bei einer Sitzung des Pirnaer Stadtrates, in der über das Bauprojekt eines Mandanten beraten wurde. Birgit Ebert arbeitete im Stadtratsbüro. Als er sie nach der Beschlussvorlage fragte, waren sie ins Gespräch gekommen. Schon bald wusste er, warum die dreiundvierzigjährige Frau die Züge einer Sechzigjährigen hatte und der wohl traurigste Mensch war, dem er je begegnet war.

Die Eberts waren eine Bilderbuchfamilie gewesen, mit einer hübschen Tochter und einem eleganten Haus im Pirnaer Ortsteil Jessen, in Nähe des Graupaer Waldes. Der erste Schicksalsschlag hatte sie vor sieben Jahren ereilt, als Martin Ebert, ein gefragter Innenarchitekt, an Darmkrebs gestorben war. Zu Birgits Schmerz waren die plötzlichen finanziellen Sorgen gekommen. Denn für den Hauskauf hatten die Eberts einen hohen Kredit aufgenommen. Mit ihrem geringen Gehalt allein konnte Birgit die Raten nicht mehr aufbringen. Notgedrungen hatte sie verkauft und war in eine kleine Wohnung auf dem Sonnenstein gezogen. Trotzdem hatte sie noch jede Menge Schulden. Von einem Tag auf den anderen sah sie sich mit einem völlig neuen Leben konfrontiert. Einem Leben, das sie bislang allenfalls aus dem Fernsehen kannte, mit Gehaltspfändungen und Besuchen des Gerichtsvollziehers. Mit Einkäufen nur bei den allerbilligsten Discountern. Und der immerwährenden Angst, Waschmaschine oder Kühlschrank könnten kaputtgehen.

Doch Birgit Ebert war keine Frau, die sich vom Schicksal herumschubsen ließ. Es hatte ihr den Ehemann genommen, aber sie wollte nicht akzeptieren, dass es ihrer Tochter die Kindheit raubte. Also hatte sie Nadine all ihre Liebe und Zärtlichkeit geschenkt, sie behütet und umsorgt, fest entschlossen, ihr es an so wenig wie möglich fehlen zu lassen. Abends und am Wochenende arbeitete Birgit als Kellnerin in einem Restaurant in Dresden, um zusätzlich Geld zu verdienen. Für den Musikunterricht ihrer Tochter zum Beispiel oder die teuren Klassenfahrten. Nadine, die im Gymnasium zu den Besten ihres Jahrgangs zählte, wollte nach dem Abitur wie ihr Vater Innenarchitektur studieren.

Doch dann lernte Nadine Marek Ovic kennen, einen jungen, smarten Immobilienmakler.

»Ich mochte ihn nicht«, hatte Birgit Ebert Michael erzählt. »Vom ersten Moment an mochte ich ihn nicht. Er war einer dieser etwas zu gut aussehenden Burschen. Sie wissen schon, immer zu braun gebrannt, zu viel Parfüm. Er hatte etwas Oberflächliches.«

»Aber Nadine war in ihn verliebt.«

»Bis über beide Ohren. Mein Gott, sie war siebzehn! Und er acht Jahre älter, ein galanter, aalglatter Verführer. Im Grunde hatte sie gar keine Chance.«

Birgit Ebert hatte Michael ein Foto von Nadine gezeigt. Ja, sie sah hinreißend aus, und die Art, wie sie in die Kamera lächelte, verriet, dass sie das wusste. Lange kastanienbraune Haare, ein sinnlicher Mund und verführerische Rundungen, kaum verhüllt von aufreizend knapper Kleidung. Eine betörende Schönheit, der die Jungs vermutlich in Scharen hinterherrannten.

»Wir hatten mehrmals heftigen Streit. Nadine warf mir vor, ich würde sie einsperren. Und alles an ihrem geliebten Marek nur schlechtreden. Unser Verhältnis kühlte sich merklich ab. An ihrem achtzehnten Geburtstag hatte ich mir frei genommen. Wir wollten nach Dresden fahren, um ihr ein iPhone zu kaufen, das sie sich schon lange wünschte. Sie hatte in den Ferien in einem Supermarkt gearbeitet und Geld gespart. Den Rest wollte ich drauflegen. Doch als ich morgens in ihr Zimmer kam, war ihr Bett leer. Auf dem Kissen lag ein Brief.«

»Ich ahne, was darin stand.«

Birgit Ebert hatte ihre Tränen nicht zurückhalten können. »Nadine schrieb, dass ich mir keine Sorgen machen solle. Sie werde mit Marek nach Las Vegas fliegen, um zu heiraten. Einfach mal so nach Las Vegas, können Sie sich das vorstellen? Und dann auch noch, um zu heiraten! Ich war wie vor den Kopf geschlagen. Bei der Polizei sagte man mir, dass Nadine volljährig sei und reisen könne, wohin sie wolle.«

»Aber für Amerika braucht sie doch einen Pass.«

»Sie besaß ja einen. Vor einem Jahr durfte sie an einer Mathematik-Olympiade teilnehmen, in Minsk. Dafür hatten wir den Pass beantragt.«

»Hat Nadine nicht wenigstens von unterwegs angerufen?«

»Kein einziges Mal. Ich verbrachte die zehn schlimmsten Tage meines Lebens. Eines Abends standen die beiden völlig überraschend vor der Tür. Nadine strahlte vor Freude und zeigte mir ihren Ring. Mir fiel eine Zentnerlast von der Seele, weil es ihr gut ging. In diesem Moment konnte ich nicht einmal mehr böse sein. Ich war einfach nur glücklich, dass mein Kind wohlbehalten zurück war.«

»Und dieser Marek?«

»Mimte den galanten Schwiegersohn, mit Blumen und so. Er hatte mir als Geschenk eine DVD von der Hochzeit mitgebracht. Dabei habe ich nicht einmal einen DVD-Player. Am Ende bat Marek um meine Erlaubnis, dass Nadine bei ihm einziehen dürfe. Ich war sprachlos. Er nimmt sie einfach mit nach Las Vegas, um sie zu heiraten, bittet dann aber plötzlich um meine Erlaubnis!«

»Haben Sie sie denn gegeben?«

»Dazu kam es gar nicht mehr. Noch ehe ich richtig darüber nachdenken konnte, sprang er auf und sagte, dass er und Nadine die Hochzeit mit seinen Freunden feiern wollten. In irgendeiner Nobeldisco in Dresden. Er verabschiedete sich und zog Nadine hinter sich her. Bevor sie ins Auto stieg, winkte sie mir zu, noch immer strahlend vor Glück. Das war das letzte Mal, dass ich meine Tochter lachen sah.«

Was danach geschehen war, hatte Michael später in der Polizeiakte detailliert nachlesen können. Im Devil Dance Club im Dresdner Industriegelände war der Alkohol in Strömen geflossen. Ovic hatte sich nicht lumpen lassen und eine Runde nach der anderen geschmissen. Es gab unzählige Bilder von diesem Abend, denn der frischgebackene Ehemann war nur allzu gern bereit gewesen, mit seiner attraktiven Frau vor den Kameras zu posieren. Ovic hielt beim Schampus kräftig mit und auch beim Wein, der in immer neuen Flaschen auf den Tisch kam. Außerdem ließ er sich Whisky kommen, Chivas Regal, seine Lieblingsmarke. Er trank alles durcheinander, alles zu schnell und von allem viel zu viel.

Nachts um drei war er stockbetrunken und konnte sich kaum noch auf den Beinen halten.

Den Akten hatte Michael entnommen, dass es vor dem Club einen Streit zwischen Marek und Nadine gegeben hatte. Sie sagte, er sei nicht in der Lage, Auto zu fahren. Er entgegnete, dass sie ihm gern zu Fuß nach Heidenau folgen könne. Oder sich ein Taxi nehmen. »Wenn du dir das leisten kannst«, hatte er höhnisch hinzugefügt und war zu seinem Ferrari getorkelt. Nach den Aussagen von zwei Augenzeugen war Nadine ihm widerstrebend gefolgt, vielleicht, um ihn außer Hörweite seiner Kumpels zur Vernunft zu bringen. Oder in der Hoffnung, dieses eine Mal werde es schon gut gehen.

Es war gar nicht gut gegangen.

Auf der A 17 war Marek Ovic mit Tempo 150 gegen einen Betonpfeiler gerast. Er starb noch am Unfallort. Bei Nadine diagnostizierten die Ärzte neben einem Dutzend kleinerer Verletzungen eine Wirbelsäulenfraktur, einen Schädelbasisbruch, ein schweres Schädel-Hirn-Trauma sowie massive Hirnquetschungen. Erst nach sechs Monaten konnte sie aus dem Krankenhaus entlassen werden.

Auf einer Trage.

Für den Rest ihres Lebens würde sie querschnittsgelähmt sein. Viel schlimmer war jedoch, dass sie nicht mehr mit ihrer Umwelt kommunizieren konnte. Nadine lag im Wachkoma. Die Ärzte sprachen von einem Apallischen Syndrom. Sie empfahlen Birgit Ebert, Nadine in ein Sanatorium zu geben.

»Auf Dauer ist es höchst problematisch, einen Pflegefall daheim zu haben.«

»Sie ist kein Pflegefall!«, hatte Birgit wütend entgegnet. »Sie ist meine Tochter!«

Seither kümmerte sie sich zu Hause um Nadine, wusch und salbte sie, wechselte den Dauerkatheter, kämmte ihre Haare und feilte ihre Fingernägel. Sie nahm sich sogar die Zeit, die Nägel zu bemalen, wie Nadine es früher selbst gern getan hatte. Stundenlang saß sie an Nadines Bett, spielte ihr Musik vor und erzählte ihr von ihrem Vater in der Hoffnung, ihrer Tochter irgendeine Reaktion zu entlocken.

Birgit Ebert schien fest entschlossen, dem Schicksal ein weiteres Mal die Stirn zu bieten. Aber es war der junge Anwalt, der die Frage nach der Erbschaft stellte. »Als Immobilienmakler war Marek Ovic doch sicher nicht arm. Sein Geld sollte für Nadines Behandlung zur Verfügung stehen, finden Sie nicht?«

4

Michael Krohn hatte nach seiner ersten Begegnung mit Birgit Ebert lange nachgedacht. Das Schicksal ihrer Tochter war tragisch, gewiss, aber mit Sicherheit war es kein Fall für ihn. Er war ein teurer Anwalt, in einer sehr teuren Kanzlei. Sein Stundenhonorar betrug dreihundert Euro, manchmal sogar mehr. Birgit Ebert hätte nicht einmal dreißig Minuten seiner Zeit bezahlen können. Natürlich hätte er zu seinem Schwiegervater gehen und ihm sagen können, dass er diesen Fall umsonst bearbeiten wolle.

Aber weshalb hätte er das tun sollen? Er wollte Partner werden. Und um das zu schaffen, musste er jedes Jahr mindestens zweitausend abrechenbare Stunden zu je dreihundert Euro vorweisen. Abrechenbare Stunden waren das Lebenselixier der Kanzlei. Allein ihre Anzahl entschied darüber, wie viel Geld ein Anwalt verdiente, ob er eine Prämie erhielt oder ein größeres Büro, ob er es zum Partner schaffte oder seine Sachen packen musste. Draußen standen lange Schlangen brillanter junger Absolventen, die nur darauf warteten, einen frei gewordenen Platz zu übernehmen. Der Druck war enorm.

Michael hatte Mitleid mit den Eberts, keine Frage. Aber hier ging es ums Geschäft. Ein Anwalt, der Zeit verschenkte, war wie ein Bäcker, der seine Brötchen umsonst verteilte. Zweitausend Stunden pro Jahr entsprachen über neun Stunden pro Tag, ohne Pausen, zuzüglich der Zeit für Verwaltungsaufwand, interne Besprechungen, Fortbildungen und vor allem für Akquise. So wurden aus neun Stunden schnell zwölf, dreizehn und mehr. Für Mildtätigkeit blieb da einfach kein Raum.

Doch der Fall ließ Michael nicht los. Manchmal, wenn er nachts aufwachte, hatte er das Bild von Nadine vor Augen, das der gesunden Nadine. Und gleich darauf Birgit Eberts zerfurchtes, ausgezehrtes Gesicht. Nach zwei Wochen traf er eine Entscheidung. Er nahm eintausendzweihundert Euro seines eigenen Geldes und steckte sie in einen Briefumschlag, den er seiner Sekretärin gab. Jetzt hatte er ein Budget von vier Stunden für Nachforschungen.

Der Ferrari, den Ovic auf der A 17 zu Schrott gefahren hatte, gehörte der Immobilienfirma seines Vaters, in der er angestellt gewesen war. Sein Loft in Heidenau war nur gemietet. Hinweise auf nennenswertes Vermögen gab es nicht. Beim Amtsgericht Pirna erfuhr Michael, dass Arden Ovic bereits sechs Wochen nach Mareks Tod ein Erbschein ausgestellt worden war. Den Wert des Nachlasses hatte der alte Ovic mit fünftausend Euro angegeben, wobei der größere Teil auf die Wohnungseinrichtung entfiel. Bargeld war nur wenig vorhanden, knapp zweitausend Euro. Kaum genug für die Beerdigung. Bei der Frage nach Mareks Familienstand hatte sein Vater das Kästchen »ledig« angekreuzt.

Solltest du von der Heirat wirklich nichts gewusst haben? Und wieso hattest du es mit dem Erbschein so eilig?

Als die vier Stunden um waren, legte Michael weitere sechshundert Euro zur Seite. Das verschaffte ihm noch einmal zwei Stunden. Im Devil Dance Club konnte er einen Kellner dazu bewegen, ihm die Abrechnung jenes Abends herauszusuchen. Marek Ovic hatte achthundertdreiundvierzig Euro bezahlt. Mit EC-Karte. Michael fand heraus, dass sie vom Bankhaus Wienecke stammte, einer kleinen, vornehmen Privatbank auf der Königstraße in Dresden. Das machte ihn misstrauisch. Diese Bank erschien ihm etwas zu nobel für einen Sechsundzwanzigjährigen mit einem Barvermögen von zweitausend Euro.

Er überlegte.

Natürlich konnte er das Kreditinstitut anschreiben, aber ohne Erbschein würde er nicht weit kommen. Also nutzte er die letzte Stunde seines Zeitkontingents für eine Internetrecherche. Die Berlin School of Management & Finance hatte vor drei Monaten zu einem Vortrag zum Thema »Aktienkultur in Deutschland« geladen. Als Referent war ein Mann namens Torsten Stabel aufgeführt, Anlageberater des Bankhauses Wienecke in Dresden. Das Bild zeigte einen blassen Mann Anfang vierzig mit rötlichem Haarschopf. Der Name Stabel sagte Michael nichts, aber das Gesicht war ihm vertraut und der Vorname Torsten auch.

Sie waren beide Mitglied des SSV Dresden, eines im Stadtteil Löbtau ansässigen Sportschützenvereins.

Michael hatte das Pistolenschießen in Leipzig gelernt, während des Studiums. Wenige Monate nach seinem Umzug in die Landeshauptstadt war er dem SSV beigetreten. Er liebte es, am frühen Morgen auf dem Schießstand zu stehen und in Ruhe über eines der auf seinem Schreibtisch liegenden Probleme nachzudenken. Stabel lief ihm dabei häufiger über den Weg. Offenbar war auch er kein Langschläfer. Sie duzten sich, so wie alle beim SSV, und tauschten Allgemeinplätze aus, wenn sie sich einmal am Kaffeeautomaten trafen. Michael beschloss, Stabel auf Marek Ovic anzusprechen, von Sportfreund zu Sportfreund.

Was hatte er zu verlieren?

Stabel gab sich zunächst zugeknöpft, brach die Unterhaltung aber nicht sofort ab. Michael lud ihn zum Frühstück in ein nahe gelegenes Café ein. Nachdem er Stabel von Nadine erzählt hatte, taute der Banker etwas auf. Ein paar Tage später bekam Michael die gewünschten Informationen, natürlich unter dem Siegel strengster Verschwiegenheit. Marek Ovics Konto beim Bankhaus Wienecke existierte nicht mehr. Im letzten September hatte ein Mann namens Arden Ovic vorgesprochen und mitgeteilt, dass sein Sohn bei einem Unfall ums Leben gekommen sei. Er konnte sich ausweisen und einen Erbschein des Amtsgerichtes Pirna vorlegen, der ihn als Alleinerben auswies. Dann bat er um Liquidation des Kontos und Auszahlung des Guthabens.

»Die Papiere waren in Ordnung«, hatte Stabel gesagt. »Also sind wir dem Wunsch nachgekommen.«

Michael Krohn hatte Stabels Bericht bei einem weiteren Frühstück voller Spannung gelauscht. Das Girokonto, bestätigte der Banker, hatte tatsächlich nur ein Guthaben von etwa zweitausend Euro aufgewiesen. Aber daneben gab es noch ein beträchtliches Aktienpaket. Davon hatte der alte Ovic in seinem Erbscheinsantrag nichts erwähnt. Die Bank hatte die Aktien wunschgemäß verkauft und alles für eine Barauszahlung vorbereitet. Zwei Tage später war Ovic wieder erschienen, um einen Koffer voller Fünfhundert-Euro-Scheine entgegenzunehmen.

»Wusstest du, dass eine Million Euro in Fünfhundertern ungefähr zwei Kilo wiegt?«, hatte Stabel grimmig gefragt. »Wir haben diesem Ovic ziemlich genau acht Kilogramm Geld übergeben.«

5

»Sie haben den Kampf gewonnen, Frau Ebert«, sagte Michael, als sie im Restaurant des Romantik-Hotels am Markt saßen. »Marek

Ovics Vermögen gehört jetzt Nadine und steht für ihre Behandlung zur Verfügung. Theoretisch zumindest«, fügte er hinzu.

»Theoretisch.« Birgit Ebert lächelte bitter. »Eines habe ich in den letzten Monaten gelernt, Herr Krohn. Theoretisch steht Nadine so vieles zu. Reha-Maßnahmen, Medikamente, Hilfsmittel. Die Krankenversicherung lehnt trotzdem die Hälfte davon ab. Wissen Sie, welches Wort ich ständig zu hören bekomme? Austherapiert. Nadine sei doch inzwischen *austherapiert*. Haben Sie eine Ahnung, wie viele Widersprüche ich schon schreiben musste? Glauben Sie mir, theoretische Ansprüche bedeuten gar nichts.«

Michael wiegte den Kopf. »Das sehe ich anders, Frau Ebert. Sie bedeuten eine Chance. Angenommen, Arden Ovic wird gefunden, und wir bekommen Mareks Geld. Sie könnten Ihre Arbeit aufgeben und sich nur noch um Nadine kümmern. Diese Ess- und Schlucktherapie in Bad Liebenwerda, von der Sie mir erzählt haben, wäre kein Problem mehr. Oder ein Trainer, der sich nur um Nadine kümmert und versucht, mit ihr an ihrer Kommunikationsfähigkeit zu arbeiten. Zum Beispiel über einen Augencode.«

Gedankenversunken spielte Birgit Ebert mit ihrem Champagnerglas. »Für all das bräuchte ich nur einen Bruchteil des Geldes. Vermutlich würde ich den Rest der Deutschen Wachkoma-Gesellschaft spenden.« Sie sah Michael forschend an. »Glauben Sie denn, dass dieser Mistkerl jemals gefasst wird?«

Er nickte voller Überzeugung. »Natürlich. Früher oder später werden sie alle geschnappt. Schauen Sie sich doch Milosevic an. Vasiljkovic wurde in Australien aufgespürt. Gotovina in Spanien. Selbst Radovan Karadzic muss sich vor Gericht verantworten, obwohl daran kaum noch einer geglaubt hat.«

Birgit Ebert schüttelte den Kopf. »Ich kann einfach nicht glauben, dass auch Ovic einer dieser Massenmörder war.«

Die Nachricht hatte in Dresden wie eine Bombe eingeschlagen. Der noble Immobilienmakler Arden Ovic, der seit 2001 ein Büro am Neumarkt unterhielt, hieß in Wahrheit Dragan Krestic und wurde vom Kriegsverbrechertribunal in Den Haag gesucht. Während des Balkankrieges Anfang der neunziger Jahre hatte der Serbe als »Captain Dragan« traurige Berühmtheit erlangt. Er war der Anführer einer etwa zweihundert Freischärler umfassenden Miliz gewesen, die folternd und vergewaltigend ihre Blutspur durch Bosnien gezogen hatte. In Bijeljina etwa hatte Krestic 1992 ein Krankenhaus stürmen und die Patienten auf die Straße treiben lassen. Stundenlang wurden sie mit Elektroschocks und Scheinhinrichtungen gequält. Einer der Freischärler hatte gefilmt, wie Captain Dragan anschließend höchstpersönlich einer älteren Frau die Kehle durchschnitt und den Befehl gab, sämtliche Gefangenen lebendig zu begraben.

Den Zeitungsberichten zufolge hatte Krestic in jener Zeit ganz nebenbei auch ein beträchtliches Vermögen zusammengerafft. Aufgrund des UN-Handelsembargos boomte auf dem Balkan der Schwarzhandel mit Waffen und Drogen, aber auch mit Zigaretten, Cognac, Parfüm und anderen Luxuswaren. Protegiert von General Ratko Mladic war Krestic mit seinen Männern ins Schmuggelgeschäft eingestiegen. Sie organisierten tausende Sattelschlepper-Transporte von der Adriaküste ins Landesinnere mit derselben kühlen Effizienz wie die Massaker in Bosnien. Im Frühjahr 1996 erließ das UN-Tribunal Haftbefehl gegen Krestic. Noch im selben Jahr verschwand Captain Dragan spurlos. Die meisten Beobachter sahen einen Zusammenhang mit der Entlassung seines Schutzherrn Mladic als Oberbefehlshaber der Serbischen Republik und glaubten, Krestic habe seiner Auslieferung nach Den Haag zuvorkommen wollen.

Niemand stellte jedoch eine Verbindung her, als etwa fünf Jahre später ein Mann namens Arden Ovic in der sächsischen Landeshauptstadt ein Immobilienbüro eröffnete. Er hatte tadellose Manieren, sprach akzentfrei Deutsch und spezialisierte sich auf Objekte in oberen Preisklassen. Villen in Striesen. Apartments am Elbhang. Lofts in Loschwitz. Junge, gut ausgebildete Mitarbeiter begannen, Kontakte zu knüpfen und das Unternehmen am Markt zu einer festen Größe zu machen. Der Inhaber selbst blieb dabei jedoch weitgehend im Hintergrund. Sein Bild tauchte weder im Internet noch in den Prospekten der Firma auf. Er führte nur selten selbst Verkaufsgespräche und nahm auch nicht an den zahllosen Empfängen teil, mit denen sich Dresdner Politiker und Unternehmer gern gegenseitig feierten.

Lediglich im Golfklub Eschdorf war Arden Ovic ein häufiger Gast. Vor drei Wochen hatte er sogar das Frühjahrs-Golfturnier gewonnen. Das Foto von der Siegerehrung war in der Vereinspostille erschienen und ins Internet eingestellt worden. Das sollte Ovic zum Verhängnis werden. Einige Tage später klopften Polizisten mit dem Haftbefehl aus Den Haag an seine Tür. Zu ihrem Erstaunen fanden sie allerdings nichts als ein verlassenes Haus. Wie und durch wen Dragan Krestic gewarnt worden war, wurde seither in Dresden heftig diskutiert. Es gab viele Gerüchte, doch nur eines stand wirklich fest: Der Serbe war verschwunden.

Und, wie sich herausstellte, mit ihm das Geld.

Michael trank sein Glas Champagner aus und winkte dem Kellner. »Es ist ärgerlich, dass Krestic ausgerechnet jetzt enttarnt werden musste«, sagte er, wieder zu Birgit Ebert gewandt, »so kurz vor unserem Prozess. Nach all den Jahren wäre es auf ein paar Wochen mehr auch nicht angekommen.«

»Denken Sie denn, er hätte Mareks Erbe einfach so herausgerückt? Vielleicht wäre er ja nach dem heutigen Urteil ohnehin verschwunden. Gestern stand in der Zeitung, dass er mit seinem Immobilienbüro zuletzt finanzielle Probleme hatte.«

»Ja, das habe ich auch gelesen.«

»Könnte es nicht sogar sein, dass das Geld auf Mareks Konto in Wahrheit seinem Vater gehört? Es wäre doch möglich, dass er es vor dem Zugriff seiner Gläubiger schützen wollte und deshalb unter Mareks Namen in Aktien angelegt hat.«

Michael zuckte die Schultern. »Ausgeschlossen ist das natürlich nicht. Aber wer auch immer so etwas behauptet, er müsste es beweisen. Und das wird schwierig werden. Nach meinen Recherchen wurde das Geld bar auf das Konto eingezahlt, von Marek Ovic persönlich.« Er legte seine Hand beruhigend auf die von Birgit Ebert. »Vertrauen Sie mir! Wenn Krestic geschnappt wird, wird Nadine bekommen, was ihr zusteht.«

Sie nickte, keineswegs überzeugt. Birgit Ebert glaubte nicht an Chancen. Schon lange nicht mehr. Aber sie mochte den jungen

Anwalt mit den sensiblen Augen. »Ich danke Ihnen, Herr Krohn. Ich danke Ihnen für alles, was Sie für meine Tochter getan haben.«

6

Dreißig Minuten später fuhr Michael in seinem schwarzen BMW Coupé auf der B 170 nach Dresden. Er hatte sich gegen die Autobahn entschieden, um noch etwas Zeit für sich zu haben, ehe ihn der Alltag in der Kanzlei wieder einholte. Der Fahrtwind vertrieb die Melancholie aus seinem Kopf, die durch das Gespräch mit Birgit Ebert aufgekommen war. Im Radio lief Carl Orffs *O Fortuna*, ein zu diesem Tag wunderbar passendes Stück, wie Michael fand. Er wollte nicht mehr an die Eberts denken, sondern nur noch an sich und seinen großen Erfolg. In den nächsten Tagen würde er eine Ausfertigung des Urteils bekommen, von Richter Haubold unterschrieben, mit roter Farbe gestempelt und von einem Justizbeamten des Amtsgerichtes Pirna beglaubigt. Er würde das Papier einrahmen und in sein Büro hängen.

Ja, er glaubte fest daran, dass Ovic geschnappt wurde. Irgendwann, mitsamt Mareks Millionen.

Dann würde er Nadines Erbe herausverlangen und, sobald sein Honorar auf dem Konto der Kanzlei eingegangen war, die Partnerschaft einfordern. Wer wollte sie ihm verweigern? Eine Million Euro entsprachen weit über dreitausend anrechenbaren Stunden. Wenn er zusätzlich zu diesem Fall sein normales Pensum erfüllte, hätte er in diesem Jahr fast fünfeinhalbtausend anrechenbare Stunden vorzuweisen. Und das in seinem dritten Jahr als Anwalt. Verdammt, sie würden ihn *anflehen*, Partner zu werden. Michael drehte die Musik noch ein wenig lauter und summte die Melodie ausgelassen mit.

Er fuhr bis zum Hauptbahnhof und dann weiter in Richtung Dresden-Mitte. Die Büros von Herzog, Strasser & Beermann befanden sich in den oberen Etagen des Leonardo-Komplexes an der Ammonstraße, Ecke Freiberger Straße. Die Kanzlei war die größte in Sachsen, mit achtzig Anwälten aber deutlich kleiner als die in Frankfurt, München oder Düsseldorf ansässigen Flaggschiffe der Branche. Dennoch genoss HSB einen exzellenten Ruf. Die Kanzlei galt als erste Adresse, wenn es um Geschäfte mit Russland ging.

Peter Herzog, der Gründer und Seniorpartner, hatte Ende der achtziger Jahre in Moskau gearbeitet, als stellvertretender Wirtschaftsattaché der DDR. Zwei seiner damaligen sowjetischen Gesprächspartner waren mittlerweile zu Ministern aufgestiegen, andere bekleideten einflussreiche Positionen in der Moskauer Stadtverwaltung, beim Inlandsgeheimdienst FSB oder in einer der über achtzig Gebietsverwaltungen Russlands. Diese Kontakte verschafften HSB einen unbezahlbaren Wettbewerbsvorteil. Was nutzten die pompösen Hochglanzpräsentationen der Konkurrenz, wenn Peter Herzog einfach zum Telefon greifen und seinen alten Freund Viktor oder seinen alten Freund Oleg oder seinen alten Freund Michail anrufen konnte?

In fließendem Russisch natürlich.

Die Kanzlei hatte zahlreichen deutschen Unternehmen in Russland den Weg bereitet, ein Gaspipeline-Projekt begleitet und sibirische Ölförderlizenzen vermittelt. Gleichzeitig beriet sie russische Investoren, die in Deutschland Bürokomplexe bauen oder Technologiefirmen kaufen wollten. Daneben war es HSB im Laufe der Jahre gelungen, ein weiteres lukratives Betätigungsfeld zu erschließen. In Russland gab es mittlerweile mehr als sechzig Milliardäre und fast zweihunderttausend Millionäre. Die meisten von ihnen waren Patrioten, die ihr Land aufrichtig liebten. Aber eben nicht so sehr, als dass sie nicht einen Teil ihres Vermögens lieber im Ausland aufbewahrten. All die Revolutionen, Enteignungen und Geldentwertungen des letzten Jahrhunderts rechtfertigten ja wohl ein gewisses Misstrauen.

Für diese Mandanten war in erster Linie Andreas Brunner zuständig.

Er verbrachte viel Zeit im Flugzeug und pendelte zwischen Dresden, Moskau und den Steuerparadiesen dieser Welt, in denen die Banken verschwiegen und die Zinsen hoch waren. Belize und Gibraltar etwa, aber auch die Schweiz, Panama oder die Cayman Islands. Brunner kannte sich bestens aus mit Nummern- und Mehrfachkonten, anonymen Stiftungen und Treuhandverträgen und natürlich mit den Steuergesetzen der verschiedenen Länder, ihren zahllosen Schlupflöchern und Sonderbestimmungen. Im Vorjahr hatte er der Kanzlei mit Geschäften dieser Art fast vier Millionen Euro eingebracht.

Michael fuhr seinen BMW in die Tiefgarage und nahm den Fahrstuhl in die dreizehnte Etage. In Herzogs Vorzimmer saß Marion Höfer, seine Sekretärin.

»Ist er da?«, fragte Michael und nickte in Richtung der geschlossenen Bürotür.

»Ja. Gehen Sie ruhig hinein, Herr Krohn!«

Der Mann am Schreibtisch war Ende sechzig, kleinwüchsig und hatte einen mächtigen Brustkorb. Sein Haar war weiß. Er trug einen dreiteiligen grauen Kammgarnanzug, der ihm auffallend gut stand. Peter Herzog rauchte nicht, trank niemals und verfügte über die Konstitution eines fünfzehn Jahre jüngeren Mannes. Die Furchen auf Stirn und Wangen sprachen von Leid, aber nicht von Schwäche.

Als Michael näher trat, verdunkelte sich Herzogs Miene unmerklich.

Dieser Krohn war nicht der Mann, den er sich für Julia gewünscht hatte, wahrlich nicht. Dabei konnte er nicht einmal sagen, was genau ihn an seinem Schwiegersohn so störte. Michael war ein fähiger Anwalt mit einem überdurchschnittlichen Examen und einem beeindruckenden Arbeitspensum. Aber bei allem, was er tat, wirkte er berechnend. Selbst dann, wenn er scheinbar großherzig unergiebige Fälle wie den dieser Wachkoma-Patientin übernahm. Oft hing in seinen Mundwinkeln ein dünnes Lächeln, so, als wisse er viel mehr als sein etwas einfältiger Gesprächspartner. Und dann noch diese rosa Hemden und der wie aufgemalt aussehende Kinnbart! Nein, Peter Herzog mochte Michael nicht sonderlich. Doch Julia schien ihn wirklich zu lieben. Nach den düsteren Jahren, die dem Tod ihrer Mutter folgten, war Liebe so etwas wie ein Hoffnungsfunken. Also hatte Herzog seine Vorbehalte gegen Michael hinuntergeschluckt und ihn sogar in der Kanzlei eingestellt.

»Gratuliere, Micha! Die Nachricht von deinem Sieg kam sogar im Radio.«

»Ein Erbe von vier Millionen Euro«, stellte Michael triumphierend fest. »Davon ein Viertel für die Kanzlei. Das macht eine Million, die ...«

»... wir bedauerlicherweise nie bekommen werden«, unterbrach ihn Herzog. »Du hast mehr als fünfzig Stunden in diesen Fall investiert, fünfzig Stunden zu je dreihundert Euro. Das heißt, du hast fünfzehn Riesen sinnlos verschleudert.«

»Aber ...«

»Kein Aber, Micha. Mit diesem Unsinn muss jetzt Schluss sein.«

»Wieso denn Unsinn?«, fragte Michael störrisch. »Wer sagt denn, dass Krestic nicht irgendwann geschnappt wird? Und dann bekommt Birgit Ebert ihr Geld und wir unseres.«

Herzog ging nicht darauf ein. »Ich schlage vor, dass du dich jetzt wieder echten Fällen widmest«, knurrte er. »Was ist mit dem Kulikow-Mandat? Die Sache mit diesem Staatsanwalt? Wie weit bist du mit unserer Stellungnahme?«

Boris Kulikow war ein russischer Medienmogul, der den deutschen Markt für sich entdeckt hatte. Gezielt kaufte er im ganzen Land regionale Tageszeitungen auf, lokale Fernsehsender und Anzeigenblätter mit solidem Kundenstamm. Vor ein paar Wochen hatte er den Erwerb des Dresdner Merkurs über die Bühne gebracht, eines renommierten Blattes mit einer täglichen Auflage von achtzigtausend Exemplaren. Ein übereifriger Oberstaatsanwalt behauptete, dass bei der Transaktion nicht alles mit rechten Dingen zugegangen sei. Ein Teil des Kaufpreises sollte angeblich schwarz geflossen sein, an den beiden Minderheitsgesellschaftern und natürlich am Fiskus vorbei. Es ging mal wieder um mehrere Millionen. Von Betrug und Steuerhinterziehung war die Rede, und unangenehm an dem Ganzen war, dass der Mann Recht hatte. Allerdings konnte er rein gar nichts beweisen. Die Belege über die illegalen Transaktionen befanden sich in Michaels Akte. Die würde der Staatsanwalt in einer Million Jahren nicht zu Gesicht bekommen.

»Die Sache liegt ganz oben auf meinem Schreibtisch, Peter.« Michael trat unbehaglich von einem Bein aufs andere. »Du hast den Entwurf in zwei Stunden auf dem Tisch.«

»Wir wollen mal nicht übertreiben, hm?« Über Herzogs Gesicht huschte die Andeutung eines Lächelns. »Ich denke, einen Tag kann das jetzt auch noch warten. Fahr nach Hause!«

Michael schaute seinen Schwiegervater erstaunt an.

»Wie du diese vier Millionen ausfindig gemacht hast, das war gute Arbeit, Micha. Und so oft kommt es nicht vor, dass man mit einem einzigen Fall eine Million verdient. Auch wenn es nur Spielgeld ist. Genieße diesen Erfolg! Mach dir mit Julia einen schönen Abend!«

Michael verschlug es vor Verblüffung die Sprache. Worte der Anerkennung war er in diesem Büro wahrlich nicht gewöhnt.

»Nun verschwinde schon!«

7

Michael stürmte hinaus und winkte Marion Höfer zu. Statt des Fahrstuhls nahm er das Treppenhaus. Übermütig sprang er die dreizehn Etagen nach unten, doppelt beschwingt von seinem Erfolg in Pirna und der versöhnlichen Geste seines Schwiegervaters. Es gab eben Tage, an denen einfach alles stimmte.

In der Tiefgarage angekommen, sah er auf die Uhr. Kurz nach vier. Julia würde überrascht sein. Er beschloss, nicht im Restaurant anzurufen, sondern alles für eine gemütliche Siegesfeier daheim einzukaufen. Zum Beispiel einen guten Crémant von Jacques Weindepot. Käse und Leberpastete aus dem Savoir Vivre. Der französische Feinkostladen lag keine zweihundert Meter von seiner Wohnung auf der Bürgerstraße entfernt. Dazu frisches Walnussbrot von seinem Lieblingsbäcker. Als er den BMW auf die Freiberger Straße lenkte, hatte er im Kopf bereits eine Liste geschrieben.

Gemeinsam mit Julia bewohnte er eine elegante, hufeisenförmig auf zwei Ebenen angelegte Wohnung in einem schmuckvollen Jugendstilhaus im Stadtteil Pieschen. Massive Eichendielen, alte Holztüren mit kunstvollen Verzierungen und stilvoll bemalte Fenster umschlossen einen Hort des Friedens, an dem der Lärm der Straße vorbeizuschweben schien.

Mit schnellen Schritten stieg Michael die Treppen hinauf. Sein Herz pochte vor Vorfreude, als er die Wohnungstür öffnete. Geräuschlos schlüpfte er in den weitläufigen Korridor hinein. Die Tüten mit den Einkäufen legte er am Eingang zur Küche ab. Er war gerade im Begriff, seine Aktentasche unter die Garderobe zu stellen und nach Julia zu rufen, als er plötzlich stutzte. Da stand bereits eine Tasche, die exakt so aussah wie seine. Eine Tasche, die er nur allzu gut kannte.

»Andreas?«, flüsterte er verwirrt.

Was hatte das zu bedeuten? Wieso war Brunners Tasche hier?

In diesem Moment ging eine Tür auf. Wie erstarrt stand Michael da, halb verborgen von den Jacken an der Garderobe. Er sah seine Frau aus dem Badezimmer kommen, gefolgt von Andreas Brunner, seinem Mentor. Beide waren nackt. Julia hatte gerötete Haut, wie nach einem belebenden, heißen Bad. Durch die offene Tür drang das Blubbern des Whirlpools. Was Michael als Allererstes auffiel, war Julias Unbeschwertheit. Die Art, wie sie Brunner anlachte, mit den Fingerspitzen über seine Wange fuhr und leise giggelte, als er ihren Hals liebkoste, verriet eine im Laufe von Wochen oder gar Monaten gewachsene Vertrautheit.

Michaels Hand umklammerte den Griff der Aktentasche so fest, dass seine Fingerknöchel weiß hervortraten.

Unverwandt waren seine Augen auf Julia gerichtet. Keine vier Meter von der Garderobe entfernt tanzte sie mit Brunner zu einem imaginären Liebeslied, die Arme um seinen Hals geschlungen. Ihre kurzen schwarzen Haare waren feucht und glänzten im Dämmerlicht des Flurs, genau wie das große, flammenartige Feuermal auf ihrer linken Wange. Nicht nur ihr Lächeln, alles, wirklich alles an ihr schien zu strahlen. Michael hatte das Gefühl zu ersticken. Heiße Tränen rannen über sein Gesicht. Doch mit den Tränen kam die Wut.

Du bist hier in meiner Wohnung, du Mistkerl! Bei meiner Frau!

Er ließ die Tasche fallen. Wie ferngesteuert trat er hinter der Garderobe hervor. »Störe ich vielleicht?«, fragte er mit vor Zorn zitternder Stimme.

Julia starrte ihn entsetzt an. »Michael! Was ...?«

»Hören Sie, ich kann das erklären.« Brunner hob beschwichtigend die Hände.

»Du mieses Dreckschwein!«, zischte Michael. Er stürzte sich auf Brunner und holte zu einem rechten Haken aus. Doch der wich mit einer geschmeidigen Bewegung aus und versetzte Michael einen Stoß gegen die Brust, der ihn ins Stolpern brachte. Nur mit Mühe hielt er sich auf den Beinen.

»Michael, hören Sie mir bitte zu ...«

»Du verdammter Dreckskerl!«, fauchte Michael. Die spielerische Leichtigkeit, mit der Brunner seinen Angriff abgewehrt hatte, machte ihn noch wütender. Er sah sich um, nahm eine Glasvase vom Sideboard an der Wand und schleuderte sie blitzartig auf Brunner. Sie traf ihn mit einem laut knirschenden Geräusch am Kopf.

»Bist du verrückt? Hör auf!« Julia wollte sich Michael in den Weg stellen. Er schleuderte sie zur Seite und trat zu Brunner, der sich stöhnend den Kopf hielt. Zwischen seinen Händen tropfte Blut hervor. Michael versetzte ihm einen Tritt zwischen die Beine. Er traf sein Ziel nicht perfekt, dennoch stieß Brunner einen markerschütternden Schrei aus.

»Jetzt reicht es mir aber!«, brüllte er und schlug aus der Drehung mit aller Kraft zu.

Die Faust knallte mit einem klatschenden Geräusch in Michaels Bauch. Der zweite Schlag traf sein linkes Auge, das auf der Stelle anschwoll. Michael taumelte zurück und entging nur knapp einem dritten Hieb, der seinem Kinn gegolten hatte. Schnell drehte er sich um und rannte die Treppe hinauf in sein Arbeitszimmer auf der Empore.

Brunner folgte ihm. »Bleib stehen!«, brüllte er wutentbrannt.

Krachend trat er die Tür ein, die Michael soeben mit zitternden Händen abschließen wollte. Mit geballten Fäusten kam Brunner auf ihn zu. Seine Nasenflügel waren gebläht, und an seinem Hals vibrierten Muskeln, die Michael nie zuvor gesehen hatte. Ihm genügte ein Blick auf Brunners mächtige Oberarme, um zu wissen, dass er keine Chance hatte.

»Ich mach dich fertig!«, schrie Brunner. Blut lief über sein Gesicht. In seinen Augen lag ein irres Glitzern.

»Warten Sie, Andreas ...« Michael versuchte nun seinerseits, Brunner zu besänftigen. Doch es war zu spät. Schon traf ihn ein brutaler Schlag in die Magengrube, zwei weitere ins Gesicht folgten. Wie ein Besessener prügelte Brunner auf ihn ein.

Michael flog nach hinten, über den Schreibtisch. Telefon, Briefbeschwerer und Stifte fielen polternd hinunter. Seine Stirn schrammte an der Armlehne des Stuhls entlang, dann landete er unsanft auf dem Boden. Er heulte auf vor Schmerz. Während er versuchte, sich wieder aufzurappeln, sah er durch sein rechtes Auge, wie Brunner sich dem alten Offiziersdegen zuwandte, der an der Wand neben der Tür hing.

Der Degen war ein Erbstück von Michaels Großvater. Angeblich stammte er aus dem Besitz von Friedrich dem Großen, aber das hatte Michael stets bezweifelt. Dass sein Widersacher sich in diesem Moment anschickte, danach zu greifen, stand jedoch außer Frage.

»Jetzt bist du fällig!«, grunzte Brunner, während er sich nach oben reckte und mit seinen manikürten Händen an der Drahthalterung herumfingerte.

Panische Angst ergriff Michael. Brunner hatte sich eindeutig nicht mehr in der Gewalt. Was nun? War hier nicht irgendwo ein Messer oder eine Schere? Die Pistole! Noch halb liegend riss Michael hastig die Schubladen des Schreibtisches auf und durchwühlte sie. Briefumschläge und Büroklammern fielen heraus. Verdammt, irgendwo musste doch seine Smith & Wesson sein. Endlich fühlte er das kühle Metall der Sportpistole in seiner Handfläche. Mit zitternden Händen richtete er die Waffe auf Brunner.

»Hören Sie damit auf, Andreas! Nehmen Sie sofort die Hände von dem ...«

In diesem Moment krachte der Schuss. Er traf Brunner in den Rücken und hinterließ ein kleines Loch zwischen den Schulterblättern. Der Anwalt stand einen Moment lang still, so als wundere er sich über Michaels unbeholfenen Versuch, ihn zu stoppen. Dann wankte er und machte einen taumelnden Schritt zur Seite. Bis seine Beine plötzlich einknickten. Mit den Händen stützte er sich an der Wand ab, rutschte weg, griff nach dem Türrahmen. Doch auch in seinen Armen war keine Kraft mehr. Wie in Zeitlupe sackte Brunner zu Boden.

Plötzlich erschien Julia in der Tür.

Sie war noch immer nackt. »Andreas!« Entsetzt starrte sie auf den regungslosen Körper zu ihren Füßen. Sie beugte sich hinab und versuchte, ihn herumzudrehen. Ihre Hände wurden nass von Brunners Blut.

»Er ist tot!« Sie sah zu Michael auf, der hinter dem Schreibtisch hockte und noch immer die Pistole in der Hand hielt. »Das kann doch nicht wahr sein!«, kreischte sie. »Du hast ihn einfach abgeknallt!«

»Es war ein Unfall!« Michael warf die Pistole weg und trat taumelnd auf sie zu. »Ich wollte überhaupt nicht ... Der Schuss hat sich versehentlich gelöst. Andreas ... er wollte mit dem Degen auf mich losgehen.«

Er wusste selbst, wie hohl seine Worte klangen. Der Degen hing scheinbar unberührt an der Wand. Und Brunner lag mit einer Kugel im Rücken direkt vor der Tür.

»Fass mich nicht an!« Julia wehrte seine Hand ab und wich zurück. »Du Scheißkerl hast ihn einfach über den Haufen geknallt!«

»Was hat er überhaupt hier gemacht? Was hatte Brunner in unserer Wohnung zu suchen, verdammt noch mal?« Michael versuchte, sich das Blut abzuwischen, das aus seiner Nase floss.

»Na was wohl, du Versager?« In ihrer Stimme schwang das Verlangen, ihm weh zu tun. »Weißt du, wie satt ich dich habe? Alles an dir habe ich satt! Dein endloses Gerede, deinen Geruch. Deine verschwitzten Hände. Deine schnellen Nummern.«

Michael atmete tief durch und spuckte etwas Blut aus. »Wie lange ging das zwischen dir und ihm?«, fragte er mit gepresster Stimme.

Beide schraken zusammen, als es laut an der Tür klopfte. Julia fasste sich als Erste. Sie rannte hinunter in den Flur und öffnete. Draußen stand der Türke, der im Erdgeschoss ein Restaurant betrieb. Er bewohnte das Apartment im zweiten Stock.

»Rufen Sie schnell die Polizei!«, schrie Julia hysterisch. »Er hat ihn getötet! Andreas ist ...« In diesem Moment sank sie ohnmächtig zu Boden. Der Restaurantbesitzer wirkte verstört. Er murmelte etwas Unverständliches auf Türkisch, dann rief er nach jemandem. Vorsichtig hockte er sich neben Julia.

In Michaels Seele kämpften Panik, Verwirrung und Entsetzen um die Vorherrschaft. Was zum Teufel war hier gerade passiert? Er kam sich vor wie ein Schauspieler im letzten Akt einer schlecht gespielten Tragödie. Eine innere Stimme riet ihm, schleunigst zu verschwinden. Für alles, was geschehen war, gab es eine vernünftige Erklärung. Aber er war jetzt nicht in der Verfassung, irgendetwas zu erklären. Und würde es auch so schnell nicht sein. Vorsichtig spähte er über das Geländer der Empore. Sicher waren auch die anderen Hausbewohner aufgeschreckt worden. Wahrscheinlich war der Schuss in der ganzen Nachbarschaft zu hören gewesen. Wenn jemand die Polizei gerufen hatte, konnte sie jeden Moment da sein.

Er schleppte sich hinunter, griff nach seiner Aktentasche und taumelte an dem verdutzten Türken vorbei ins Treppenhaus. Dort standen zwei ältere Frauen, die im vierten Stock wohnten.

»Bitte helfen Sie Herrn Akaygün!«, rief Michael. »Ich hole einen Arzt.«

Mit diesen Worten stürzte er davon.

8

Auf der Bürgerstraße gab es zu wenige Geschäfte und Restaurants, um größere Menschenmengen anzuziehen. Allenfalls am Elbcenter mit den umliegenden Zeitungsläden, Obstständen und Bäckereien herrschte so etwas wie Publikumsverkehr. Michaels Wohnung lag gut hundert Meter entfernt. Er stand am Hauseingang und schaute ängstlich nach links und rechts, konnte aber noch keinen Streifenwagen entdecken.

Einmal noch amtete er tief durch, dann lief er los. Die wenigen Passanten, die neugierig sein geschwollenes, blutendes Gesicht musterten, ignorierte er. Mit großen Schritten bog er in die Rehefelder Straße ein, auf der er seinen BMW geparkt hatte. Hier war so gut wie niemand unterwegs. Hastig nestelte er die Schlüssel aus der Hosentasche, startete den Wagen und fuhr Richtung Trachau.

Bloß erst einmal weg.

Michael nahm nicht die Leipziger Straße, sondern hielt sich auf den kleineren Seitenstraßen. Unweit des S-Bahnhofs Trachau bog er in eine schmale Sackgasse, die etwas heruntergekommen wirkte. Hinter einem Lieferwagen parkte er. Er stellte den Motor ab und betrachtete sein Gesicht im Rückspiegel. Dieser verdammte Brunner hatte ihn ganz schön zugerichtet. Sein linkes Auge war völlig zugeschwollen, die linke Wange aufgeplatzt. An Nase und Lippen klebte Blut. Vom Rücksitz nahm er eine Flasche Mineralwasser. Hinter der geöffneten Fahrertür kauernd, wusch er sich mit dem Wasser das Gesicht. Seine Haut brannte wie Feuer. Mit einem Papiertaschentuch tupfte er vorsichtig die wunden Stellen ab. Dann öffnete er den Kofferraum und wühlte in einer Kiste, die ein Sammelsurium kaputter CD-Hüllen, Arbeitshandschuhe, Putzlappen, eine Rolle Haushaltstücher und anderen Krimskrams enthielt. Endlich fand er das olivefarbene Basecap, das er früher immer beim Schießen getragen hatte. Die Krempe schien ihm breit genug, um sein geschwollenes Auge zumindest ein wenig zu verbergen.

Und jetzt?

In seinem Kopf schien ein Hornissenschwarm zu summen. Andreas ist tot, hallte es in seinen Ohren, weil du ihn erschossen hast. Wieder und wieder sah er ihn vor sich, mit dem hässlichen blutenden Loch im Rücken. Er fühlte ein zentnerschweres Gewicht in seiner Brust, das ihm die Luft zum Atmen nahm. Es war nicht so, dass er von Schuldgefühlen erdrückt wurde, durchaus nicht. Sein Verstand sagte ihm, dass er das Richtige getan hatte. Wie, wenn nicht mit der Pistole hätte er sich denn gegen Brunner verteidigen sollen? Aber gleichzeitig wünschte er von ganzem Herzen, dass von alledem nichts passiert wäre.

War es nicht vielleicht doch am sinnvollsten, zur Polizei zu gehen? Julia konnte denken und sagen, was sie wollte, hier lag ein Fall von Notwehr vor. Aber dummerweise hatte Brunner mit dem Rücken zu ihm gestanden. Er war also keine unmittelbare Bedrohung gewesen. Und eigentlich hatte Michael ja auch gar nicht auf ihn schießen wollen, jedenfalls noch nicht. Es war nur darum gegangen, ihn in Schach zu halten. Doch dann hatte sich der Schuss gelöst, unabsichtlich. Also war es Fahrlässigkeit. Kam man wegen fahrlässiger Tötung ins Gefängnis? War es nicht ein Fall von geringer Schuld? Dass er nach der Prügel, die er von Brunner bezogen hatte, völlig panisch war, als der Degen ins Spiel kam, würde jeder Richter verstehen. Auch, dass in dieser Situation versehentlich ein Schuss fallen konnte. Doch die Polizei würde schnell herausfinden, dass er im Umgang mit der Sportpistole nicht gerade ein Anfänger war. Er hatte sogar schon an Wettkämpfen teilgenommen. Würde man ihm glauben, wenn er sagte, dass er gezittert hatte vor Angst? Dass er kaum die Waffe hatte halten können?

Michael setzte sich in seinen BMW. Vorsichtig betastete er sein geschwollenes Auge. Es war eine verfahrene Situation. Wenn er jetzt zur Polizei ginge, bestand eine hohe Wahrscheinlichkeit, dass er ins Gefängnis kam. Untersuchungshaft war in solchen Fällen üblich. Das würde er auf keinen Fall riskieren. Schon ein paar Stunden in der falschen Zelle konnten reichen, um ein ganzes Leben zu zerstören. Erst vor wenigen Wochen hatten die Zeitungen wieder von einer brutalen Vergewaltigung in einer Nürnberger

Justizvollzugsanstalt berichtet. Das Opfer: ein Untersuchungsgefangener.

Michael bekam eine Gänsehaut.

Keine Polizei, entschied er. Jedenfalls nicht sofort. Es musste einen anderen Weg geben, einen ohne Risiko. Aber an wen konnte er sich wenden? Nachdenklich knetete er seine Hände. Dann kam ihm der erlösende Gedanke.

»Peter!« Er sprach den Namen aus wie eine rettende Zauberformel.

Peter Herzog würde ihm helfen! Er hatte gute Verbindungen zur Staatsanwaltschaft. Herzog würde dafür sorgen, dass Michael seine Version in Ruhe vortragen konnte. Mehr noch, Herzog würde all sein Gewicht in die Waagschale legen, damit er bis zum Abschluss der Ermittlungen auf freiem Fuß blieb und vielleicht gar keine Anklage erhoben wurde.

Zum Teufel, schließlich bin ich sein Schwiegersohn!

Michael lehnte sich erleichtert zurück. Er fühlte sich schon ein wenig besser. Vielleicht wurde ja alles gut.

9

Herzog wohnte in der Neustadt, gar nicht weit entfernt. Zusammen mit seiner verstorbenen Frau, Julias Mutter, hatte er Mitte der neunziger Jahre die oberste Etage eines restaurierten Barockhauses auf der Hauptstraße gekauft. Michael parkte das Auto auf der Königstraße und lief zügig zu dem repräsentativen Bau mit der pastellfarbenen Fassade. Er betete, dass Herzog schon zu Hause war. Doch seine Uhr sagte ihm, dass er damit kaum rechnen durfte. Es war kurz nach halb sechs, ganz und gar nicht Herzogs Zeit, auch nicht an einem Freitag. Umso erleichterter war er, als die Sprechanlage knackte und die bekannte Stimme ertönte.

»Ja, bitte?«

»Peter? Hier ist Micha. Mach bitte auf, schnell!« Er flüsterte, weil nur wenige Meter entfernt Passanten die Hauptstraße entlangflanierten.

Der Türöffner summte. Michael fiel förmlich ins Haus hinein. Mit pantherartigen Sätzen eilte er nach oben. Peter Herzog hatte die Wohnungstür bereits geöffnet.

»Peter, du musst mir helfen. Andreas ist ... er ist tot ...«

Herzog bugsierte ihn in die Wohnung, in einen Sessel. »Reiß dich zusammen, Micha! Wovon redest du überhaupt?«

Die Worte brachen nur so aus ihm heraus. »... und als ich die Pistole auf ihn gerichtet habe, löste sich ein Schuss. Ich schwöre dir, Peter, es war ein Unfall.«

Herzog starrte aus dem Fenster. »Was ist mit Julia?«, fragte er kühl.

»Ich ... ich weiß nicht. Sie ist in Ohnmacht gefallen, aber der Türke unter uns war in dem Moment bei ihr.«

»Verstehe. Geh erstmal ins Bad und wasch dich! Du siehst fürchterlich aus.«

»Was wirst du jetzt tun?«

»Als erstes rufe ich Julia an. Ich muss wissen, wie es ihr geht.«

»Sicher hat Herr Akaygün sie zum Arzt gebracht ... Peter, es tut mir leid. Ich wollte sie nicht allein lassen, aber ...«

»Schon gut, Micha. Geh jetzt!« Er schob ihn ins Badezimmer, wo er eine alte Art-deco-Lampe einschaltete und aus einem antiken Schrank ein dickes weinrotes Handtuch nahm. »Mach dich frisch! Dann sehen wir weiter.«

»Wirst du mir helfen, Peter?«

»Natürlich.« Herzog nickte beruhigend und schloss behutsam die Tür. Michael ließ sich erleichtert auf den Badewannenrand sinken. Von draußen hörte er, wie sein Schwiegervater leise telefonierte.

Alles würde gut werden.

Eine Weile saß er einfach nur da, während sich sein Puls allmählich beruhigte. Das Gefühl, in Sicherheit zu sein, war unbeschreiblich. Bedächtig wusch er sich die Hände und spülte seine Stirn und seine Wangen mit kaltem Wasser ab. Anschließend tauchte er einen Waschlappen in das Wasser und legte ihn auf sein geschundenes Auge. Als er ins Wohnzimmer zurückkam, stand Herzog regungslos am Fenster, die Hände in den Hosentaschen.

»Wie geht es Julia?«, fragte Michael.

Herzog drehte sich langsam zu ihm herum. »Ich habe nur kurz mit ihr gesprochen. Und vorher mit dem Arzt.«

»Was hat sie gesagt?«

Plötzlich zerschnitt das Heulen sich nahender Sirenen die abendliche Stille.

»Peter, was soll das?« Erschrocken sah Michael seinen Schwiegervater an. »Ich denke, du willst mir helfen?«

Herzog musterte ihn kalt. »Julia war völlig verstört. Sie sagt, du hättest Andreas hinterrücks erschossen, als er aus dem Zimmer flüchten wollte.«

»Das ist nicht wahr. Ich habe dir doch erzählt, dass ...«

»Willst du etwa behaupten, dass meine Tochter lügt?«

»Sie war doch überhaupt nicht dabei, als es passiert ist. Außerdem - was hatte Brunner denn in meiner Wohnung zu suchen? Hast du sie vielleicht mal danach gefragt?«

Herzog ging nicht darauf ein. »Selbst wenn ich dir helfen wollte, Micha, ich habe es nicht in der Hand.«

»Was soll denn das schon wieder heißen?« Michael war den Tränen nahe. »Wer in Dresden hätte mehr Einfluss als du?«

»Denk doch mal nach! Gibt es in Brunners Verwandtschaft nicht jemanden, der ziemlich viel zu sagen hat, speziell, was die Polizei angeht? Vielleicht einen, der zufällig der gottverdammte Innenminister ist?«

»Sebastian Harder«, sagte Michael tonlos.

»Genau der. Brunners Cousin. Du weißt, was das bedeutet?«

»Aber ...« Michael sah verzweifelt aus dem Fenster. Unten vor dem Haus hielten bereits die ersten Streifenwagen. Dann ertönte ein durchdringender Klingelton. Er musste hier weg und zwar schnell.

»Stell dich, Micha! Glaub mir, du hast keine andere Wahl!« Herzog ging zum Türöffner.

Michael überlegte fieberhaft. Unten wartete die Polizei. Aber im hinteren Bereich des Flurs gab es eine Treppe, die nach oben führte. Schnell! Er griff nach seinem Jackett und der Tasche und rannte los.

»Lass das, Micha! Das ist doch sinnlos.« Herzogs Stimme klang gedämpft, weil er schon draußen stand. »Schnell, kommen Sie! Er will fliehen!«, rief er den Polizisten im Treppenhaus zu.

Michael rannte die Holztreppe empor, zwei, drei Stufen auf einmal nehmend. Schon hatte er die Tür zum Dachboden erreicht, den sein Schwiegervater als Fitnessraum nutzte. Er riss die Tür auf und rannte an Trimmgeräten und Turnmatten vorbei. Beinahe wäre er über einen Medizinball gestürzt. Hinten befand sich eine weitere Tür, durch die man auf die begehbare Dachfläche gelangte. Michael jubelte innerlich, als er den Schlüssel stecken sah. Er öffnete die Tür, zog den Schlüssel ab und schloss von außen wieder zu.

Schwer atmend sah er sich um.

Er war schon einige Male hier gewesen, deshalb wusste er, dass man direkt auf das Dach des benachbarten Hauses gelangen konnte. Es schloss unmittelbar an Herzogs Haus an, war aber etwa zwei Meter niedriger. Er sprintete los. Mit einem Sprung war er unten. Ohne sich umzusehen, rappelte er sich auf und rannte weiter. Verzweifelt rüttelte er an einer Dachluke. Verschlossen. Aber weiter hinten war eine Tür. Zweiter Versuch. Sie war ebenfalls zu. Verdammt! Er lief bis zum anderen Ende des Daches und von dort auf das nächste. An irgendetwas blieb er hängen, und während er stolperte, schoss ein fürchterlicher Schmerz durch seinen Knöchel. Mühsam unterdrückte er einen Schrei.

Weiter, Junge, weiter! Du kannst jetzt nicht schlappmachen!

Humpelnd schleppte er sich vorwärts. An der Rückseite des Hauses befand sich eine Feuerleiter aus Stahl, bei deren Anblick sein Herz vor Freude hüpfte. Innerlich dankte er dem Bauordnungsamt für seine Strenge, was diese Dinge anbelangte. So schnell es ging, kletterte er hinunter. Die Sprossen schienen kein Ende zu nehmen, doch schließlich hatte er es geschafft.

Jetzt befand er sich in einem Hinterhof. Rechts war der Durchgang zum Societätstheater, links ging es zu einer schmalen Passage mit Werkstätten und kleinen Läden. Michael durchquerte die gewölbeartige Einfahrt zum Obergraben, immer ängstlich um sich spähend, ob ihm seine Verfolger schon auf den Fersen waren. Das Risiko, zu seinem Auto hinter der Dreikönigskirche zurückzukehren, ging er nicht ein. Stattdessen beschloss er, auf kürzestem Wege zur Elbe zu laufen. In dem weitläufigen Garten am Japanischen Palais würde er sich eine Weile verstecken können.

Unterwegs kam ihm allerdings eine bessere Idee.

10

Vor dem Hotel Bellevue, das sich direkt neben dem Japanischen Palais befand, standen mehrere Taxis. Auf dem Weg dorthin ließ Michael sein Mobiltelefon in einem Papierkorb verschwinden, damit er nicht geortet werden konnte. Er stieg in das erste Taxi ein, wobei er so tat, als sei ihm etwas ins Auge geflogen. Mit der Hand rieb er daran herum und verdeckte auf diese Weise die auffällige Schwellung und die Wunde auf der Wange.

»Zur Villa Sofa, bitte!«, wies er den Fahrer an.

Der Mann wendete und fuhr in Richtung Leipziger Straße. Michael blickte sich ängstlich um. Sein Ausflug zur Hauptstraße hatte sich als Zeitverschwendung erwiesen. Um ein Haar wäre er geschnappt worden. Und die Hoffnung, dass Peter Herzog ihm aus dem ganzen Schlamassel heraushelfen würde, war zerstoben. Im Gegenteil, um ihn stand es jetzt sogar noch schlimmer. Julia erzählte herum, dass er ein Mörder sei. Sein Schwiegervater glaubte ihr natürlich. Und alle anderen auch, spätestens nach seiner Flucht aus Herzogs Haus.

Und dann war da noch Sebastian Harder.

Michael hatte sich nie sonderlich für Politik interessiert. Aber selbst er wusste mit diesem Namen etwas anzufangen. Harder war einst der jüngste Bundesanwalt der Republik gewesen, ein erstklassiger Jurist mit zwei Prädikatsexamen und außergewöhnlichen rhetorischen Fähigkeiten. Binnen kurzer Zeit hatte er sich in der Behörde des Generalbundesanwalts und am Bundesgerichtshof einen exzellenten Ruf erarbeitet.

Vor drei Jahren hatte der Ministerpräsident den profilierten Ankläger in sein neues Kabinett berufen. Naturgemäß war Harder die Verbrechensbekämpfung auch als Innenminister ein wichtiges Anliegen. Kein Tag verging, an dem er sich nicht für die Stärkung der Polizei aussprach und strengere Richter, schnellere Verfahren und härtere Strafen forderte. Immerhin vertrat er das sächsische Volk. Und die Menschen verabscheuten Kriminelle genauso wie er.

Nun war ausgerechnet ein Verwandter dieses Mannes scheinbar einem Verbrechen zum Opfer gefallen. Michael verstand, weshalb selbst Peter Herzog nichts für ihn tun konnte. Er war völlig auf sich allein gestellt. Die Polizei würde aufgrund von Julias Aussage davon ausgehen, dass er Brunner aus Eifersucht erschossen hatte. Offiziell würde die Untersuchung zwar von der Staatsanwaltschaft geführt werden. Doch im Hintergrund würde kein Geringerer als Sebastian Harder stehen. Der Politiker würde all seinen Einfluss geltend machen, damit die Jagd nach dem Mörder seines Cousins mit größtmöglichem Einsatz erfolgte. Michael seufzte. Wenn sie ihn erst einmal hatten, war er erledigt. Niemand würde ihm seine Geschichte glauben. Er kam zu dem bitteren Schluss, dass ihm nur die Flucht blieb.

Einen Moment lang zog er in Erwägung, auf der Stelle zu verschwinden, mit dem nächsten Zug oder dem Flugzeug, irgendwohin. Aber er verwarf den Gedanken. Vermutlich hatte die Polizei längst eine Fahndung nach ihm eingeleitet. Auf den Bahnhöfen und am Flughafen war das Risiko, erwischt zu werden, momentan am größten. Ein Mietwagen erforderte eine Kreditkarte und Papierkram, war also keine Alternative. Außerdem hatte er noch gar keine Vorstellung, wohin er gehen sollte. In den nächsten Stunden konnte er sich keinen Fehler erlauben. Wenn er erwischt wurde, war es vorbei, womöglich für immer. Über seine nächsten Schritte musste er also sehr genau nachdenken.

»Macht genau acht Euro, Chef!«, sagte der Taxifahrer.

Michael warf einen Zehner nach vorn und stieg aus. Direkt vor ihm erhob sich die Villa Sofa, ein bekanntes Möbelhaus. Zunächst tat Michael so, als wolle er hineingehen, doch als das Taxi verschwunden war, lief er weiter auf der Leipziger Straße und bog nach etwa hundertfünfzig Metern rechts in die Eisenberger Straße ein. An ihrem Ende befand sich in einem großen weißen Rundbau eine erst vor zwei Monaten eröffnete Sauna mit dem unbescheidenen Namen »Oasis of Dreams«, in der Michael vorübergehend untertauchen wollte. Die Polizei würde kaum auf die Idee kommen, ihn ausgerechnet hier zu suchen. Kein normaler Mensch ging in die Sauna, kurz nachdem er in eine tödliche Auseinandersetzung verwickelt war, schon gar nicht ein Mann auf der Flucht.

Michael zahlte sechzehn Euro Eintritt und hinterlegte weitere dreißig als Kaution für Handtücher und Bademantel. Im Umkleideraum zog er sich aus und schloss seine Kleidungsstücke und die Aktentasche in einen Schrank ein, ehe er den Saunabereich betrat.

Nach den Strapazen des Tages war schon die ausgiebige Dusche ein Labsal. Fast eine Viertelstunde stand Michael unter dem Wasserstrahl, den er abwechselnd heiß und kalt einstellte. Auf dem Weg zur Finnischen Sauna traf er einen in Weiß gekleideten Angestellten.

»Wann ist der nächste Aufguss?«, fragte er.

»In zwei Minuten«, antwortete der Mann und fügte unter einem Tippen auf seine Uhr freundlich hinzu: »Immer um dreiviertel.«

Michael hängte seinen Bademantel an einen Haken und betrat mit einem Handtuch um die Hüften die etwa fünfundachtzig Grad heiße Sauna. Der Raum war halbdunkel, weil die wenigen Lampen mit Holzblenden verkleidet waren. Das gefiel Michael. Außer ihm befanden sich etwa vierzig weitere Gäste aller Altersstufen darin, von einem vielleicht fünfjährigen Jungen, der zwischen seinen Eltern saß, bis hin zu etlichen Rentnern. Sie alle hatten sich auf den Holzbänken, die in drei Ebenen an der Wand entlang angebracht waren, niedergelassen. Michael fand auf der obersten

Reihe neben einem stark behaarten Mann einen freien Platz und setzte sich auf sein Handtuch.

An so etwas wie Entspannung war in seiner Situation nicht zu denken. Doch Michael spürte, dass die behagliche Atmosphäre in der Sauna, das Flüstern der Menschen um ihn herum, die Wärme, die sich wie ein Kokon über ihn legte, einen Anschein von Normalität erweckten, der ihn ruhiger werden ließ. Inmitten der nackten, schwitzenden Leiber war er anonym - und damit in Sicherheit.

Der Saunameister erschien und begann mit dem Aufguss. Während er den heißen Dampf mit einem Handtuch im Raum verteilte, stieg die Temperatur langsam an. Michael schloss die Augen. Schweißtropfen bildeten sich auf seinem Körper und perlten auf das Handtuch. Bei dem Gedanken, dass dieser friedliche Moment schon bald wieder vorbei sein würde, hätte er am liebsten geweint.

11

Nach dem Saunagang beschloss Michael, dem Restaurant einen Besuch abzustatten. Hunger hatte er nicht, obwohl er seit dem Thunfischsandwich zum Mittag nichts mehr in den Magen bekommen hatte. Da war Brunner noch bei ihm gewesen, als sein Freund und Mentor, der ihm selbstlos zur Seite stand. Die Erinnerung an ihre Begegnung in Pirna fühlte sich inzwischen klebrig und verlogen an. Michael schüttelte den Gedanken ab. Nein, er war nicht hungrig, aber er wusste auch nicht, wie es nach der Sauna weitergehen sollte. Es war besser, etwas zu essen, solange er noch Gelegenheit dazu hatte.

Etwa die Hälfte der zwanzig Tische war besetzt. Die meisten Gäste trugen Bademäntel, andere hatten nur ein Handtuch umgeschlungen. Michael sah sich prüfend um, entdeckte aber zu seiner Erleichterung weder einen Fernseher noch ein Radio.

»Was darf es sein?« Vor ihm stand der Kellner, ein junger Mann mit kräftigem Hals und dicken Armen.

Wieder rieb Michael an seinem Auge herum, um die Schwellung zu verbergen. »Einmal Sülze und Bratkartoffeln, bitte! Dazu ein großes dunkles Bier.«

»Sülze und ein großes Dunkles.« Der Kellner notierte die Bestellung. Als er wieder abgezogen war, fischte Michael die aktuelle Ausgabe der Dresdner Neuesten Nachrichten aus einem Zeitungsständer und versuchte zu lesen. Doch seine Gedanken wirbelten rastlos umher. Resigniert legte er die Zeitung weg.

Brunner.

Die Erinnerung an die tödliche Szene in seiner Wohnung kehrte zurück und brannte wie Salzsäure in seinem Eingeweide. Der nächste Gedanke galt Julia. *Seiner* Julia. Wieso um alles in der Welt dieser Verrat? Und weshalb ausgerechnet mit Brunner?

Michael fühlte eine entsetzliche Leere in sich. Julia war die Frau, von der er immer geträumt hatte. Seit er ihr begegnet war, wusste er, dass sein Leben den Sinn hatte, sie zu lieben, sie in den Arm zu nehmen und zu beschützen. Sie war die eine, um die sich seine Welt drehte. Die ihn pures Glück atmen ließ. All seine Zukunftspläne beruhten auf dieser großen Gewissheit.

Sie hatten sich während seiner Referendarzeit kennen gelernt, als er in einer Berufungskammer des Landgerichts Leipzig gearbeitet hatte. Mitten im Hochsommer war es gewesen, an einem späten Freitagnachmittag. Michael saß über einem Strafverfahren, in dem sowohl die Staatsanwaltschaft als auch die Verteidigung Rechtsmittel eingelegt hatten. Der Richter hielt das erstinstanzliche Urteil für korrekt und wollte, dass beide Seiten ihre Berufung zurücknahmen und ihm weitere Arbeit ersparten. Der Staatsanwalt hatte telefonisch bereits seine Zustimmung signalisiert. Nun erwartete Michael die Anwältin des Angeklagten, die die Sache unbedingt persönlich besprechen wollte.

»Herein«, rief er, als es an die Bürotür klopfte.

Dank eines Besuches auf der Homepage der Kanzlei hatte er eine genaue Vorstellung von der Frau, die gleich eintreten würde. Eine stämmige Strafverteidigerin um die fünfzig, mit grauem Kostüm, streng zurückgekämmten Haaren und schmalen Lippen. Typ Gefängniswärterin. Das geschäftsmäßige Lächeln, das er sich für sie zurechtgelegt hatte, verrutschte jedoch zu einem dümmlichen Grinsen, als sich die Tür öffnete.

Diese Frau war mit Sicherheit keine Gefängniswärterin.

Sie mochte Mitte zwanzig sein und hatte raspelkurze schwarze Haare. Zu engen dunkelblauen Jeans trug sie ein knapp sitzendes schwarzes T-Shirt, dessen Ärmel bis zu den Ellbogen reichten. Zwischen der Jeans und dem Shirt blitzte braune Haut. Die hohen Wangenknochen verliehen ihrem Gesicht ein beinahe slawisches Aussehen. Sie war einfach hinreißend, fast schon zu perfekt, wenn nicht das große Feuermal auf ihrer linken Wange gewesen wäre. Es zerstörte die Aura der unantastbaren Schönheit und ließ sie verletzlich erscheinen. In Michaels Augen machte dieser kleine Makel sie nur noch begehrenswerter.

»Frau ... äh ... Schneider? Von der Kanzlei Schneider & Kollegen?«, fragte er stotternd.

»Sie müssen Herr Krohn sein. Tut mir leid, dass Sie den schönen Anzug für mich verschwenden. Frau Schneider lässt sich entschuldigen. Sie ist von einer Verhandlung in Berlin später losgekommen als geplant und steht jetzt auf der Autobahn im Stau.«

»Und wer sind Sie?«

»Julia Herzog.« Sie streckte ihm die Hand entgegen. »Ich arbeite als Praktikantin in der Kanzlei.«

Michael roch ihren betörenden Duft, der an zerriebene Rosen erinnerte, und betrachtete bewundernd ihre langen, schlanken Finger.

»Äh ... Sie wissen sicherlich, dass ich mit Frau Schneider über den Fall Großmann sprechen wollte?« Verlegen tippte er auf eine dicke rote Akte, die auf dem Schreibtisch lag. »Das Berufungsverfahren.«

»Ja.« Nur ja, sonst nichts. Abwartend sah sie ihn an.

»Es ... nun ... ich würde Ihnen gern kurz erklären, weshalb wir die Rücknahme der Berufung vorschlagen.«

»Nur zu!« Sie ließ sich auf dem Stuhl vor dem Schreibtisch nieder.

»Vielleicht ... äh ...« Er kratzte sich am Kopf. »Ich bin ziemlich hungrig. Hab den ganzen Tag noch nichts gegessen. Hätten Sie etwas dagegen, die Sache bei ein paar Tapas zu besprechen? Im Malaga am Ende der Straße sitzt man recht gut.«

Sie lächelte angesichts seines unbeholfenen Annäherungsversuches. »Den ganzen Tag noch nicht?« Ihre Augen wanderten durch den Raum und blieben an dem Teller auf einem Sideboard hängen, auf dem Baguettekrümel und die Reste eines Salatblattes lagen.

Als Michael ihren Blick auffing, lief er puterrot an. »Ach so, ja. Das hatte ich ganz vergessen. Aber sonst ...«

Er rechnete mit einer Abfuhr. Doch dann sagte sie: »Ich komme mit, aber nur unter einer Bedingung. Die Akte bleibt hier. Ich will kein einziges Wort über den Fall hören!«

Als sie das Restaurant ein paar Minuten später erreichten, waren sie schon beim Du. Sie setzten sich an einen kleinen Holztisch im Innenhof und bestellten einen Krug Rioja und Tapas.

Michael erfuhr, dass Julia aus Dresden stammte und ihr Vater Seniorpartner in einer großen Anwaltskanzlei war.

»Als Kind habe ich anderthalb Jahre in Moskau gelebt. Mein Vater hat damals in der Botschaft gearbeitet.«

»Ist er Diplomat gewesen?«

»Nein, eigentlich war er im Außenhandelsministerium. Das war das einzige Mal, dass wir im Ausland waren. Ich glaube, wegen irgendwelcher langwierigen Verhandlungen mit Moskau. Kompliziertes Zeug. Zahlungs- und Exportbilanzen, Handelsstrategien, Preisbildungsregimes, so etwas in der Art. Nach der Wende hat er dann die Kanzlei gegründet.«

»Und was macht deine Mutter?«

»Sie lebt nicht mehr. Ein Hirntumor. Ich war damals fünfzehn.«

»Das tut mir leid.«

»Ihr Tod hat so ziemlich alles verändert. Mein Vater vergrub sich in seine Arbeit. Ich bin bei Marihuana hängen geblieben.«

»Gab es denn keine Verwandten, die sich um dich kümmern konnten? Tanten, Großeltern, Geschwister?«

Sie schüttelte traurig den Kopf. »Meine Eltern waren Einzelkinder, so wie ich. Meine Großeltern sind lange tot.«

»Ein Freund?«

»Wer hat mir wohl meinen ersten Joint gedreht?«

»Scheiße!«

»Mit siebzehn bin ich in eine Klinik in Moritzburg gekommen, aber nach zwei Wochen wieder abgehauen. Mit neunzehn der nächste Versuch. Diesmal habe ich drei Monate durchgehalten. Beim dritten Mal habe ich es geschafft. Ich bin seit über vier Jahren sauber.«

»Und was machst du, wenn du nicht gerade als Praktikantin für Frau Schneider arbeitest?«

»Ich studiere Jura, hier in Leipzig. Bei Schneider & Kollegen mache ich mein Strafrechtspraktikum.«

In den folgenden Wochen und Monaten trafen sie sich regelmäßig. Michael spürte, dass sich dieses bezaubernde, verletzte Mädchen nach einem Menschen sehnte, der sie beschützte und ihr beistand. Wie gern wollte er dieser Mensch sein, ihr alles geben, was sie sich wünschte, für den Rest ihres Lebens, wenn sie es zuließ. Er vergaß, was für ihn bisher beim Umgang mit Frauen gegolten hatte. Er drängte sie nicht und war nicht hartnäckig. Er versuchte nie, sie zu überrumpeln. Er war einfach nur da, um sie zu behüten und ihr Freude zu schenken. Mit großer Behutsamkeit hatte er sich ihrem Herzen genähert.

12

Innenminister Sebastian Harder saß im Büro des Leiters der Dresdner Polizeidirektion und trank Kaffee aus einem Plastikbecher.

»Also, Klaus, sagen Sie mir, wo wir stehen!«

Klaus Möller rieb sich den kahlen Schädel. Er war Anfang Sechzig und seit mehr als einem Jahrzehnt Chef der städtischen Polizei. Möller kannte Harder noch aus dessen Zeit als Leitender Oberstaatsanwalt in Dresden. Sie hatten damals glänzend zusammengearbeitet. Später war Harder zum Generalbundesanwalt gegangen, doch als er zurückkehrte, um das Amt des Innenministers zu übernehmen, war der Kontakt schnell wieder enger geworden.

»Krohn hat die Wohnung unmittelbar nach dem Mord verlassen. Gegen halb sechs tauchte er bei seinem Schwiegervater auf. Der rief sofort bei uns an. Leider ist uns Krohn entwischt.«

»Wann war das?«

»Vor etwa zwei Stunden.«

»Glauben Sie, er hat die Stadt verlassen?«

Möller schüttelte den Kopf. »Keine Chance. Seinen BMW hat er auf der Königstraße stehen gelassen. Einen neuen Wagen zu finden, kostet Zeit. Wir haben sofort Straßensperren errichtet. Sämtliche Taxifahrer haben über Funk eine Warnung erhalten. Am Bahnhof und am Flughafen wird streng kontrolliert.«

»Wo steckt der Mistkerl dann?« Harder stand auf und trat an den Stadtplan, der an der Wand hing.

»Ein Taxifahrer hat sich bei uns gemeldet. Er hat einen Mann, auf den Krohns Beschreibung passt, am Bellevue aufgenommen und zur Villa Sofa gebracht. Das ist auf der Leipziger Straße, Ecke Puschkin-Platz. Wir haben sofort einen Streifenwagen hingeschickt. Niemand hat Krohn dort gesehen.«

»Leipziger Straße? Wie weit ist es von dort bis zu seiner Wohnung?«

»Zu Fuß ungefähr zwanzig Minuten. Der Gedanke ist mir auch gekommen. Ich habe die Wohnung noch mal durchsuchen lassen und außerdem zwei Beamte dort postiert. Vielleicht taucht er ja in der Nacht auf.«

»Hat Krohn Verwandte in der Stadt? Freunde oder Kollegen, mit denen er auch privat verkehrt?«, fragte der Innenminister.

»Nach Aussage seiner Frau nicht. Er stammt aus der Nähe von Leipzig, hat an der dortigen Uni studiert. Niemand aus seiner Familie lebt hier in Dresden. Zwar gibt es einen früheren Studienfreund, der im Justizministerium arbeitet. Aber der Kontakt soll mehr oder weniger eingeschlafen sein. Wir überwachen ihn trotzdem.«

»Sehr gut, Klaus.« Der Innenminister betrachtete noch immer die Stadtkarte. Über die Schulter fragte er Möller: »Kriegen wir Krohns Foto auf die morgigen Titelseiten?«

Der Polizeichef nickte. »Klar. Ich gebe in vierzig Minuten eine Pressekonferenz. Wenn Sie wollen, können Sie gern daran teilnehmen.«

»Fernsehen?«

»Wird auch da sein.«

Harder blickte zum Fenster hinaus. Er und Andreas Brunner hatten schon als Kinder ein gutes Verhältnis gehabt, wenn auch kein inniges. Cousins eben. Die Wiedervereinigung war für sie beide gerade noch rechtzeitig gekommen. Sie hatten im Westen studiert, Harder in München, Brunner in Freiburg. Beide waren hervorragende Juristen geworden und auf der Karriereleiter weit nach oben geklettert. Beruflich hatten sich ihre Wege allerdings nur selten gekreuzt. Doch sie telefonierten regelmäßig und trafen sich ab und zu bei verschiedenen Anlässen. Und wenn Rechtsanwalt Andreas Brunner doch einmal die Hilfe des sächsischen Innenministers benötigt hatte, hatte er stets ein offenes Ohr gefunden. Schließlich wusch eine Hand die andere, insbesondere unter Verwandten.

Doch jetzt lag sein Cousin im Leichenschauhaus. Er trauerte um ihn, gewiss, aber selbst in dieser Stunde der Trauer blieb er Politiker. Natürlich würde er Möller zur Pressekonferenz begleiten. Die Menschen sollten seinen Schmerz sehen und seine Entschlossenheit.

»Wieso hatte der Kerl eigentlich eine Smith & Wesson in seinem Schreibtisch?«, fragte er Möller.

Der Polizeichef zuckte die Schultern. »Eine Sportpistole. Krohn ist Mitglied im SSV Dresden. Schon seit über zwei Jahren. Ihm wurde auch eine Waffenbesitzkarte ausgestellt. So wie es aussieht, gab es nie Auffälligkeiten.«

»Das werden wir noch sehen. Übrigens, wo ist Frau Krohn? Ich will mit ihr reden.«

»Unten im Krankenzimmer. Bei der Vernehmung ist sie ohnmächtig geworden. Der Arzt hat nach ihr gesehen. Jetzt ist gerade ihr Vater da.«

13

Krankenzimmer war eine etwas hochtrabende Bezeichnung für den fensterlosen, weiß getünchten Raum am Ende des Korridors. Er enthielt ein Bett, einen grünen Metallschrank, auf dem ein rotes Kreuz aufgeklebt war, und zwei Stühle. Das Bett stammte aus einem Gefängniskrankenhaus, ein schmales Ding mit einer harten Matratze und einer verstellbaren Klappe am Kopfende.

Peter Herzog saß auf dem Bettrand und hielt die Hand seiner Tochter.

»Ich habe mit dem Polizeichef gesprochen. Und mit dem Arzt. Sie haben nichts dagegen, dass ich dich dann gleich mit nach Hause nehme.«

Julia nickte schwach. Sie war blass im Gesicht. Unter ihren Augen lagen dunkle Schatten.

»Micha war bei mir, kurz nachdem es passiert ist.« Herzog sprach leise, fast flüsternd.

»Wo ist er jetzt?«, fragte sie.

»Ich weiß es nicht.« Der alte Mann blickte angestrengt auf seine Finger und suchte nach Worten für seine nächste Frage. »Ging das schon länger, das mit dir und Andreas? Ich ... ich dachte immer, du und Micha ... ihr seid glücklich miteinander.«

Sie starrte verlegen an die Decke. Im Grunde war sie glücklich mit Michael. Er war liebevoll, aufmerksam und ungeheuer fürsorglich. Aber sie hatte das Knistern vermisst, das Prickeln der Leidenschaft. Also hatte sie irgendwann ein Abenteuer gesucht und Andreas Brunner gefunden. Plötzlich hatte sie nicht nur einen wunderbaren Ehemann, sondern zusätzlich einen höchst romantischen Liebhaber. Es war perfekt gewesen. Bis heute Abend, als plötzlich alles aus dem Ruder gelaufen war.

Sie sah ihren Vater an. »Du kannst Michael doch nicht ausstehen!«

»Ja, aber ich dachte immer, du liebst ihn. Ich war glücklich, weil du glücklich zu sein schienst. Es war das erste Mal seit Mamas Tod, dass du wieder … unbeschwert gewirkt hast.«

Verzweiflung lag in Herzogs Stimme. Er fühlte sich schuldig. Nachdem sie ihre Mutter verloren hatte, hätte er Julia Halt geben müssen. Doch er war selbst tiefer gefallen, als er sich jemals hätte vorstellen können. Marias Tod hatte das Vertrauen zertrümmert, das er der Welt bis dahin entgegengebracht hatte. Peter Herzog hatte sich in seine Arbeit in der Kanzlei vergraben, weil sein Schmerz so stark war, dass er in der Wohnung, die Maria eingerichtet hatte, zu ersticken drohte. Neunzig Stunden und mehr hatte er pro Woche im Büro verbracht. Manchmal hatte er sogar dort geschlafen. Über seiner Trauer hatte er den einen Menschen vergessen, der ebenso litt.

Julia streichelte seine Hand. »Es stimmt, bei Michael habe ich nach Mamas Tod so etwas wie Geborgenheit gefunden. Und dafür werde ich ihm immer dankbar sein.«

»Warum dann die Sache mit Andreas?«

»Es ist einfach passiert, Papa. Ich habe ihn bei dir daheim getroffen, an deinem letzten Geburtstag.« Julia zuckte mit den Schultern. »Und wenn er es nicht gewesen wäre, dann irgendein anderer gut aussehender Typ. Es hatte nichts zu bedeuten.«

14

Mirko Jaksch war Mitte dreißig und vergleichsweise wohlhabend. Ihm gehörten neun Mietshäuser in Dresden mit siebzig Apartments unterschiedlichster Größe. Damit verdiente er mehr als genug, um seine Hobbys zu finanzieren. Vor allem liebte Jaksch sein Boot, eine sieben Meter lange Finnmaster 7600, die er bei einer Zwangsversteigerung in Malchow erworben hatte. Er hatte dem Boot den neuen Namen »Copacabana« gegeben und es nach Dresden gebracht.

Heute Morgen war Jaksch bereits um neun aufgestanden, weil er zwei anstrengende Telefonate mit seinem Steuerberater und seinem Anwalt führen musste. Anschließend hatte er sich auf der Copacabana einen gemütlichen Tag machen wollen. Kurz nach elf war er aufgebrochen, im Gepäck einen üppigen Picknickkorb aus der Feinkostabteilung von Karstadt. Er fuhr auf der Elbe an Heidenau und Pirna vorbei in die Sächsische Schweiz, bis nach Schmilka. Einige Kilometer vor der tschechischen Grenze kannte er einen kleinen natürlichen Hafen, der hinter einer mit dichten Büschen bewachsenen Halbinsel versteckt war. Hier hatte er sich voller Genuss seinem Picknickkorb gewidmet. Am frühen Abend war er wieder am Dresdner Yachthafen angekommen und hatte sich darauf gefreut, den Tag in der Sauna ausklingen zu lassen. Schließlich lag das Oasis of Dreams ganz in der Nähe.

Es war kurz nach acht. Gerade war ein weiterer Aufguss zu Ende gegangen. Drei Dutzend Gäste strömten schwitzend hinaus in den Innenhof des Gebäudes. Jaksch, der einen Tennispartner aus seinem Klub getroffen hatte, saß im temperierten Wasser des Außenpools vor einer sprudelnden Massagedüse und pries sein tolles Boot.

»Gerade mal ein Jahr alt und kaum benutzt. Neupreis fünfundachtzigtausend. Ich habe weniger als die Hälfte bezahlt.«

»Was für einen Motor hast du drin?«

»Einen Mercruiser. Der bringt zweihundertdreißig PS.«

Michael, der vom Aufguss gekommen war und neben den beiden im Pool saß, hörte aufmerksam zu, während sich in seinem Kopf ein Plan formte. Warum nicht ein Boot nehmen? Im Grunde war die Idee ebenso gut wie jene mit der Sauna. Welcher Polizist würde schon vermuten, dass er die Stadt ausgerechnet zu Wasser verlassen würde? Doch dafür musste er an die Schlüssel herankommen. Unauffällig musterte er Jaksch. Er trug den Schrankschlüssel nicht wie die meisten anderen Gäste am Handgelenk.

Kurz entschlossen verließ Michael den Pool und ging ins Gebäude zurück. Um die einzelnen Saunakabinen und Whirlpools herum standen Liegen und Stühle, auf denen die Handtücher, Bademäntel und sonstigen Habseligkeiten der Besucher verstreut waren. Hinter einer Palme versteckt beobachtete Michael, wie Jaksch hereinkam und an eine Liege trat. Umständlich trocknete er sich ab, zog einen seidenen Bademantel an und sah sich nach seinem Tennispartner um. Mit einer Geste deutete er an, dass er im Restaurant etwas trinken wolle. Der andere Mann nickte und hob zustimmend den Daumen.

Als die beiden gegangen waren, tat Michael so, als wolle er es sich auf der Liege neben der von Jaksch bequem machen. Unauffällig schaute er hinüber. Jakschs nasses Handtuch lag da, außerdem ein zerknittertes Exemplar der Sächsischen Zeitung und eine Lesebrille, aber kein Schlüssel. Doch neben der Liege war ein schwarzes Kulturtäschchen zu sehen. Michael drehte sich auf den Bauch. Niemand bemerkte, wie seine Hand zu dem Täschchen wanderte, es wie unabsichtlich umstieß und darin herumwühlte. Duschgel, Haarwaschmittel, Babyöl. Da! Er fand den Schrankschlüssel mit der Nummer Achtzehn. Darunter lag eine kleine Tube mit Abdeckcreme, die er ebenfalls mitnahm. Schnell lief er zu den Umkleidekabinen.

Der Raum mit den Garderobenschränken war videoüberwacht, aber das Risiko musste er eingehen. So unbefangen wie möglich öffnete er Schrank Nummer Achtzehn. Jakschs Kleidungsstücke hingen ordentlich über einem Bügel gefaltet, Khakihosen, ein blaues Hemd, unten standen Schuhe aus Segeltuch. Michael durchsuchte die Hosentaschen und fand links einen großen Schlüsselbund, rechts einen kleinen mit nur zwei Schlüsseln. Im Stillen lobte er den gewissenhaften Eigentümer. Denn an dem kleinen Bund hing ein Schildchen mit dem Aufdruck Copacabana. Bislang hatte er keinen Gedanken an die Frage verschwendet, wie er das Boot eigentlich ausfindig machen wollte. Nun wusste er es.

Während sich Mirko Jaksch im Restaurant an einem kühlen Bier labte, legte Michael den Schrankschlüssel zurück in das Kulturtäschchen. Er konnte nur hoffen, dass der Skipper noch eine Weile in der Sauna bleiben und später beim Anziehen den Verlust der Bootsschlüssel nicht sofort bemerken würde.

In der Umkleidekabine zog Michael seinen Anzug wieder an. Mit der Abdeckcreme verbarg er notdürftig die Platzwunde auf seiner Wange. Dann ging er zur Kasse, erhielt seine Kaution zurück und passierte die Drehtür.

Der Kassierer schaute dem Kunden mit dem geschwollenen Auge nach und blickte dann zu einem der Monitore, auf dem tonlos das Programm des Dresdner Stadtfernsehens lief. Das eingeblendete Bild zeigte eindeutig jenen Kunden, nur ohne die Blessuren. Nachdem er den Ton eingeschaltet hatte, hörte der Kassierer eine ernste Stimme aus dem Off, die den Mann auf dem Foto als mutmaßlichen Mörder bezeichnete, der auf der Flucht sei.

Er griff sofort zum Telefon.

15

Klaus Möller saß mit aufgekrempelten Hemdsärmeln am Schreibtisch, vor sich eine Tasse Kaffee. Ungeduldig blätterte er in den eingehenden Meldungen. Einhundert Beamte durchstreiften jene Teile der Stadt, die irgendwie mit Michael Krohn in Verbindung gebracht werden konnten. Sie klopften an Türen, kontrollierten Autos und zeigten Fotos herum. Die lokalen Radio- und Fernsehsender hatten ausführlich über den Mord berichtet. Trotzdem war noch kein brauchbarer Hinweis eingegangen. Der junge Anwalt schien vom Erdboden verschluckt zu sein.

Plötzlich wurde die Tür aufgestoßen. Möllers Chefermittler Tobias Siebert stürzte herein.

»Wir haben eine Spur!«, brüllte er, ein Blatt Papier schwenkend. »Krohn wurde in einer Sauna auf der Eisenberger Straße gesehen. Der Anrufer war sich hundertprozentig sicher.«

»Eisenberger Straße? Das passt doch zur Aussage dieses Taxifahrers.« Möller sprang auf und schnappte sich das Blatt.

»Er hat die Sauna vor etwa fünf Minuten verlassen. Der erste Streifenwagen muss jede Sekunde dort sein.«

Polizeiobermeister Lukat und Polizeimeister Schiller bogen mit quietschenden Reifen in die Eisenberger Straße ein. Vor dem Wellness-Center wartete schon der Kassierer und winkte heftig mit den Händen: »Er ist zu Fuß weg, die Leipziger Straße hoch und dann hinüber in die Pieschen-Galerie.«

Schiller riss das Steuer wieder herum, während Lukat das neue Ziel per Funk durchgab.

»Sehr gut. Dort kriegen wir ihn«, schrie Siebert am anderen Ende. »Ich schicke euch genügend Leute hin, um alles abzuriegeln. Geht rein und schnappt euch den Hurensohn!«

Fünfzehn Minuten später durchkämmten über zwanzig Beamte das weitläufige Einkaufscenter. Michael befand sich mitten im Getümmel. Er sah die Polizisten mit grimmigen Mienen ausschwärmen. Jeder, auf den seine Beschreibung auch nur annähernd passte, wurde angehalten und sorgfältig überprüft. Immer näher rückten sie an ihn heran.

16

Die Pieschen-Galerie, ein nach dem Elbe-Hochwasser 2002 erbautes Einkaufscenter, lag unmittelbar vor dem Yachthafen. Michael hatte sich zunächst zu den Booten begeben. Die Copacabana war das fünfte in der zweiten Reihe. Er hoffte, sie ohne größere Mühe steuern zu können. Im vergangenen Jahr hatte sein Schwiegervater ihm und Julia einen Yachturlaub in der Karibik geschenkt. Als Training musste das genügen. Viele der Instrumente und Displays waren ihm allerdings schon auf den ersten Blick vertraut erschienen. Das machte ihn zuversichtlich.

Michael war noch einmal in die Mall gegangen, um etwas zu essen und ein paar neue Kleidungsstücke zu kaufen, ehe er Dresden verließ. Das Risiko, dass die Verkäuferinnen oder die Besucher bereits von der Fahndung nach ihm wussten und sein Gesicht kannten, hatte er als gering eingeschätzt. Als er die Esprit-Filiale neben dem langen Springbrunnen betreten wollte, waren ihm jedoch vier Polizisten aufgefallen, die gerade die großen Haupteingangstüren passierten. Vier Uniformen auf einen Schlag, das konnte kein Zufall sein. Zumal die Männer offenkundig nach jemandem Ausschau hielten.

Was jetzt?

Auf dem kürzesten Weg zurück zum Yachthafen? Die Versuchung war übermächtig, aber sein kühler Verstand sagte ihm, dass das viel zu gefährlich war. Womöglich kamen andere Polizisten von hinten, und er lief ihnen direkt in die Arme. Oder er wurde beobachtet, wie er an Bord ging, und kurz darauf tauchten Beamte auf, die Fragen stellten und Fotos herumzeigten. Wie lange würde es wohl dauern, bis ein Polizeihubschrauber über seinem Boot kreiste?

Innerhalb von Sekundenbruchteilen hatte Michael Plan B entworfen.

Er war ins Untergeschoss gefahren, um sich im Fan-Shop der Dresdner Dynamos ein neues Outfit zu besorgen. Eine schwarze Hose und ein gelbes Sweatshirt mit Emblem, einen Rucksack mit dem Logo des Teams, ein schwarzes Tuch als Kopfbedeckung und eine große Sonnenbrille, außerdem ein Paar bequeme Laufschuhe. Das Risiko, mit Kreditkarte zu zahlen, musste er eingehen, weil er sein Bargeld noch brauchen würde. Der junge Verkäufer schenkte jedoch weder ihm noch der Kreditkarte übermäßige Aufmerksamkeit. Das Fußballspiel, das im Fernseher hinter ihm lief, war viel wichtiger. Michael hatte sich gleich in der Kabine umgezogen und den Laden als Anhänger des einheimischen Drittligisten verlassen. Der Anzug und die Aktentasche steckten im Rucksack.

Nun fehlte nur noch eines für seinen neuen Auftritt, und das fand er am anderen Ende des Untergeschosses, bei McDonalds. Sie war höchstens achtzehn und gerade im Begriff zu gehen. Schnell trat Michael auf sie zu.

»Hallo! Sag mal, kannst du mir vielleicht einen Gefallen tun?«

Misstrauisch sah sie ihn an. Er lächelte, das geschwollene Auge unter der Sonnenbrille verborgen.

»Was willst du?« Sie war ganz süß mit ihren seidigen blonden Haaren und dem schwarzen Minirock, der braun gebrannte Beine enthüllte. In der Hand hielt sie zwei Einkaufstüten von H&M.

»Oben am Springbrunnen stehen meine Kumpels. Sie haben gewettet, dass ich es nicht schaffe, innerhalb von dreißig Minuten ein Mädchen aufzureißen. Ich zahle dir fünfzig Euro, wenn du jetzt mit mir zusammen nach oben gehst. Wir laufen einfach nur zum Hinterausgang, so, dass sie uns sehen. Du tust so, als könntest du es gar nicht erwarten, mit mir von hier wegzukommen. Sobald wir draußen sind, ist dein Job zu Ende.«

»Fünfzig Euro?« Noch immer wirkte sie misstrauisch, aber sie schien nicht abgeneigt zu sein. Sie war zu jung, um nach einem Shopping-Abend kein Interesse an einem Fünfziger zu haben.

»Im Voraus.« Er hielt den Schein schon in der Hand. »Bitte! Es ist wirklich nur eine Wette.«

Als sie auf das Geld starrte, wusste er, dass er gewonnen hatte.

»Nur bis zum Ausgang, dann ist es vorbei«, sagte sie bestimmt. »Wir gehen nicht zu deinen Kumpels und auch sonst nirgendwohin.«

»Lass uns draußen lieber ein paar Schritte weitergehen, bis zum Yachthafen, falls sie uns nachschauen. Und es muss echt aussehen!« Er nahm ihre Hand und zog sie zur Rolltreppe. »Ich heiße übrigens Tommy. Und du?«

»Doreen.«

»Also dann, Doreen.« Während sie langsam nach oben fuhren, legte er den Arm um ihre Schultern. Sie lehnte sich an ihn, offenbar entschlossen, ihre Sache gut zu machen.

17

Wie an jedem Freitagabend herrschte in der Mall Hochbetrieb. Unmengen von Besuchern strömten an den Geschäften und Restaurants vorbei. Doch dazwischen tauchten immer mehr Uniformen auf. Michaels Herz raste, je näher sie die Rolltreppe dem Erdgeschoss entgegenbrachte. Viel zu schnell waren sie oben. Er musste sich zusammenreißen, um überhaupt loslaufen zu können. Unaufhörlich ließ er den Blick wandern, während er sich noch enger an seine Begleiterin heranschob. Als zwei Polizisten direkt auf sie zukamen, drehte er sich zu Doreen, so dass er den beiden den Rücken zuwandte.

»Meine Kumpels schauen gerade zu uns«, flüsterte er ihr ins Ohr. Zu seiner grenzenlosen Erleichterung spielte sie mit. Scheinbar verzückt schlang sie die Arme um seinen Hals und kuschelte sich an ihn. Nur wenige Meter von ihnen entfernt blieben Lukat und Schiller stehen.

Michael zitterte vor Angst und fühlte, dass seine Hände schweißnass waren.

»Wo steckt der Bursche nur?« Lukat fluchte und murmelte einen unverständlichen Code in sein Funkgerät.

Schiller atmete keuchend und drehte den Kopf wie ein Uhu. Vor einer Pizzeria standen zwei Anzugträger mittleren Alters, wahrscheinlich Geschäftsreisende, die hier noch gegessen hatten, ehe sie in ihr Hotel zurückkehrten. Hinter ihnen sammelte sich eine japanische Reisegruppe, die aus der bayerischen Bierstube gegenüber kam. Schiller sah Frauen, alte und junge, Touristen, viele Paare. Er bemerkte auch den Dynamo-Fan mit seiner Freundin, stufte die beiden aber als uninteressant ein. Sie suchten nach einem einzelnen Mann, einem Anwalt Ende Zwanzig mit einem rosa Hemd, dunklem Anzug und einer schwarzen Aktentasche. Nicht nach verliebten Pärchen. Es gab natürlich jede Menge Männer, die allein unterwegs waren. Viele trugen Anzüge, zwei oder drei sogar ein rosa Hemd. Sie wurden alle überprüft. Aber keiner von ihnen war Michael Krohn.

Doreen spürte Michaels Zittern, interpretierte es aber falsch. »Nun sei nicht so aufgeregt! Ich denke, es soll echt aussehen!«

Als Antwort küsste Michael sie auf die Wange, dann zog er eng umschlungen mit ihr weiter. Versteckt hinter seiner Sonnenbrille, sah er in die Gesichter der Polizisten, um jede Anomalie, ein überraschtes Aufblitzen der Augen etwa oder eine hastige Bewegung, schon im Ansatz zu erkennen. Es dauerte eine quälend lange Zeit, doch er schaffte es, zusammen mit Doreen lachend und flirtend und fummelnd an all den Uniformen vorbei bis zum Hinterausgang zu kommen. Als sie den Yachthafen erreichten, war sein Rücken schweißüberströmt und sein Puls raste.

»Ich danke dir«, sagte er. »Du warst einfach großartig.«

»Gern geschehen. Also dann, Tommy ...« Sie winkte ihm mit der Hand zu und drehte sich um.

Michael zog Jakschs Schlüssel hervor. Eine kleine Treppe führte hinunter zu den Booten. Schon hatte er die Copacabana erreicht. Scheinbar routiniert löste er die Leinen, ließ den Motor an und steuerte das Boot langsam aus dem kleinen Hafen hinaus.

Polizeiobermeister Lukat und Polizeimeister Schiller standen derweil verärgert am Haupteingang der Pieschen-Galerie. »Nichts. Nichts, verdammt, nichts«, schimpfte Lukat. »Wir laufen uns hier völlig umsonst die Hacken ab.«

Im Polizeipräsidium saßen Möller und Siebert, ebenfalls mit wütenden Gesichtern. Wo steckte dieser verdammte Krohn? »Vielleicht ist er ja gar nicht in das Einkaufszentrum gegangen, sondern einfach auf der Leipziger Straße weiter stadtauswärts, zu seiner Wohnung oder sogar noch weiter bis ins Vergnügungsviertel«, sagte Siebert.

Möller verlieh seinem Zweifel mit einem Grunzen Ausdruck. Sie hatten ein Dutzend Streifenwagen in die Gegend beordert. Irgendeinem hätte ein einsamer Fußgänger, der Krohns Aussehen entsprach, auffallen müssen.

»Nehmt euch den Kassierer in der Sauna noch mal vor!«, wies er Siebert an. »Und dann ist mir noch was eingefallen. Krohn stammt doch aus Leipzig, oder?«

»Nicht direkt. Aus einem kleinen Nest zwischen Leipzig und Halle.«

»Leben seine Eltern noch?«

»Nach Aussage seiner Frau, ja. In Wiedemar. So heißt der Ort.«

»Haben die dort ein Polizeirevier?«

»Nein, das ist nur ein winziges Nest. Delitzsch ist für den Bereich zuständig.«

»Gut. Wenn Krohn aus Dresden herauskommt, wird er vielleicht irgendwann bei seinen Eltern auftauchen. Alarmiere das

Revier in Delitzsch. Die sollen das Haus der Eltern beobachten lassen.«

»Schon passiert«, antwortete Siebert zufrieden.

18

Der nächste Tag war ein Sonnabend. Es war der erste Sonnabend seit Wochen, an dem Michael nicht wenigstens am Vormittag für ein paar Stunden an seinem Schreibtisch in der Kanzlei saß. Er hatte den ständigen Stress und die Hektik oft verflucht, aber heute sehnte er sich zurück nach dieser Welt, die mit einem Schlag nicht mehr die seine war. Er fühlte sich betrogen, ausgestoßen aus einem Spiel, in dem er seit gestern zu den Großen gehörte.

Fröstelnd und hungrig saß er nach einer schlaflosen Nacht an Deck der Copacabana. Sein Gesicht tat ihm weh, sein Auge war noch immer zugeschwollen. Ohne Sonnenbrille würde er sich in den nächsten Tagen nicht unter Leute wagen können.

In der Ferne sah er die ersten Häuser von Riesa. Michael überlegte, die Stadt anzulaufen. Das gestohlene Boot konnte er nicht ewig benutzen. Und in Riesa gab es einen Bahnhof, Frühstück und die Zeitungen. Die Zeitungen waren wichtig. Er musste wissen, wie es um ihn stand.

In einem Verschlag am Heck fand er einen marineblauen Parka und drei weiße T-Shirts. Als er die Schubladen durchsuchte, entdeckte er außerdem knapp fünfhundert Euro. Nachdem er den größten Teil seiner Barschaft für Doreens gelungenen Auftritt ausgegeben hatte, kam ihm das Geld äußerst gelegen. In der untersten Schublade stieß er auf eine Broschüre mit dem Titel »Häfen, Motorbootclubs und Yachtstege an der sächsischen Elbe«. Schnell blätterte er sie durch. Die Marinekameradschaft Riesa verfügte über einen kleinen Yachthafen mit insgesamt siebzehn Liegeplätzen.

Es war kurz vor halb sieben.

Michael hoffte, dass keiner der Marinekameraden so früh auf den Beinen war. Er nahm Kurs auf den Hafen. Langsam glitt er durch das ruhige Wasser. Schon war sein Ziel in Sichtweite. Ein großes weißes Schild mit einem schwarzen Pfeil wies auf die beiden Gastliegeplätze hin, die zu seiner Freude unbesetzt waren. Die Anlage schien noch menschenleer zu sein. Es kostete ihn zwei Versuche, aber schließlich gelang es ihm, das Motorboot an den Steg heranzufahren. Er vertäute es ordnungsgemäß. Alles sollte völlig unverdächtig aussehen.

Michael kannte Riesa nicht allzu gut, schätzte aber, dass er zu Fuß etwa zwanzig Minuten bis zum Stadtzentrum brauchte. Er schnappte seinen Rucksack, sprach der Copacabana einen stummen Dank aus und machte sich auf den Weg.

Unbehelligt erreichte er die Innenstadt.

Es gab kein frühes Verkehrsgewimmel an diesem Samstagmorgen, träge Wochenendstille lag wie feiner Mehlstaub über den Häusern. Michael hatte das schwarze Tuch vom Kopf genommen und stattdessen wieder zu seinem Basecap gegriffen. Dazu trug er den Parka des Skippers, die schwarze Hose und natürlich die Sonnenbrille.

Die Hauptstraße war beinahe so menschenleer wie der Hafen. Neben dem Kino fand Michael jedoch eine Bäckerei, die schon geöffnet hatte. Dort kaufte er zwei belegte Brötchen mit Eiersalat und ein Stück Pflaumenkuchen. Während die Verkäuferin den Kuchen sorgfältig einpackte, fiel Michaels Blick auf die Bild-Zeitung, die rechts auf der Verkaufstheke lag.

Er hatte damit rechnen müssen, trotzdem durchzuckte es ihn glühend heiß, als er sein Konterfei auf der Titelseite sah. Das Foto selbst war gar nicht einmal schlecht. Es stammte vom gestrigen Gerichtstermin in Pirna. Ernst und adrett sah er in das Auge der Kamera. Doch die Schlagzeile daneben schrie: »Mord unter Anwälten!« Michael musste ein Zittern unterdrücken, als er je ein Exemplar der Bild und der Morgenpost nahm.

»Die kommen noch dazu«, sagte er zu der Verkäuferin.

Seine brüchige Stimme schien ihr nicht aufzufallen. Halblaut die Preise aufsagend, tippte sie auf den Tasten ihrer Kasse herum.

Michael bezahlte schleunigst und suchte sich im Stadtpark eine Bank.

»Also dann«, murmelte er, atmete tief durch und nahm sich als Erstes die Bild-Zeitung vor.

Erneut jagte ein Stromstoß durch seinen Körper, als er auf seinen Namen starrte. Nicht »Michael K.«, wie es bei Tatverdächtigen üblich war. Sondern »Michael Krohn«. Aber das war zu erwarten gewesen. Durch seinen gestrigen Erfolg in Pirna stand er schließlich im Rampenlicht. Da durfte er jetzt nicht auf Anonymität hoffen. Er aß er seine Brötchen, während er weiterlas.

Die Story selbst war für die Journalisten ein Geschenk des Himmels. Es ging um Leidenschaft und Eifersucht, Blut und Mord, Politik und Prominenz. Schon jetzt war klar, dass die Blätter eine Weile von diesem Stoff zehren würden. In den heutigen Ausgaben fanden sich die immer gleichen Statements von Harder und Möller, dazu Fotos der beiden, wie sie grimmig auf ein Gewirr von Mikrofonen starrten, und Aussagen einiger sogenannter Experten. Mehr war bis zum Redaktionsschluss offenbar nicht mehr zu machen gewesen. Doch schon heute würde die Meute auf die Jagd gehen, um ein paar Sätze von Peter Herzog zu ergattern und von Julia, von Kollegen aus der Kanzlei, vielleicht sogar von Birgit Ebert.

Und wahrscheinlich auch von meinen Eltern.

Michael erschrak. An sie hatte er bisher noch gar nicht gedacht. Er musste sie schleunigst anrufen. Instinktiv wollte er in die Tasche seines Jacketts greifen, aber er trug ja keines. Und er besaß auch kein Handy mehr. Hastig stopfte er sich den Rest des zweiten Brötchens in den Mund, dann packte er die Zeitungen und den Kuchen in den Rucksack und suchte eine Telefonzelle. Erst auf dem Marktplatz wurde er fündig. Er tippte die Nummer seiner Eltern ein und hörte es am anderen Ende läuten.

»Krohn.« Es war die müde Stimme eines Mannes, der innerhalb weniger Stunden um Jahre gealtert war.

»Papa? Hier ist Micha.«

»Micha, mein Junge! Wie ... wie geht's dir? Wo bist du denn? In den Nachrichten ...« Die Stimme erstarb.

»Ich weiß, Papa. Es tut mir alles so leid. Ist Mama in der Nähe?«

»Nein, sie ist oben. Soll ich sie herholen?«

»Ja, und dann schalte den Lautsprecher ein.«

Michael wartete einige Sekunden, während er seinen Vater im Haus herumrufen hörte. Dann war seine Mutter am Telefon.

»Micha? Um Gottes willen, was ist denn passiert?«

Die Angst in ihrer Stimme schnürte ihm die Kehle zu. Er hörte ihre Tränen und ahnte, was sie in den letzten Stunden durchgemacht hatte.

»Bitte hört mir genau zu. Es ist alles ziemlich verworren, aber ihr müsst eines wissen: Ich bin kein Mörder, hört ihr? Ich habe meinen Kollegen erschossen, aber in Notwehr. Ich musste es tun, sonst wäre ich jetzt tot.« So ganz stimmte das zwar nicht, aber die Sache mit dem unabsichtlichen Schuss war am Telefon einfach zu kompliziert.

»Die Polizei ...«

»Ich weiß, es sieht nicht gut aus. Irgendwann werde ich euch alles in Ruhe erklären.«

»Wo bist du jetzt?« Das war sein Vater. Er klang bereits wesentlich besser als noch vor dreißig Sekunden.

»Gar nicht so weit weg. Papa, ich brauche ein bisschen Geld. Kannst du mir helfen?«

»Ja ... ja, natürlich.«

»Können wir uns treffen? Aber nicht zu Hause. Wahrscheinlich überwachen sie euch schon. Haben irgendwelche Journalisten angerufen?«

»Gestern Abend, mehrmals. Heute auch schon wieder. Sie wollen Fotos von dir, Fotos von uns, Informationen. Diese Kerle sind einfach widerlich.«

»Ich wünschte, ich könnte euch das ersparen.«

»Wir werden mit denen schon fertig. Die beiden Söhne von den Hartmanns passen auf, dass keiner aufs Grundstück kommt. Wo wollen wir uns treffen?«

Michael überlegte kurz. »Fahr zu dem Ort, wo du für mich mal ein Schwert aus Holz versteckt hast, als ich noch klein war. Du weißt, was ich meine?«

»Äh … ja, ich glaube, ja …«

»Heute Abend, wenn es dunkel ist. Sagen wir, gegen zehn. Pass auf, dass dir niemand folgt. Und macht euch bitte keine Sorgen um mich. Ich schaffe das schon.« Schnell hängte er auf.

Macht euch keine Sorgen.

Leere Worte, das wusste er. Er selbst machte sich jede Menge Sorgen. Doch er hatte einen kühlen, berechnenden Verstand. Nur deshalb war er unbehelligt aus Dresden herausgekommen. Und deshalb würde er es auch bis nach Wiedemar schaffen. Er war mittlerweile eine Fahrtstunde von Dresden entfernt. Seine Chancen zu entkommen stiegen mit jedem Kilometer, den er zwischen sich und seine Verfolger brachte.

Bis zum Bahnhof waren es noch einmal fünfzehn Minuten zu Fuß. Am Automaten kaufte er eine Karte für den Regional-Express nach Leipzig. Der Zug kam kurz nach halb neun. Außer Michael stiegen nur wenige Leute ein. Er suchte sich einen Waggon, der fast leer war, und versteckte sich hinter seiner Bild-Zeitung. Während der Fahrt legte er sein Programm für die nächsten Stunden fest. Am liebsten hätte er sich in der nächsten Pension eingemietet, die Decke über den Kopf gezogen und gewartet, bis der Sturm vorüber war. Aber das war zu gefährlich. Er musste weg, irgendwohin, wo die Polizei nicht dem Befehl des mächtigen Sebastian Harder unterstand. Er brauchte ein Versteck außerhalb von Sachsen, wo die Zeitungsberichte über den Tod Brunners kleiner ausfielen und die Sache schneller in Vergessenheit geriet.

19

Die Krohns wohnten im westlichsten Zipfel des Landkreises Nordsachsen, an der Grenze zu Sachsen-Anhalt. Ihr Bauernhof, zwei Kilometer außerhalb von Wiedemar gelegen, war klein und unrentabel. Viel Getreide und Raps, außerdem etwas Silomais und achtzehn Schweine – es reichte nur, um gerade so über die Runden zu kommen. Ein Schicksal, das die Krohns mit vielen anderen Hofbesitzern teilten. Erst im vergangenen Jahr hatte wieder einer der Nachbarn das Handtuch geworfen. Jetzt arbeitete er bei einem Containerdienst in Delitzsch.

In dem alten Bauernhaus, das einen neuen Anstrich hätte vertragen können, hatte Michael seine Kindheit verlebt. Es gab auch eine sieben Jahre ältere Schwester, Sabine. Sie und Michael hatten sich jedoch nie besonders nahe gestanden, schon als Kinder nicht. Je älter sie wurden, desto mehr wuchs der Abstand zwischen ihnen. Später heiratete Sabine und zog nach Bergisch-Gladbach. Dort arbeitete sie in einer Praxis für Physiotherapie.

Michael hatte studiert, als Erster in der Familie.

Schon im Grundstudium gehörte er zu den Besten, was ihm die Chance auf ein Stipendium und einen Nebenjob als Hilfskraft eines Professors eröffnete. Das Examen hatte er mit einem exzellenten Ergebnis absolviert. Als er Julia heiratete und eine Anstellung bei Herzog, Strasser & Beermann fand, platzte der alte Krohn fast vor Stolz. Wie die meisten Menschen vom Land hatte er für Anwälte nichts übrig, mied Behörden und ging Rechtsstreiten tunlichst aus dem Weg. Aber auf seinen Sohn, der es in Dresden zu etwas gebracht hatte, hielt er große Stücke.

Am späten Vormittag stieg Winfried Krohn in seinen rostigen VW Taro und fuhr zur Postfiliale in Wiedemar. Sie hatte samstags bis halb zwölf geöffnet. Kurz nach elf schlüpfte er hinein, um eine Viertelstunde später mit zufriedener Miene wieder herauszukommen. Er fuhr noch zum Friseur und zum Supermarkt, dann kehrte er zum Bauernhof zurück. Dass ein in Zivil gekleideter Polizist jeden seiner Schritte genau überwachte, bemerkte er nicht.

20

Tobias Siebert war ein erfahrener Ermittler, der sich keine Illusionen über seine Lage machte. Die Suche nach Michael Krohn war ein Politikum. Was im Klartext hieß: Siebert brauchte dringend ein Erfolgserlebnis. Krohn war seit fast zwanzig Stunden auf der Flucht, und sie hatten nicht die geringste Ahnung, wo er steckte. Schon bald würden die ersten Leute über ihm ungeduldig werden.

Zum Beispiel Innenminister Harder.

Siebert hatte sein Büro in eine Kommandozentrale umfunktioniert und die ganze Nacht und den Vormittag mit seinen Leuten Karten studiert und eingehende Meldungen überprüft. Seit gestern Abend war er nicht mehr zu Hause gewesen. Möller hatte ihm zu verstehen gegeben, dass sich daran nichts ändern würde, solange Krohn nicht hinter Schloss und Riegel saß. Nach den Fernsehberichten und den Schlagzeilen der heutigen Tageszeitungen hatte es etliche Hinweise gegeben, in erster Linie leider von Spinnern und Trittbrettfahrern. Michael war an vierzehn verschiedenen Punkten in Dresden gesehen worden, draußen am Flughafen, außerdem in Meißen, Pirna und drei weiteren Städten. Kein einziger Hinweis hatte sich als stichhaltig erwiesen.

Noch immer durchkämmten Sieberts Leute die Landeshauptstadt, aber ihnen fehlte eine echte Spur. Zwar wussten sie mittlerweile, dass Michael in der Pieschen-Galerie mit seiner Kreditkarte eingekauft hatte. Polizeiobermeister Lukat erinnerte sich sogar dunkel an einen Dynamo-Fan im Passantenstrom. Aber das war schon alles, und es führte sie nicht weiter. Der Typ im Dynamo-Outfit hatte ein junges Mädchen im Arm gehabt, doch das hatte Lukat nur flüchtig gesehen. Siebert hatte ihn und alle anderen, die in der Galerie waren, gehörig zusammengestaucht.

»Nachricht aus Wiedemar«, krähte ein junger Polizist plötzlich, den Kopfhörer abnehmend. »Der alte Krohn hat vor ein paar Minuten bei der Postbank fünfzehntausend Euro abgehoben. Sie schicken gleich einen ausführlichen Bericht.«

Siebert pfiff leise durch die Zähne. »Sieh mal einer an. Wozu braucht er den Zaster wohl?« Er griff zum Hörer und wählte Möllers Nummer. »Ich glaube, wir haben ihn! Sein alter Herr hat gerade das Sparschwein geplündert.«

Als die E-Mail mit dem Bericht aus Wiedemar kam, las er sie zweimal gründlich durch. Dann rief er den Leiter des Polizeireviers in Delitzsch an und erteilte sehr detaillierte Instruktionen. Anschließend wählte er die Nummer des zuständigen Ermittlungsrichters, um sich die Telefonüberwachung der Eltern genehmigen zu lassen. Schließlich waren sie gerade dabei, einen Mörder auf der Flucht mit Bargeld zu versorgen. Der Richter war kooperativ. Binnen einer halben Stunde faxte er Siebert einen Beschluss, der die Polizei zum Abhören von Winfried Krohns Telefon berechtigte. Mit einem zufriedenen Lächeln stieg Siebert in einen Polizeihubschrauber Richtung Wiedemar.

21

Michael fuhr nicht bis zum Leipziger Hauptbahnhof. Der Gedanke, dass er bei seinen Eltern Zuflucht suchen könnte, lag nicht fern, und wenn er mit dem Zug kam, führte der Weg nun einmal über Leipzig und Delitzsch. Es war also nicht ausgeschlossen, dass auch der Hauptbahnhof überwacht wurde. Deshalb verließ Michael den Zug bereits in Engelsdorf und fuhr mit der Buslinie 73 ins Stadtzentrum.

Wehmut stieg in ihm auf, als er sein Ziel erreichte. Sieben Jahre hatte er in Leipzig gelebt, während des Studiums und des Referendariates. Hier trafen das Flair und die Weltoffenheit der Messestadt auf die Bodenständigkeit der Einheimischen. Es gab wunderschöne enge Gassen, gemütliche Kneipen und kleine Bäckereien, aber auch renommierte Universitäten, weltweit beachtete Kunstausstellungen, eine Buchmesse und das Gewandhaus.

Damals hatte er in einem alten Bürgerhaus auf der Perlickstraße gewohnt, zusammen mit zwei Freunden, die wie er Jura studierten. Jan Berger stammte aus Torgau, Ronny Schmidt war ein gebürtiger Leipziger. Sie hatten sich im Einführungskurs für Erstsemester kennengelernt und schon bald eine Wohnung ausfindig gemacht, die groß genug für sie war. Während des Studiums hatten sie Hunderte von Stunden gemeinsam in der Bibliothek verbracht, zusammen gelernt, Hausarbeiten geschrieben, vor dem Examen gezittert und über ihre künftigen Karrieren geredet. Als sie die Perlickstraße verließen, taten sie es in der Gewissheit, dass ihre Freundschaft ein Leben lang halten würde.

Zwei von ihnen verschlug das Schicksal nach Dresden. Michael wurde Anwalt bei Herzog, Strasser & Beermann, Jan bekam einen Job im Justizministerium. Ronny ging nach Berlin, um für einen Bundestagsabgeordneten zu arbeiten. Anfangs trafen sie sich einmal pro Monat, meist in Dresden. Dann zogen sie bis morgens durch die Clubs und schwelgten in Erinnerungen. Doch die Abstände zwischen diesen Treffen waren mit der Zeit immer größer geworden, bis es irgendwann gar keine mehr gab. Mittlerweile tauschten sie nur noch gelegentlich E-Mails aus. Dennoch dachte Michael immer wieder gern an die unbeschwerten Jahre in Leipzig zurück.

Nachdem er ein paar Minuten ziellos in der Innenstadt herumgelaufen war, besuchte er ein Schnitzelrestaurant in der Großen Fleischergasse. Hier hatte es früher die besten Kalbsschnitzel der Stadt gegeben. Er bestellte eines nach Wiener Art, dazu Pommes frites und ein dunkles Bier. Danach setzte er sich, um die Zeit bis zum Abend totzuschlagen, in ein Kino in Nähe der Thomaskirche. Inmitten einer Schar Kinder sah er sich einen albernen Animationstrickfilm an. Als er das Kino verließ, war es kurz vor sechs.

Er ging zu Karstadt, um einen Mopedhelm mit Visier zu kaufen. Der billigste kostete knapp fünfzig Euro, eine Ausgabe, die ihm wehtat. Aber wenn er nicht auffallen wollte, kam er um den Helm nicht herum. Außerdem erwarb er noch ein Mini-Schraubendreherset. Dann lief er weiter zum Augustusplatz. Mit der Straßenbahn fuhr er in die Südvorstadt.

Am Ende der Karl-Liebknecht-Straße befand sich ein großer Schotterplatz, den die Besucher des Szeneviertels als kostenlosen Parkplatz nutzten. Michael schlängelte sich an Autos, Motorrädern und Mofas vorbei und an kleinen Grüppchen, die herumstanden, rauchten und Bier aus Flaschen tranken. Ganz am Ende des Platzes entdeckte er, wonach er suchte, ein altes DDR-Moped vom Typ Schwalbe. Es wies etliche Beulen und Rostflecken auf, und wie bei den meisten Maschinen dieser Art fehlte inzwischen das Lenkerschloss.

Michael blickte sich einmal um, dann schob er das Moped zur Straße. Er startete es problemlos, indem er den Zündschlüssel durch einen der kleinen Schraubendreher ersetzte, und machte, dass er wegkam.

Bis zu dem Ort, an dem er seinen Vater treffen wollte, waren es höchstens dreißig Kilometer, und ihm blieben noch fast drei Stunden. Er hatte also genügend Zeit, um auf den Nebenstraßen zu fahren und jede Geschwindigkeitsbegrenzung exakt einzuhalten.

22

Die Spannung im Polizeirevier Delitzsch war mit Händen zu greifen. Die Luft war von blauem Dunst vernebelt. Dabei bestand im gesamten Gebäude Rauchverbot. Der Revierleiter trommelte mit dem Zeigefinger auf der Tischplatte. Tobias Siebert lief ununterbrochen hin und her.

Sein Grimm wuchs mit jeder Minute. Eigentlich sollte das hier ein ganz kurzer Job werden. Krohn verhaften, ihn in den Hubschrauber laden und zurück nach Dresden fliegen. Dort hätten Harder und Möller ihre Show vor der Presse abziehen können, während sein Hintern aus der Schusslinie verschwunden wäre. Er hätte nach Hause gehen und schlafen und zu seinem normalen

Alltag zurückkehren können, zu seinem Garten und vor allem seinen Rosen, die er mit Begeisterung züchtete.

Doch dieser verdammte Krohn hatte nicht mitgespielt. Er war einfach nicht erschienen. Sein Vater hatte fünfzehntausend Euro abgehoben, alles in kleinen Scheinen. Siebert wusste, dass dieses Geld nur für Michael Krohn bestimmt sein konnte. Das Anwesen der Eltern wurde seit gestern noch sorgfältiger überwacht. Keiner kam unbeobachtet hinein oder heraus. Der Alte hatte das Haus nicht mehr verlassen. Sein Telefon wurde abgehört. Wo aber blieb sein Sohn? Siebert wusste, dass es einer mittleren Katastrophe gleichkäme, ohne Krohn nach Dresden zurückzukehren.

»Der Vater verlässt das Haus«, meldete ein junger Polizeimeister, der am Funkgerät saß.

»Na endlich«, stöhnte Siebert erleichtert auf.

Der Revierleiter sprang auf. »Es geht los, Männer!«, bellte er.

»Er fährt Richtung Wiedemar«, meldete der junge Polizeimeister.

Die Beamten rannten zu ihren Fahrzeugen. Ihr Jagdfieber war erwacht, die bleierne Müdigkeit, die auf ihnen gelegen hatte, mit einem Schlag verflogen. Noch eine Stunde, vielleicht zwei, dann war der Spuk vorbei.

23

Trotz des Parkas fröstelte Michael, als er auf seiner Maschine durch die Dunkelheit jagte. Er war einen Umweg gefahren, über Rackwitz und am Brodauer See vorbei. Etwa zwei Kilometer vor Zwochau bog er rechts auf eine schmale Schotterstraße ab. Beinahe hätte Michael sie übersehen, doch im letzten Moment drosselte er die Maschine. Nach fünf Minuten endete die Straße plötzlich im Nichts.

Vor ihm erhob sich dichter Wald.

Michael stellte das Moped ab und sah auf die Uhr. Zehn vor zehn. Mit klopfendem Herzen setzte er sich in Bewegung. Es dauerte eine Weile, ehe er sich zurechtfand. Nach einigen Minuten stieß er auf den Weg, der zu der alten Holzfällerhütte führte. Doch sie war leer, von seinem Vater keine Spur.

»Papa?«, rief Michael halblaut. Keine Reaktion. War etwas dazwischengekommen? Oder, noch schlimmer, hatten seine Verfolger seine Spur entdeckt? »Papa?«, rief er noch einmal.

Hinter der Hütte trat eine dunkle Gestalt vor.

»Da bist du ja endlich.«

Michael erschrak zu Tode. Das war definitiv nicht die Stimme seines Vaters. Irgendetwas war hier schiefgelaufen. Vorsichtig sah er sich um, während er langsam rückwärts ging. Die dunkle Gestalt machte zwei Schritte nach vorn.

»Keine Angst! Ich bin's, Dietmar. Dietmar Barthel.«

Der Mann trat näher. Michael konnte nur seine Umrisse sehen, aber jetzt erkannte er die Stimme. Dietmar Barthel war der älteste Freund seines Vaters. Er betrieb in Wiedemar einen Friseursalon.

»Komm in die Hütte«, sagte Barthel.

»Wo ist Papa?«

»Komm erstmal rein. Ich erkläre dir alles.«

Es war eine primitive Hütte, aus groben Stämmen lieblos zusammengezimmert. Darin gab es nichts weiter als zwei Holzbänke und einen Tisch. Barthel zündete eine Öllampe und einige Kerzen an, dann setzte er sich Michael gegenüber. Er war groß und hager und hatte weißes Haar, das sorgfältig gepflegt war. Sein Gesicht wies einen bräunlichen Glanz auf, der sich sogar in die Falten seiner Wangen und auf der Stirn eingegraben hatte.

Michael atmete tief durch. »Wo ist mein Vater?«

»Dem geht's gut. Er sitzt gerade im *Erbgericht* und isst einen Teller Linsen. Und die Bullen hocken davor und erwarten dich voller Ungeduld.«

Das Erbgericht war die älteste Gaststätte Wiedemars. Viele Einheimische kamen am Sonntagmittag hierher, feierten Geburtstage und Hochzeiten oder trafen sich nach Beerdigungen zum Leichenschmaus.

»Was ist denn passiert?« Michael sprach leise, fast flüsternd, als befürchtete er, die Polizei könnte ihn hören.

»Dein Vater war heute Mittag bei mir im Laden. Er hat mir erzählt, dass ihr euch hier treffen wollt. Ich habe ihm gesagt, dass ihr beide verrückt seid. Glaubt ihr wirklich, die Bullen würden nicht auf dieselbe Idee kommen?«

»Er sollte vorsichtig sein.«

»Das reicht doch nicht, wenn er auf Schritt und Tritt verfolgt wird! Nach einer Weile hat er das auch eingesehen. Er hat mich gebeten, an seiner Stelle zu kommen und dir das zu geben.«

Barthel legte einen Briefumschlag auf den Tisch. Michael nahm ihn und wog ihn in der Hand. »Ist das das Geld, um das ich ihn gebeten habe?«

»Fünfzehntausend Euro.«

»Fünfzehn ... Woher hat Papa denn eine solche Summe? Ich kann mich nicht erinnern, dass er jemals auch nur fünftausend Euro übrig gehabt hätte.«

»Das ist dein Geld, Micha. Du hast es ihm im vorigen Jahr überwiesen, damit er seine Schulden schneller abbezahlen kann. Der Kredit für das neue Dach, erinnerst du dich?«

»Wieso hat er das Geld denn nicht verwendet?«

»Ich glaube, er war zu stolz.« Barthel griff in die Tasche und zog einen Führerschein hervor. »Hier ist noch etwas, was dir nützlich sein kann.«

Michael betrachtete die grüne Plastikkarte. Sie war auf Dietmars Patenkind Oliver Schubert ausgestellt, einen Sterne-Koch, der mittlerweile einunddreißig war und in Los Angeles lebte.

»Der Führerschein liegt schon eine Weile bei mir zu Hause herum«, erklärte Barthel. »Oliver hat ihn, als er einmal bei uns zu Besuch war, vergessen. Er hat sich inzwischen einen neuen ausstellen lassen. Das Bild sieht dir halbwegs ähnlich.«

»Aber wirklich nur halbwegs«, sagte Michael skeptisch.

»Für die meisten Kontrollen genügt das.« Dietmar Barthel, in der Betrachtung von Gesichtern geübt, sprach jetzt als Fachmann. »Ein Mann, der Ausweise kontrolliert, sieht sich immer zuerst die Person an, die vor ihm steht, dann das Foto. Der erste Eindruck von dem Gesicht hat sich ihm da schon eingeprägt. Das beeinflusst sein Urteil.«

Michael nickte. Viele Menschen hatten nur noch entfernte Ähnlichkeit mit den alten Bildern in ihren Ausweisen. Dietmars Idee war gar nicht so schlecht. Ernst sah er ihn an. »Es gefällt mir allerdings nicht, dass du in die Sache hineingezogen wirst.«

»Mach dir darum mal keine Sorgen.« Dietmar winkte ab. »Die Verbindung wird so schnell keiner herstellen.«

»Danke, Dietmar. Ich glaube, es war gut, dass Papa nicht hergekommen ist. Wenn du ihn siehst, sagst du ihm bitte, dass ich ihn und Mama vermisse? Und dass sie immer daran denken sollen, es war kein Mord. Ich habe in Notwehr gehandelt.«

»Warum sagst du das nicht einfach der Polizei?« Prüfend sah Barthel Michael an. Sein Blick blieb an dem zugeschwollenen Auge hängen. »Wenn es Notwehr war, hast du doch nichts zu befürchten.«

»Das ist eine lange Geschichte. Sagen wir mal so: Es sieht nicht wie Notwehr aus. Ich habe Angst, dass man mir nicht glaubt.«

»Und was willst du jetzt tun?« Dietmar jedenfalls schien ihm zu glauben. Er sah ernsthaft besorgt aus.

Michael schüttelte den Kopf. »Je weniger du weißt, desto besser. Danke, dass du mir geholfen hast, Dietmar. Ich werde das nie vergessen.«

24

Sonntagmorgen. Peter Herzog war seit sieben Uhr im Büro. Seine Sekretärin, die er telefonisch um ihr Kommen gebeten hatte, erschien gegen halb neun. Nach und nach trafen auch die meisten anderen Partner und etliche der angestellten Anwälte ein. Der Sonntag war kein regulärer Arbeitstag bei HSB, aber der Chef war meistens für ein paar Stunden da, und auch von den anderen hatte immer jemand etwas zu tun. Doch an diesem Wochenende herrschte deutlich mehr Betriebsamkeit als sonst. In den Büros und auf den Fluren gab es nur ein Thema – der Tod von Andreas Brunner und die Frage, was der Schwiegersohn des Alten damit zu tun hatte.

Herzog hatte für den Nachmittag eine Partnerversammlung angesetzt. Jetzt galt es, sich erst einmal einen Überblick zu verschaffen. Er hatte die Sonntagszeitungen gelesen und bereits mit seinem Verbindungsmann im Polizeipräsidium telefoniert. Der Stand der Dinge war derselbe wie gestern. Keine Spur von Michael. Herzog war sich mittlerweile nicht mehr sicher, ob er darüber besorgt oder erleichtert sein sollte. Was würde passieren, wenn sie Michael schnappten? Ein wochenlanger Prozess, jede Menge schlechte Presse für die Kanzlei. Julia müsste womöglich vor Gericht erscheinen und alles über ihre delikate Affäre mit Brunner offenbaren. Herzog wollte über ein solches Szenario nicht einmal nachdenken. Vielleicht war es besser, wenn Michael für alle Zeiten verschwunden blieb. Der Sturm würde vorüberziehen, und die Kanzlei konnte wieder zum Alltag zurückkehren.

Und Julia?

Herzog hatte sie in seine Wohnung geholt. Angelika, seine Haushälterin, kümmerte sich um sie. Doch Julia weigerte sich zu essen. Apathisch hatte sie den ganzen Sonnabend im Bett verbracht. Angelika hatte ihm erzählt, dass sie stundenlang weinte. Herzog fühlte sich entsetzlich hilflos. Ihm war bewusst, dass er im Begriff war, seinen alten Fehler zu wiederholen. Erneut war seine Tochter in einer Situation, in der sie ihren Vater dringend brauchte. Er hätte jetzt bei ihr sein sollen. Aber die Kanzlei, seine Kanzlei, stand unter Beschuss, und hier wurde er ebenfalls gebraucht. Er konnte nicht anders.

»Ein Anruf aus Russland, Herr Herzog«, rief Marion Höfer durch die offene Bürotür.

»Wer ist es?«

»Der Generalgouverneur. Brunners Mandant.«

Herzog griff eilig zum Hörer. Die Stimme am anderen Ende war sehr tief, sehr kühl und beherrscht. Sie sprachen etwa drei Minuten. Der Anwalt machte sich Notizen und versprach, umgehend zurückzurufen. Er verspürte ein Grummeln in der Magengegend, die Art von Grummeln, das er immer spürte, wenn Ärger drohte.

»Ist Karla da?«, fragte er seine Sekretärin. »Wenn nicht, rufen Sie sie an. Sie soll sich sofort bei mir melden. Mit der Nemzow-Akte.«

Karla Birk hatte die letzten drei Jahre als Brunners Sekretärin gearbeitet. Sie war zweiundvierzig, Kettenraucherin und seit über einem Jahrzehnt in der Kanzlei. Unter ihren Kolleginnen war sie nicht sonderlich beliebt, aber Brunner hatte auf sie geschworen. Als sie in Herzogs Büro trat, hielt sie einen dünnen Hefter in der Hand. Herzog blätterte ihn schnell durch. Er enthielt ein Anschreiben, Namen und Telefonnummern, drei Gesprächsvermerke. Sonst nichts.

»Wann war Herr Brunner zuletzt im Büro?«, fragte Herzog.

»Am Donnerstag.«

»Am Freitag nicht?«

Karla schüttelte den Kopf. »Sein Flugzeug nach Zürich ging um halb sieben. Er ist direkt zum Flughafen gefahren. Der Rückflug war für zehn Uhr fünfzig gebucht. Allerdings hatte er mir gesagt, dass er ...«, sie errötete, »... er sagte, dass er nachmittags wahrscheinlich noch einen privaten Termin habe. Ich habe ihn erst am Montag zurückerwartet.«

»Danke. Sie können gehen.« Herzog wedelte sie hinaus, nicht darauf erpicht, mehr über den privaten Termin zu erfahren.

Er atmete tief durch und dachte zwei Minuten angestrengt nach. Dann ließ er sich mit der Panama Commercial Bank in Zürich verbinden. Dort ging allerdings nur ein Wachdienst ans Telefon. Die Schweizer waren nicht ganz so enthusiastische Wochenendarbeiter wie die Anwälte von HSB. Doch Herzog ließ sich nicht einfach abwimmeln. Eine kurze Diskussion, dann wurde er mit dem Privatanschluss eines Vizepräsidenten der Bank verbunden. Falls der Mann über die Störung am Sonntag verärgert war, ließ er es sich nicht anmerken. Als Herzog auf den Grund seines Anrufes zu sprechen kam, färbte sich die Stimme des Bankers allerdings mit Bedauern. Nein, leider könne er nicht helfen. Ja, er habe den Vorgang persönlich betreut. Herr Brunner habe am Freitag wie vorgesehen die Weiterleitung des Geldes veranlasst. In der üblichen Weise.

Herzog verabschiedete sich und ließ Brunners Fahrer rufen. Heinz war ein ehemaliger Zugführer, der bei HSB seine Rente aufbesserte. Es dauerte eine Weile, denn Heinz ging gerade mit seinem Enkel an der Elbe spazieren, aber gegen Mittag stand er schließlich in Herzogs Büro, sich verlegen die Hände reibend. In ungelenken Sätzen berichtete er, dass Brunner am Freitag zehn nach zwölf auf dem Dresdner Flughafen gelandet war. Er habe ihn von dort direkt nach Pirna gefahren, zum Amtsgericht. Nach etwa einer Stunde seien sie nach Dresden zurückgekehrt. Gegen halb drei habe er Herrn Brunner auf der Bürgerstraße in Nähe des Elbcenters abgesetzt. Nein, er wisse nicht, weshalb gerade dort, aber es sei auch nicht üblich gewesen, dass Herr Brunner ihm seine Termine erläuterte. Allerdings habe Herr Brunner gesagt, dass er ihn an diesem Tag nicht mehr benötige. Ja, Herr Brunner habe seine schwarze Aktentasche dabeigehabt, als er ihn das letzte Mal gesehen hatte. Nein, sie seien vorher weder im Büro noch in Herrn Brunners Haus in Hellerau gewesen. Im Auto lägen keinerlei Unterlagen oder persönliche Sachen von Herrn Brunner mehr. Ja, er sei sich völlig sicher.

Herzog entließ ihn und telefonierte erneut mit seinem Verbindungsmann im Polizeipräsidium. Der bestätigte nach Einsichtnahme in die Ermittlungsakte, dass in Brunners Anzug keinerlei juristische Dokumente gefunden worden seien. Eine Aktentasche befinde sich nicht unter den persönlichen Habseligkeiten des Toten. Ebenso wenig ein Schlüssel für ein Schließfach oder dergleichen.

Das bohrende Gefühl in Peter Herzogs Magengrube verstärkte sich.

Er rief seine Haushälterin Angelika an und trug ihr auf, Julias Wohnungsschlüssel herauszusuchen. Dann ließ er sich nach Hause bringen, nahm die Schlüssel entgegen und fuhr weiter zu Julias Wohnung auf der Bürgerstraße. Herzog durchsuchte sämtliche Räume, fand aber keine Tasche. Als er in die Kanzlei zurückkehrte, war seine Stirn sorgenumwölkt. Was nun? Das Geld war verschwunden und die dazugehörigen Dokumente auch. Am liebsten hätte er weitergesucht, aber wo? Herzog wollte seinen Kontaktmann bei der Polizei gerade ein drittes Mal anrufen, als sein Mobiltelefon klingelte. Beim Blick auf das Display schnellte Herzogs Puls in die Höhe. Es war der Polizeibeamte.

Hat er die Tasche vielleicht doch gefunden?

»Herzog.«

»Hier Meyer. Herr Herzog, ich bin nach unserem Gespräch vorhin noch einmal die Asservatenliste durchgegangen. Dabei ist mir etwas Merkwürdiges aufgefallen.«

»Nämlich?« Herzog umklammerte das Telefon.

»Wie ich Ihnen vorhin schon sagte, wurde Brunners Aktentasche nicht sichergestellt. Aber wir haben die Tasche Ihres Schwiegersohns. Sie stand in seiner Wohnung, unter der Garderobe. Es ist eindeutig seine. Die Handakte zu diesem Prozess in Pirna befand sich darin, Gesetzestexte, ein Taschenkalender, ein Notizbuch, eine angefangene Tafel Haselnussschokolade und …«

»Schön und gut«, unterbrach ihn Herzog gereizt. »Was ist daran so ungewöhnlich?«

»Erinnern Sie sich noch an Ihre Zeugenaussage? Als Ihr Schwiegersohn zu Ihnen kam, hatte er eine Aktentasche bei sich.«

Es dauerte einen Moment, bis Herzog die Bedeutung dieser Information verstand. Er sank auf seinen Stuhl. Nun hatte er keine andere Wahl mehr. Er ließ sich mit Russland verbinden.

Die Stimme am anderen Ende war wiederum sehr tief. Allerdings nicht mehr kühl und beherrscht. Ganz und gar nicht mehr.

25

Michael hatte überlegt, die Nacht in der Holzfällerhütte zu verbringen. Stattdessen war er jedoch sofort nach Leipzig zurückgekehrt. Solange die Polizei in Wiedemar nach ihm suchte, würde er in der Hütte keine Ruhe finden. Es war besser, zu verschwinden, ehe die Beamten womöglich auf die Idee kamen, die Umgebung zu durchkämmen. Unterwegs hatte es keinerlei Probleme gegeben. Er hatte das Moped wieder auf dem Schotterplatz abgestellt und den Helm in einem Müllcontainer entsorgt. Auf einer Parkbank hatte er anschließend die Zeit bis zum Morgen totgeschlagen.

Als es dämmerte, machte er sich auf den Weg. Sein Ziel war Berlin. Allerdings wollte er nicht mit dem ICE fahren, sondern erneut eine Regionalbahn nehmen, auch wenn das deutlich länger dauern würde und er zweimal umsteigen müsste. Aber so konnte er den Leipziger Hauptbahnhof meiden. Er lief bis zum Haltepunkt am Messegelände, wo er ein Ticket bis Berlin-Ostbahnhof löste.

Die vierzig Minuten, die ihm bis zur Abfahrt blieben, nutzte er, um sich an einem Imbissautomaten ein in Folie gewickeltes Salamibrötchen und eine Flasche Cola zu kaufen und bei einem Straßenhändler die Sonntagszeitungen. Als sich der Zug schließlich in Bewegung setzte, lehnte er sich zurück, alles in allem nicht unzufrieden mit dem Gang der Dinge. Er verfügte jetzt über Geld und einen Führerschein. Nicht zu vergessen, er war seinen Verfolgern einmal mehr entkommen. Und hier in diesem Bummelzug fühlte er sich sogar einigermaßen sicher.

Berlin war in seinen Augen ein fabelhaftes Versteck. Dreieinhalb Millionen Einwohner und pro Jahr sieben Millionen Touristen. Es gab zahllose Regierungsbehörden, Botschaften, jede Menge internationale Organisationen. Immerzu fanden irgendwelche Konferenzen oder Messen statt. Berlin war eine Stadt der Durchreisenden, der täglich neuen Gesichter, der Ausländer, der Praktikanten, eine Stadt, in der ein ständiges Kommen und Gehen herrschte. Hier würde er ewig bleiben können, ohne aufzufallen. Entsprechend zuversichtlich war er, als der Zug nach drei Stunden Fahrt den Ostbahnhof erreichte.

Michael lief gerade durch die große Empfangshalle, als er drei Meter neben sich einen Mann in einem dunkelblauen Anzug und mit sorgfältig nach hinten gekämmten Haaren sah. Er kannte ihn, doch nicht in Verbindung mit Berlin. Deshalb brauchte er einen Sekundenbruchteil zu lange, um zu reagieren. Abrupt drehte er sich weg, aber es war zu spät.

»Michael?«, rief es hinter ihm. »Bist du das? Was zum Teufel machst du denn hier?«

Langsam drehte er sich um und blickte in ein verblüfftes Gesicht.

»Ganz Dresden sucht nach dir!«, fügte David Freyling gespielt vorwurfsvoll hinzu, als sei Michael nur ein humorloser Spielverderber und nicht etwa ein Mordverdächtiger auf der Flucht.

David Freyling war ein gebürtiger Berliner und arbeitete in der Gesellschaftsrechtsabteilung von HSB. Michael mochte ihn nicht sonderlich. Das hatte in erster Linie damit zu tun, dass sie gleichaltrig und etwa zur selben Zeit eingestellt worden waren und beide mehr oder weniger unverhohlen die Partnerschaft anstrebten, was aber rein statistisch nur einer von ihnen schaffen würde. Kurz gesagt, sie waren Konkurrenten. Persönlich hatte Michael noch nicht viel mit Freyling zu tun gehabt, ein paar Begegnungen auf dem Flur oder in der Kaffeeküche, das war's.

»Hallo, David«, sagte Michael mit säuerlichem Lächeln. »Hör mal, ich habe leider keine Zeit. Mein Bus fährt in zwei Minuten.« Er winkte kurz und ging mit schnellen Schritten zum Ausgang. Die letzten Meter rannte er. Er hörte, wie Freyling irgendetwas hinter ihm herrief, aber er drehte sich nicht um.

Draußen wandte sich Michael nach rechts. Er sprintete los, um die Ecke, blieb an einer Glastür stehen und spähte vorsichtig zurück in die Halle. Freyling sprach gerade eifrig gestikulierend mit zwei Polizeibeamten. Dieser Mistkerl! Michael hastete weiter, bis zum Zugang zu den S-Bahnsteigen. Am Automaten löste er eine Karte für zwei Tarifzonen. Hektisch fingerte er sie aus dem Ausgabeschacht. Am Bahnsteig 18 war gerade die S3 eingefahren, Richtung Spandau. Er jagte die Treppe hinauf und sprang hinein. Wenige Sekunden später fuhr der Zug ab.

Die nächste Station hieß Jannowitzbrücke. Michael erwog, sofort wieder auszusteigen und in der Stadt unterzutauchen. Doch dann entschied er, bis zum Hauptbahnhof zu fahren und einen der nächsten Fernzüge zu nehmen. Nachdem Freyling ihn hier gesehen hatte, war Berlin irgendwie doch kein so gutes Versteck mehr.

Als er am Hauptbahnhof die Rolltreppe vom zweiten Obergeschoss hinunterfuhr, durchzuckte ihn ein schrecklicher Gedanke.

Überwachungskameras.

Waren die Bahnhöfe heutzutage nicht voller Kameras? Konnten sie so seinen Weg verfolgen? Feststellen, wann er an welchem Automaten eine Fahrkarte löste? Auf diese Weise womöglich sein Ziel ermitteln? Das durfte nicht passieren. Im ersten Obergeschoss ging er zur nächsten Toilette. Er schloss sich in einer Kabine ein und überlegte. Der Parka musste weg, damit war er zu leicht zu erkennen. Das Hemd mit dem Dynamo-Emblem würde allerdings auch auffallen. Aber halt, hatte er von der Copacabana nicht auch drei weiße T-Shirts mitgenommen? Er wühlte in seinem Rucksack, bis er eines in der Hand hielt, und streifte es über. Um den Kopf band er wieder das Tuch aus dem Fanshop. Dann ging er von der Toilette direkt in den Lebensmittelmarkt schräg gegenüber. Dort erstand er für zwanzig Cent eine große Plastiktüte, in die der Rucksack gut hineinpasste. Jetzt sah er völlig anders aus als noch vor einer Viertelstunde. Etwas zuversichtlicher, aber dennoch angespannt eilte er zur großen Anzeigetafel vor der Rolltreppe.

Es war kurz nach zwölf.

Der nächste Zug ging ausgerechnet nach Dresden. Den würde er garantiert nicht nehmen. Potsdam und Königs Wusterhausen waren ihm nicht weit genug entfernt. Aber in sieben Minuten fuhr ein Regionalexpress nach Stralsund. Weiter nach Norden? Der Gedanke gefiel ihm. Am Fahrkartenautomaten löste Michael fast schon routiniert ein Ticket, natürlich gegen Barzahlung.

Kurz darauf saß er im Zug.

Doch anders als bei der Fahrt heute Morgen war diesmal an ein Zurücklehnen nicht zu denken. Er hatte keine Ahnung, ob die Polizisten seinen Weg vom Ostbahnhof verfolgt hatten und wie dicht sie ihm auf den Fersen waren. Es hätte ihn nicht gewundert, wenn sie plötzlich auf den Bahnsteig gestürmt wären. Und was war eigentlich mit Kameras in den Zügen? Wurden die Waggons ebenfalls überwacht? Unauffällig sah er sich um, konnte aber nichts entdecken. Er zählte die Sekunden bis zur Abfahrt. Endlich,

endlich schlossen sich die Türen. Ohne Zwischenfälle verließ der Zug den Bahnhof.

Bis nach Stralsund waren es etwas mehr als drei Stunden.

Alle paar Minuten bremste der Zug, um in irgendeinem Provinznest zu halten. Jedes Mal, wenn er langsamer wurde, spürte Michael, wie seine Anspannung wuchs. Jedes Mal starrte er ängstlich aus dem Fenster, um sicherzugehen, dass es keine Auffälligkeiten gab. Streifenwagen etwa und Polizisten, die auf ihn warteten. Schier endlos zog sich die Fahrt in die Länge. Als der Zug in Stralsund ankam, war Michael nur noch ein zitterndes Bündel Angst. Er lugte vorsichtig aus der Tür, mittlerweile überzeugt, dass sie zumindest hier auf ihn warteten. Doch es war niemand zu sehen. Mit weichen Knien schleppte er sich zur Herrentoilette, wo er eine Viertelstunde erschöpft sitzen blieb. Als er wieder herauskam, hatte er sich für ein neues Versteck entschieden.

Rügen.

Die idyllische Ostseeinsel lag praktisch vor den Toren Stralsunds. Dort gab es jede Menge Hotels, Pensionen und Touristen. Vor ein paar Wochen hatte er in einem Reisemagazin einen interessanten Bericht über Rügen gelesen. Er hatte Julia sogar vorgeschlagen, hier einmal Urlaub zu machen.

Julia.

Wieder drängte sie sich in seine Gedanken. Fragen wirbelten durch seinen Kopf. Er vermisste sie. So sehr, dass ihm selbst seine Wut klein und unwichtig vorkam. Schon mehrfach hatte er mit dem Gedanken gespielt, sie einfach anzurufen. Aber es gab zu viele Gründe, die dagegen sprachen. Vor allem wollte er nichts tun, womit er seinen Aufenthaltsort verraten konnte. Anrufe ließen sich zurückverfolgen. Er hatte keine Lust, morgen schon wieder durchs ganze Land reisen zu müssen.

Kein Risiko! Ich darf keinerlei Risiko eingehen!

Deshalb entschied er auch, nicht sofort auf die Insel zu fahren. Das Fiasko von Berlin steckte ihm noch zu tief in den Knochen. Er würde stattdessen ein oder zwei Tage in Stralsund bleiben, sich in einem Hotelzimmer verkriechen und die Nachrichten verfolgen. Erst wenn er einigermaßen sicher sein konnte, dass er seine

Verfolger abgeschüttelt hatte, würde er sich ein Versteck für die nächsten Wochen suchen. Bei einem Fleischer ließ er sich zwei große Brötchen mit Hackepeter und Zwiebeln zubereiten. Dann ging er zum Hotel Adler am Neuen Markt. Er trug sich als Oliver Schubert ein und verschwand in seinem Zimmer, wo er sich als Erstes zehn Minuten lang unter die heiße Dusche stellte. Er trocknete sich ab und nahm sich eine kleine Flasche Rotwein aus der Minibar. Mit letzter Kraft aß er seine Brötchen. Dann fiel er todmüde ins Bett. Er schlief sechzehn Stunden ohne Unterbrechung.

26

Die Zusammenkunft war lang und unerfreulich. Sie fand in einem stickigen Konferenzraum im obersten Stock des Dresdner Polizeipräsidiums statt. Ein billiger Behördentisch, billige Behördenstühle. Es war spät, und weil der Automat im Flur defekt war, gab es auch keine Getränke. Stattdessen jede Menge Vorwürfe. Am Pranger stand Tobias Siebert, der Chefermittler. Als Großinquisitor fungierte kein Geringerer als Innenminister Sebastian Harder.

»Es ist mir egal, ob Sie Überstunden machen. Es ist mir auch egal, ob Sie vierundzwanzig Stunden am Tag arbeiten«, brüllte er. »Ich will endlich Ergebnisse sehen! Ergebnisse!«

Die Polizisten senkten die Köpfe und kritzelten auf ihren Notizblöcken herum. Die beiden, die neben Siebert saßen, schafften es, von ihm abzurücken, ohne ihre Stühle zu bewegen.

»Wie zum Teufel konnte Ihnen Krohn in Wiedemar entkommen?«, fragte Harder, der an der Stirnseite des Tisches stand und die Arme über der Brust verschränkt hatte.

»Wir wissen gar nicht, ob er wirklich in Wiedemar war«, verteidigte sich Siebert.

»Ach ja? Und wo sind die fünfzehntausend Euro?«

Darauf hatte Siebert keine Antwort, und alle Anwesenden wussten es.

Zwei Stunden hatte er mit den Männern vom Polizeirevier Delitzsch vor dem Erbgericht in Wiedemar gewartet. Irgendwann zahlte der alte Krohn und schlenderte zu seinem Auto. Als Siebert sein Grinsen sah, wusste er, dass er hereingelegt worden war. Er ließ ihn auf der Stelle festnehmen und durchsuchen. Dann fuhren sie zu seinem Haus und stellten es auf den Kopf. Doch sie fanden weder Michael Krohn noch das Geld. Die Eltern verweigerten natürlich jede Aussage. Da die Polizisten rein gar nichts in der Hand hatten, mussten sie den Vater zähneknirschend wieder freilassen. Tobias Siebert war mit leeren Händen nach Dresden zurückgekehrt.

»Sie wollen doch nicht allen Ernstes behaupten, dass Krohn sich von Dresden nach Leipzig durchschlägt«, setzte Harder nach, »wo sein Vater mit einem Stapel Geld wartet, dieses Geld spurlos verschwindet, die beiden aber angeblich keinerlei Kontakt hatten. Und am nächsten Tag fährt der liebe Michi frohen Mutes nach Berlin.«

David Freylings Aussage hatte ihnen mehr geholfen als alle bisherigen Fahndungsmaßnahmen. Die Polizisten hatten sich die Überwachungsvideos besorgt und Stunden vor ihren Bildschirmen verbracht. Der Aufwand war enorm gewesen, aber immerhin waren sie ein kleines Stück vorangekommen. Sie wussten, dass Krohn mit einer Regionalbahn aus Leipzig gekommen war. Außerdem gingen sie davon aus, dass er nach der Begegnung mit Freyling in eine S-Bahn gestiegen und bis zum Hauptbahnhof gefahren war. Dort hatten sie ihn wieder aus den Augen verloren.

»Setzt euch mit der Berliner Polizei in Verbindung!«, knurrte Harder, diesmal an alle gewandt. »Ich rede hier über Amtshilfe im richtig großen Stil. Ich will, dass jedem Würstchen-Verkäufer und jedem Zeitungshändler am Hauptbahnhof Krohns Foto gezeigt wird. Jedem Schaffner und jedem gottverdammten Schuhputzer.«

»Die haben dort dreihunderttausend Fahrgäste pro Tag«, wandte einer der Beamten ein. »Wer soll sich da an ein Gesicht von vorgestern erinnern? Wir suchen nach einem Sandkorn in der Wüste.«

»Müsste die Sache nicht an das LKA abgegeben werden?«, fragte ein anderer. »Immerhin geht es jetzt um einen Fall, der über Sachsen hinausreicht.«

Für einen Moment befürchteten alle, der große Sebastian Harder würde einen Herzanfall bekommen. Auf seinem Gesicht bildeten sich rote Flecken, während er schrie und tobte und sie als hirnlose Polizistenimitatoren beschimpfte.

»Mein Cousin liegt in einem Sarg«, brüllte er und stach mit dem Zeigefinger in Richtung der beiden aufsässigen Beamten. »Und Sie wollen mir mit Zuständigkeitsquatsch kommen, nur damit Sie die Sache schnell loswerden? Um wieder in Ihre Büros zu verschwinden und sich die Hintern breitzusitzen?«

Erneut waren alle Köpfe gesenkt, Kugelschreiber kratzten hektisch über Papier, so, als gäbe es irgendetwas zu notieren.

»Keiner von Ihnen wird heute nach Hause gehen«, bellte Harder. »Sie werden sich die Videos vom Hauptbahnhof noch einmal ansehen. Außerdem werden Sie sich die Überwachungsvideos aller Züge verschaffen, die den Bahnhof gestern ab zwölf Uhr verlassen haben. Ich will wissen, wohin Krohn gegangen oder gefahren ist! Sie werden dieses Haus nicht verlassen, ehe ich nicht eine Antwort auf diese Frage habe! Ist das allen hier klar?«

Zwar verfügte längst nicht jeder Zug über Kameras. Dennoch redete Harder hier von der Überprüfung von mehreren hundert Stunden Videomaterial. Oft gaben die Bilder nur wenig her. Die meisten der Beamten hatten in den letzten drei Tagen kaum geschlafen. Fast alle hatten eine Familie, die zu Hause wartete. Doch sie hatten nicht den geringsten Zweifel, dass sie exakt das tun würden, was der Minister von ihnen verlangte.

27

Michael verbrachte zwei Nächte im Hotel Adler. Am Dienstagmorgen beseitigte er sorgfältig alle Spuren seines Aufenthaltes und checkte aus. Am Bahnhof kaufte er ein paar Zeitungen, dazu einen Reiseführer über Rügen, ehe er in den Bus Nr. 30 stieg, der ihn hinüber auf die Insel brachte. Die Fahrt in die Kreisstadt Bergen dauerte etwas mehr als anderthalb Stunden. Michael nutzte die Zeit, um den Reiseführer durchzublättern. Wenn er sich schon an der Ostsee versteckte, wollte er auch am Wasser wohnen. Er entschied sich für Göhren, einen beliebten Ferienort im Südosten der Insel. Etwa tausend Einwohner, Fachwerkhäuser, ein schöner Sandstrand. Der Reiseführer versprach großspurig, dass hier »jede Sekunde Ewigkeitswert« habe.

In Bergen stieg Michael um in den Bus zur Halbinsel Mönchgut. Der Weg dorthin führte durch winzige Dörfer und vorbei an friedlich anmutenden Kiefernwäldern. Als Michael im Ortszentrum von Göhren aus dem Bus sprang, schaute er sich mit der Miene eines Mannes um, der sein neues Zuhause betrachtet.

Was er sah, gefiel ihm.

Gepflegte Straßen, helle, saubere Häuser, ein paar hübsche Geschäfte. Schon in den ersten Minuten entdeckte er zwei kleine Bäckereien, ein Fischrestaurant und einen Buchladen. Eine Reklametafel verwies auf einen Supermarkt, der keine vierhundert Meter entfernt liegen sollte.

Am Südstrand gab es Dutzende von kleinen Ferienhäusern, von denen einige leer standen. Die Nächte waren kühl und das Meer noch nicht warm genug, um darin zu baden. Der große Gästeansturm würde erst in einigen Wochen losgehen. Deshalb verlief die Verhandlung mit dem Vermieter auch zügig und ohne großes Feilschen. Michael zahlte eine Monatsmiete im Voraus, eintausendsechshundert Euro. Er erschrak, als der Vermieter nach seinem Personalausweis fragte.

»Wir machen immer eine Kopie für unsere Unterlagen«, sagte der Mann. Es klang beinahe entschuldigend.

»Geht der hier auch?«, fragte Michael so beiläufig wie möglich und legte Oliver Schuberts Führerschein auf den Tisch. »Meinen Ausweis suche ich schon seit ein paar Tagen. Hab ihn wahrscheinlich mit den Hemden in die Wäscherei geschickt.«

Der Vermieter lachte, akzeptierte den Führerschein aber ohne nähere Prüfung. Michael atmete auf und dankte im Stillen Dietmar Barthels Umsicht. Er erhielt die Schlüssel für ein möbliertes Strandhaus, nur dreißig Meter von den Wellen entfernt. Es handelte sich um einen zweistöckigen, knapp sechzig Quadratmeter großen Neubau mit weiß verputzten Wänden und freiliegenden Deckenbalken. Im Erdgeschoss befanden sich eine gut ausgestattete Küche und der Wohnraum. Der Hängeboden im ersten Stock beherbergte das Schlafzimmer mit einer großen Fensterfront zur See und das Bad. Michael wusste schon nach wenigen Minuten, dass er sich hier wohlfühlen würde. Natürlich hätte er auch eine billigere Unterkunft finden können. Aber dieses Haus war im Reiseführer ausdrücklich erwähnt worden. Der Autor hatte es als »Geheimtipp« eingestuft, und Michael gab ihm Recht.

Er nahm sich etwas Geld und ging zurück in den Ort. Der Supermarkt entpuppte sich als überraschend groß. Michael kaufte zwei Tüten voller Lebensmittel und Toilettenartikel, die er in Küche und Bad verstaute. Dann setzte er sich auf das braune Ledersofa, um den Rucksack auszupacken. Das Dynamo-Sweatshirt und die weißen T-Shirts räumte er in einen Schrank, ebenso Jakschs Parka. Die alten Zeitungen kamen in den Müll. Als Nächstes zog er seinen zerknitterten Anzug hervor. In der Innentasche befand sich ein Foto von Julia, das er vorsichtig wie einen Schatz auf den Tisch legte. Dann kam das rosa Hemd zum Vorschein. Es strömte einen muffigen Geruch aus, was kaum verwunderlich war nach der Prügelei mit Brunner und der Hetzjagd über die Dächer der Dresdner Neustadt. Michael steckte es zusammen mit der Krawatte in die Schublade eines Sideboards. Blieb nur noch seine Aktentasche.

Meine Aktentasche?

Michael stutzte. Das Leder war an einigen Stellen grob und rissig. Nie im Leben war das seine Tasche. Was zugleich die Frage nach ihrem wahren Eigentümer beantwortete.

Andreas Brunner.

Wie lange würde dieser Mann noch durch sein Leben geistern? Michael öffnete die Tasche und schüttete den Inhalt auf das Sofa. Ein Golf-Magazin kam zum Vorschein, ein paar Kugelschreiber, ein Bleistift, ein Taschenkalender und eine Werbebroschüre. Es handelte sich um den Prospekt einer Bank in Zürich.

Die Panama Commercial Bank.

Michael betrachtete die Broschüre. Auf der Titelseite war das Bankgebäude abgebildet, ein imposanter, alter Kuppelbau. Daneben befanden sich kleinere Fotos von den belebten Straßen der Altstadt, vom Zürichsee und von attraktiven jungen Bankangestellten, die gerade telefonierten oder in einer Besprechung saßen. Oben links stand in schlichten Buchstaben der Name des Kreditinstitutes.

Michael erinnerte sich, dass Brunner am letzten Freitag irgendwelche Bankgeschäfte in Zürich erledigt hatte. Merkwürdigerweise fand er in der Tasche aber keinerlei dazugehörige Akten, keine Überweisungsbelege oder Quittungen. Er hatte allerdings auch keine Ahnung, weshalb genau Brunner in der Schweiz gewesen war, nur dass es um irgendeinen russischen Mandanten ging. Mit einem Mal wurde ihm klar, dass er im Grunde gar nichts über Brunners Arbeit wusste. Zwar hatten sie täglich mehrmals miteinander gesprochen, aber da war es stets um Michaels Probleme gegangen. Über seine eigenen Mandanten hatte Brunner nie geredet.

Als nächstes griff Michael nach dem Kalender. Brunner war kein Freund von BlackBerrys und ähnlichen elektronischen Spielereien gewesen. Ganz altmodisch hatte er seine Termine handschriftlich notiert, eine Angewohnheit, die Michael von seinem Mentor übernommen hatte. Angespannt schlug er den Freitag von letzter Woche auf. Es gab nur zwei Eintragungen.

08.30 Uhr: Lichtsteiner

Nachmittags: J.

Der Name Lichtsteiner sagte ihm nichts. Dafür wusste er nur zu genau, wofür das J. stand. Michael spürte Tränen in sich aufsteigen. Wieder dachte er an das Bild in seiner Wohnung, Brunner und Julia, wie sie ineinander versunken aus dem Badezimmer kamen. Erneut hatte er das Gefühl, ein glühend heißes Eisen würde sich in seinen Magen bohren. Stöhnend schloss er die Augen, um die Erinnerung zu vertreiben. Schnell klappte er den Kalender wieder zu und steckte ihn in die Tasche. Er verstaute sie in der untersten Schublade des Sideboards, mit einer Vehemenz, als könne er damit auch all seine Probleme wegschließen.

Dann zog er sich aus und trat vor den großen Spiegel im Badezimmer. Dünn war er, schon seit seiner Kindheit. Allerdings hatte er sich immer für einen Mann gehalten, der sich im Notfall seiner Haut zu wehren wüsste. Die Art, wie Brunner ihn am Freitag als Sandsack benutzt hatte, hatte ihn jedoch eines Besseren belehrt. Zugegeben, vom Schießen einmal abgesehen, hatte er Sport stets verabscheut. Genauso sahen seine Arme und Beine auch aus. Sein Oberkörper wies ebenfalls keinerlei Zeichen regelmäßigen Trainings auf. Michael seufzte, als empfinde er mit einem Mal Mitleid mit seinem eigenen Spiegelbild. Er gab Gewohnheiten nur ungern auf. Doch nun, nachdem sein Leben völlig aus den Fugen geraten war, erschien es ihm an der Zeit für ein paar auch äußerliche Veränderungen.

Im Bad duschte er zwanzig Minuten lang sehr heiß, bis seine Haut weich und krebsrot war. Dann nahm er eine Schere und schnitt seine Haare so kurz, wie es nur ging. Anschließend rieb er seinen Kopf mit Rasierschaum ein und rasierte die verbliebenen Stoppeln weg. Wenige Minuten später war auch sein dünner Kevin-Kurányi-Bart samt der ihn mittlerweile umgebenden Drei-Tage-Borsten Geschichte. Als nächstes folgten seine Brust-, Achsel- und Schamhaare. Vorsichtig rieb er alle rasierten Flächen mit einem Aftershave ein. Mit dem Gesamtergebnis war er äußerst zufrieden. Es war erstaunlich, wie stark fehlende Haare einen Menschen verändern konnten.

Michael zog sich an, griff nach Basecap und Sonnenbrille und ging in die Buchhandlung, die er schon bei seiner Ankunft entdeckt hatte. Dort kaufte er ein Buch über Krafttraining. Dann beschäftigte er sich zwei Stunden damit, einen umfangreichen Fitness- und Trainingsplan auszuarbeiten. Ab sofort wollte er lange

Strandläufe absolvieren und gezieltes Muskelaufbautraining betreiben. Sein Brustkorb würde ebenso wachsen wie seine Oberschenkel und seine Armmuskeln. Niemand würde ihn jemals wieder so verprügeln, wie dieser verfluchte Brunner es getan hatte.

Am Abend, nach seiner ersten Joggingrunde am Strand, saß Michael erschöpft und mit schmerzenden Gliedern auf seiner Terrasse, mit den Gedanken schon wieder bei Julia. Er träumte davon, sie zurückzugewinnen und zusammen mit ihr das Land zu verlassen. Sie konnten nach Asien gehen oder nach Amerika. Sich ein neues Leben aufbauen, vielleicht sogar eine Familie gründen. Für Herzog wäre es ein Leichtes, ihnen den Neuanfang zu finanzieren.

28

Die riesigen Wälder Kareliens mit ihren zahllosen Seen und Bächen, den grünen Bergkuppen und mit Sumpfgras bewachsenen Lichtungen konnte man tagelang durchwandern, ohne einem anderen Menschen zu begegnen. Wer sich hier niederließ, suchte Einsamkeit und Stille.

Der Generalgouverneur stand am Ufer des Wara-Sees und genoss die trübe Morgendämmerung. Er war zeitig aufgestanden und hatte sich in Wattejacke und alten Arbeitsschuhen auf den Weg gemacht. Die Beine seiner groben Cordhose waren klamm vom Reif des Grases. Regungslos stand er am Wasser und sah zu, wie sich die ersten Sonnenstrahlen darin spiegelten. Barsche schnappten träge nach winzigen Wasserkrebsen. Am anderen Ufer raschelten Birkhühner. Der Generalgouverneur spazierte noch eine Weile am See entlang, ehe er zu seinem Anwesen zurückstapfte, das nur drei Fußminuten entfernt lag.

Das zweistöckige Granithaus wirkte von außen massiv, beinahe festungsähnlich, erwies sich innen jedoch als überraschend gemütlich. Im Erdgeschoss führte ein gewölbter Gang in die große

Landhausküche, in deren Mitte eine schwere Arbeitstafel aus Mooreiche stand. Die kupfernen Tiegel, Töpfe und Kasserollen wirkten, als hingen sie schon seit Jahrhunderten an den Wänden. Neben der Küche befand sich das Esszimmer, das von vier gemauerten Säulen geprägt wurde. Weitere Räume im Erdgeschoss beherbergten die Bibliothek, einen Fitnessraum und ein Wohnzimmer mit einem großen Kamin.

Der Generalgouverneur hatte gerade seine dicke Jacke ausgezogen, als ein schwarzer Mercedes das Eingangstor des Anwesens passierte. Der Fahrer stieg aus und öffnete dem im Fond sitzenden Mann respektvoll die Tür. Tim Roemer war müde und fröstelte ein wenig, als er auf den grob behauenen Naturstein trat. Die feuchte Morgenkühle drang durch seine leichten Lederslipper.

»Bitte hier entlang, Herr Roemer!« Der Fahrer wies höflich auf die mit einem Bleiglasfenster verzierte Eingangstür und geleitete den Gast ins Haus bis zu einem kleinen Raum. »Hier können Sie sich frisch machen. Der Generalgouverneur erwartet Sie im Esszimmer.«

Roemer sah ein Waschbecken mit Seife und dicken Handtüchern. Er wusch sich ausgiebig Hände und Gesicht. Als er sich aus einer schmalen Karaffe, die auf einem Tischchen neben der Tür stand, ein Glas Wasser eingoss, wurde ihm bewusst, dass er heute überhaupt noch nichts zu sich genommen hatte. Doch dieses Problem löste sich nur wenige Augenblicke später in Wohlgefallen auf, denn im Esszimmer war ein üppiges Frühstück vorbereitet.

»Guten Morgen, Herr Roemer.« Der Generalgouverneur begrüßte seinen Gast in akzentfreiem Deutsch. »Ich bedanke mich für Ihr kurzfristiges Kommen.«

Roemer nickte, während er sein Gegenüber musterte. Er sah einen stämmigen Mann mit breitem Kreuz und bärbeißigen, aber warmen Zügen. Einen Mann des Militärs, wie die tiefe Kommandostimme verriet.

Die beiden Männer frühstückten mit Hingabe, während sie über Belangloses plauderten. Obgleich es dem hageren, raubvogelgesichtigen Roemer nicht anzusehen war, wusste er eine gute Mahlzeit durchaus zu schätzen.

Nach dem Essen zündete sich der Generalgouverneur einen Zigarillo an. »Ich gehe davon aus, dass Sie nach Erhalt meines Briefes Erkundigungen über mich eingezogen haben«, bemerkte er zwischen zwei Zügen.

Roemer zuckte die Schultern. Natürlich hatte er Erkundigungen eingezogen. In seinem Koffer steckte ein ganzer Stapel mit Zeitungsartikeln, die er im Flugzeug sorgfältig studiert hatte. Er legte ein Stück Zucker auf seinen Löffel, hielt ihn in den Kaffee und sah seinen Gastgeber an. »General a. D. Alexander Iwanowitsch Nemzow, achtundfünfzig Jahre. Ehemaliger Fallschirmjäger mit Kampfeinsätzen in Afghanistan, Georgien, Moldawien und Aserbaidschan. Sie haben eine Menge gesehen, an vielen Orten gekämpft, niemals eine Schlacht verloren.«

Nemzow verzog den Mund zur Andeutung eines dünnen Lächelns, sagte aber nichts.

»Nach über dreißig Jahren beim Militär haben Sie um Ihre Entlassung ersucht«, fuhr Roemer fort. »Im hiesigen Wahlkreis errangen Sie gleich im ersten Anlauf ein Direktmandat für die Duma. Vor zwei Jahren ernannte der Präsident Sie zum Generalgouverneur für den Sibirischen Föderationsbezirk. Dieser Bundesverwaltungsdistrikt umfasst sechzehn sibirische Regionen und damit fast die Hälfte des gesamten russischen Territoriums. Sie regieren ein Gebiet, das achtzehn Mal so groß ist wie die Bundesrepublik Deutschland.«

»Das ist dann wohl mein Stichwort«, warf Nemzow ein. Er saß zurückgelehnt auf seinem Stuhl, die Beine übereinandergeschlagen, und zog an seinem Zigarillo. »Sie sind deutscher Staatsangehöriger. Ihr Name ist Tim Roemer, Alter vierundvierzig Jahre. Sie sind Eigentümer einer Firma namens TR Risk Management, die ihren Sitz in Berlin-Mitte hat. Sie beschäftigen sich mit Überwachungen, Nachforschungen und der Suche nach vermissten Personen. In gewissen Kreisen eilt Ihnen ein hervorragender Ruf voraus.«

Roemer nickte. Damit waren die Claims abgesteckt. Nun blieb die alles entscheidende Frage. Wofür benötigte ein russischer Politiker einen Privatermittler aus Deutschland?

Der Generalgouverneur stand auf und entnahm der Schublade eines Sideboards eine ältere Ausgabe der Sächsischen Zeitung, die er Roemer reichte. Der Aufmacher war mit rotem Filzstift markiert.

»Haben Sie diesen Fall verfolgt?«, fragte Nemzow. In dem Artikel ging es um den Tod von Andreas Brunner, einem prominenten Dresdner Anwalt, der von einem jungen Kollegen beim Schäferstündchen mit dessen Frau ertappt und erschossen worden war. In Berlin war die Sache kein großes Thema gewesen.

»Nur am Rande«, antwortete Roemer auf die Frage seines Gastgebers. »Warum interessiert Sie das?«

»Herr Brunner war als Anwalt für mich tätig«, erläuterte Nemzow. »Genauer gesagt, als Treuhänder.«

»Inwiefern?«

»Die Kanzlei Herzog, Strasser & Beermann hat für mich eine größere Geldsumme in Empfang genommen.«

Eine größere Geldsumme? Wie viel? Von wem? Wofür? Die Fragen wirbelten durch Roemers Kopf wie Schneeflocken. Doch er hütete sich, sie zu stellen.

»Das Geld wurde auf ein Konto der Kanzlei bei der Panama Commercial Bank in Zürich überwiesen. Herr Brunner sollte es auf ein nur mir zugängliches Nummernkonto bei einer anderen Bank weiterleiten.«

»Was er aber nicht getan hat«, warf Roemer ein.

Der Generalgouverneur hob die Hand. »Nicht, was Sie vermuten. Die Kanzlei Herzog, Strasser & Beermann ist über jeden Zweifel erhaben. Nein, Brunner hat exakt das getan, was er sollte.«

»Und wo liegt dann das Problem?«

»Ich kenne weder die Bank, bei der mein Geld liegt, noch die Kontonummer. Und Brunner ist tot.«

»Aber es muss doch Unterlagen geben. Kontoauszüge, Transferanweisungen, Belege.«

»Sicher gibt es die. Aber sie sind unauffindbar. Herr Brunner war am Tag seines Todes vormittags in der Panama Commercial in Zürich. Er verließ die Bank kurz nach zehn und nahm die nächste Maschine nach Dresden. Vom Flughafen fuhr er direkt zu einem Gerichtstermin. Gegen halb drei ließ er sich von seinem Chauffeur in Nähe der Wohnung der Krohns absetzen. Zweieinhalb Stunden später war er tot.«

»Er ist zwischendurch nicht mehr in der Kanzlei gewesen?«, fragte Roemer.

»Nein.«

»Dann muss er die Papiere bei sich gehabt haben, als er die Frau besuchte. Ich nehme an, sie wurden auch nicht in seinem Anzug oder seinem Aktenkoffer gefunden?«

»Nein. In seinen Sachen waren sie nicht, und seine Aktentasche ist verschwunden. In der Wohnung fand die Polizei nur die Tasche dieses anderen Anwalts. Das Dumme daran ist: Zwei Zeugen haben in ihrer Vernehmung angegeben, dass Krohn mit seiner Aktentasche geflüchtet sei.«

»Sie vermuten, dass er die von Brunner erwischt hat.«

Der Generalgouverneur nickte. »Es sieht so aus. Die beiden Taschen sollen nahezu identisch sein.«

Roemer lehnte sich nach vorn, goss sich eine neue Tasse Kaffee ein und gab Milch und Zucker dazu. »Was genau erwarten Sie von mir, Herr Nemzow?«, fragte er verbindlich.

Auch der Generalgouverneur lehnte sich vor und funkelte Roemer an. »Finden Sie die Dokumente! Und zwar schnell!«

Der Gast aus Berlin überlegte. Im Klartext hieß das: Finden Sie Krohn! Was Nemzow von ihm verlangte, war weit mehr als die Suche nach einer Nadel im Heuhaufen. Seit der Tat waren mittlerweile zwei Wochen vergangen. Der junge Anwalt konnte überall sein. In einem bayerischen Alpendorf. In Hamburg, Frankfurt oder einer anderen anonymen Großstadt. Oder irgendwo im Ausland.

»Dies scheint mir der aufwendigste und am wenigsten Erfolg versprechende Weg zu sein, das Geld wiederzuerlangen, Herr Nemzow«, sagte Roemer bedächtig. »Warum ziehen Sie keine Erkundigungen bei der Panama Commercial ein? Dort müsste ja bekannt sein, wohin Brunner das Geld überwiesen hat.«

»Wenn es so einfach wäre, hätte ich Sie sicher nicht hierher bemüht«, antwortete der Generalgouverneur eisig. »Brunner sollte das Geld über mehrere Umwege auf das Zielkonto übertragen, damit es gerade nicht zurückverfolgt werden kann. Wir wissen, dass er es von der Panama Commercial auf ein Nummernkonto bei der AFG International Bank in Belize überwies, von wo es wenige Minuten später auf die Caymans weitertransferiert wurde. Dort verliert sich die Spur.«

»Warum verklagen Sie dann nicht Herzog, Strasser & Beermann auf Zahlung des Geldes? Schließlich hätte Brunner Vorkehrungen treffen müssen, dass die Informationen nicht verloren gehen können.«

»Ich kann kein Geld einklagen, das offiziell nicht existiert, Herr Roemer.« Nemzow klang gereizt, als rede er mit einem uneinsichtigen Kind. »Allerdings habe ich mit der Kanzlei eine Vereinbarung getroffen. Ich verzichte auf juristische Schritte, und sie stellt im Gegenzug die nötigen Mittel für die Nachforschungen zur Verfügung. Klären Sie die Details mit Herzog und machen Sie sich auf die Suche!«

»Könnte Krohn das Geld nicht längst abgehoben haben?«

»Theoretisch ja. Aber ich vermute, dass er sich noch in Deutschland aufhält. Sein Foto war auf den Titelseiten der Zeitungen. Die Polizei sucht ihn fieberhaft. Ich glaube nicht, dass er sich durch eine Passkontrolle gewagt hat. Dennoch dürfen wir keine Zeit verlieren«, sagte Nemzow und trank seinen Kaffee aus. »Das Einzige, was noch zu klären wäre, ist Ihre Vergütung.«

Roemer nickte routiniert, sagte aber nichts.

»Ich erwarte, dass Sie und Ihre Mitarbeiter sich ausschließlich meinem Fall widmen. Sollten Sie Erfolg haben und das Geld beschaffen, erhalten Sie ein Honorar in Höhe von zehn Prozent.«

»Zehn Prozent von wie viel?«

»Vierzig Millionen Euro.«

Roemers Augen glänzten wie Murmeln, als er das Anwesen des Generalgouverneurs verließ.

29

In seinem früheren Leben hatte der Wecker morgens um fünf geklingelt. An der Ostsee ließ sich Michael von der Sonne wecken, meist gegen halb oder um acht. Er war kein Langschläfer, auch jetzt nicht. Aber es war ein herrliches Gefühl, nicht aufstehen zu müssen. Manchmal zog er die Bettdecke noch ein wenig höher, schloss wieder die Augen und versicherte sich, dass vor ihm ein freier Tag lag. Ohne Mandanten, ohne Verpflichtungen, ohne Termine.

Nach dem Aufstehen absolvierte er regelmäßig einen acht Kilometer langen Strandlauf, dem einige Muskelübungen folgten. Anschließend kaufte er sich die Morgenzeitung und frühstückte im Stallhof, einem beliebten Bistro, das nur ein paar Fußminuten vom Strand entfernt lag. Nach dem Essen spazierte er meist einige Zeit am Wasser entlang, ehe gegen zwölf eine Trainingseinheit mit Hanteln und Gewichten auf dem Plan stand. Dem folgten ein leichtes Mittagessen und ein kurzes Schläfchen. Nachmittags führte er ein zweites intensives Krafttraining durch. Abends unternahm er noch einen weiteren Strandspaziergang, ehe er zu einem der Bücher griff, die er schon seit Monaten hatte lesen wollen. In der Buchhandlung in Göhren hatte er mehr als ein Dutzend gekauft, in erster Linie Krimis und die neuesten Reiseberichte von Bill Bryson, aber auch Bücher über gesunde Ernährung und Krafttraining. Gegen zehn lag er meist im Bett. Es begeisterte ihn, wie schnell ausgiebiger Schlaf, etwas Sport und die jodhaltige Seeluft seinen Körper veränderten. Die Augenringe verschwanden, seine Haut wurde glatter und geschmeidiger, die Wangen nahmen eine gesunde Farbe an.

Als Anwalt hatte er zwölf, dreizehn Stunden pro Tag gearbeitet und meist auch den Sonnabendvormittag im Büro verbracht. Herzog hatte ihm mehr als einmal klargemacht, dass sich an diesem Pensum in den nächsten zwanzig Jahren nichts ändern würde. Dabei wirkte der alte Bastard immer so zufrieden, als verkünde er ein verdientes Urteil. Aber auch Michael selbst war davon ausgegangen, dass dies sein Leben sein würde, zumindest so lange, bis er genügend Geld verdient hatte, um sich zur Ruhe zu setzen. Doch nun, als er in der herrlichen Morgensonne am fast menschenleeren Strand entlanglief, wurde ihm klar, dass er völlig verrückt gewesen war, sich auf so etwas einzulassen. Zwanzig Jahre mal fünfundvierzig Wochen mal fünfeinhalb Tage mal zwölf Stunden in stickigen Büros und Gerichtssälen. Herzog musste den Verstand verloren haben, und mit ihm alle, die ein solches Leben für lebenswert hielten.

Michael war jetzt in Höhe der Strandstraße in Baabe angelangt, die seinen Wendepunkt markierte. Gemächlich drehte er um und lief mit gleichmäßigen Schritten zurück. Nie zuvor in seinem Leben war er regelmäßig gelaufen, und er empfand auch jetzt keine Begeisterung dabei. Doch da er merkte, dass sein Körper dieses Training dankbar annahm, brachte er auch den Willen und die Energie dafür auf. Entspannt trabte er durch den weichen Sand, nur mit einer dünnen Windjacke und schwarzen, über den Knien endenden Trainingshosen bekleidet. Es war nicht allzu warm, aber Michael geriet ganz schön ins Schwitzen auf diesen acht Kilometern.

Vor seinem Haus lief er ein paar Minuten langsam herum, um seinen schmerzenden Beinen eine Erholungspause zu gönnen. Dann absolvierte er dreißig Liegestütze, dreißig Situps und dreißig Kniebeugen. Zwei Wiederholungsrunden mit jeweils zwanzig Übungen folgten. Schwer atmend ging er ins Haus zurück und duschte zuerst heiß und dann kalt. Ehe er frühstücken ging, besorgte er sich die Lokalzeitung und die neueste Ausgabe des Magazins Fit for Fun.

Das Publikum im Stallhof war bunt gemischt, die Speisekarte reichhaltig. Außer ihm saßen vielleicht noch zehn weitere Gäste in dem weitläufigen Lokal. Die Kellnerin fragte nach seinen Wünschen.

»Naturjoghurt mit Bananenscheiben. Dazu Kaffee, Toast und Erdbeermarmelade, bitte.«

»Bring dem Jungen ein Männeressen, Ursula«, ertönte eine Stimme vom Nachbartisch.

Michael blickte hinüber und sah einen schwarzhaarigen Mann mit großer Hakennase und bläulich schimmernden Wangen.

»Was ist denn ein *Männeressen*?«, fragte Michael die Kellnerin, wobei er die Stimme des Mannes ironisch nachahmte.

Sie lachte gutmütig. »Probier es aus! Glaub mir, du wirst es nicht bereuen.«

»Setz alles auf meine Rechnung, Ursula, und räum meinen Kram da rüber! Ich will mit dem Jungen reden«, sagte der Mann.

Michael wurde nicht gefragt. Er ärgerte sich über den Unbekannten, der erst über sein Frühstück bestimmte und ihm jetzt auch noch ein Gespräch aufzwingen wollte. Schon saß der Fremde an seinem Tisch. Ursula brachte ihm seine Haferflocken hinterher, seinen Kaffee und – eine halbleere Bierflasche.

Na prima.

»Mein Name ist Frank Enders«, sagte der Mann.

Wer will das wissen?, dachte Michael. Laut sagte er: »Angenehm. Ich bin Oliver. Oliver Schubert.«

»Freut mich.« Enders prostete ihm mit der Bierflasche zu.

Nach ein paar Minuten kam Ursula mit einem Tablett aus der Küche. Eine gewaltige Portion Rühreier mit Schinken befand sich darauf, kleine Beefsteaks, drei gebratene Käsewiener, verschiedene Brötchen.

»Das soll ich alles essen?«, fragte Michael.

Enders nickte. »Ich weiß nicht genau, was du mit deinen Übungen am Strand erreichen willst, Großer, aber was auch immer es ist, Joghurt und Bananenscheiben sind dafür zu wenig. Soviel ist sicher.«

Michael blickte ihn misstrauisch an. »Woher wissen Sie ...? Haben Sie mir nachspioniert?«

Enders winkte ab. »Ich wohne unten am Strand. Du springst jeden Mittag direkt vor meinem Schlafzimmer herum.«

»Und wenn schon, was verstehen Sie davon?«

»Offensichtlich mehr als du.«

»Sind Sie ein Trainer oder so was?« Michael blickte auf den Essensberg vor sich. Er entschied sich, es zunächst mit dem Rührei aufzunehmen.

Der Mann nickte, während er einen Schluck Bier nahm. »Ja, bin ich ... war ich, besser gesagt.«

»Was für ein Trainer?«

»Fußball. Ich habe früher selbst gespielt. Bundesliga. Sechs Jahre als Verteidiger bei Hansa Rostock. Bis ich eine Knieverletzung abbekam.«

Michael hatte den Namen Enders noch nie gehört, aber das war nicht verwunderlich. Er interessierte sich nicht für Fußball.

»Mussten Sie Ihre Karriere wegen der Verletzung beenden?«, fragte er aus Höflichkeit.

»Ja. Ich lag fast ein halbes Jahr flach. Danach habe ich zehn Monate lang versucht, wieder den Anschluss zu schaffen. Aber das Knie hat nicht mehr mitgespielt.«

»Und dann sind Sie Trainer geworden.« Michael war inzwischen bei den Beefsteaks angelangt. Er fand allmählich Gefallen an seinem opulenten Frühstück.

Enders nickte und nahm einen weiteren Schluck aus der Bierflasche. »Ich bekam von Hansa ein Angebot. Die Jungs waren damals gerade in die zweite Bundesliga abgestiegen.«

»Und warum sind Sie jetzt nicht mehr dort?«

Enders starrte einige Momente ins Leere. Dann deutete er auf die Bierflasche vor sich. »Ich habe Mist gebaut«, murmelte er.

Für einen Moment schwiegen beide. Während sich Michael den Käsewienern widmete, betrachtete er Enders. Er mochte Anfang Vierzig sein und hatte einen kräftigen, athletischen Oberkörper. Sein Teint war ungewöhnlich dunkel für einen Mann von der Küste. Aber vielleicht stammte er ja gar nicht von hier.

»Also, was treibst du da jeden Tag am Strand?«, nahm Enders das Gespräch wieder auf und griff nach seinen Haferflocken.

»Eigentlich nichts weiter«, wiegelte Michael ab. »Ein bisschen Frühsport.«

»Frühsport am Mittag? Mit Hanteln? Na von mir aus.« Enders zuckte mit den Schultern. »Du musst es mir ja nicht erzählen. Aber vielleicht kann ich dir trotzdem ein paar Tipps geben. Du packst es nämlich falsch an.«

»Ach ja? Und wieso?« Michael wurde hellhörig.

Er war selbstkritisch genug, um sich einzugestehen, dass er von professionellem Muskelaufbautraining nichts verstand. Das Buch, das er sich gekauft hatte, war nett geschrieben, aber für einen Laien nur bedingt nützlich.

»Krafttraining – und was du da machst, ist Krafttraining – besteht aus drei Faktoren«, erläuterte Enders. »Training, Psyche und Ernährung. Wenn du nur einen Baustein vernachlässigst, schmälerst du deinen Erfolg bereits um ein Drittel.«

»Was genau mache ich denn falsch?«

»Eigentlich alles. Deine Übungen sind zu schnell und zu unsauber. Du hörst außerdem zu zeitig wieder auf. Das Prinzip lautet Überlastung. Du musst deine Muskeln über das normale Maß hinaus reizen. Also nicht gerade dann aufhören, wenn der Muskel anfängt zu brennen, sondern noch drei oder vier Übungen herausquetschen. Und du musst mehr essen. Jede Menge Eiweiß und Kohlenhydrate. Nudeln, Reis, Fisch, Steaks und so weiter. Ohne einen Überschuss an Kalorien ist kein Muskelaufbau möglich. Joghurt mit Bananenscheiben!« Er schnaubte geringschätzig.

Michael schwieg leicht frustriert. Seit fast zwei Wochen trainierte er jeden Tag wie ein Wilder. Und jetzt saß er einem gescheiterten Fußball-Trainer gegenüber, der ihm erzählte, dass alles völlig verkehrt gewesen sei.

»Hast du vorher überhaupt schon mal regelmäßig Sport gemacht?«, fragte Enders mit einem zweifelnden Blick auf die Statur seines Gegenübers.

Michael schüttelte den Kopf. Seine Zeit im Schützenverein ging Enders nichts an. Im Grunde war es ja auch kein richtiger Sport.

»Pass auf, ich habe im Moment nicht viel zu tun. Ich könnte dein Training ein bisschen überwachen. Sonst schwitzt du monatelang völlig umsonst und hast am Ende noch eine kaputte Wirbelsäule.«

Michael überlegte. Mit Sicherheit verstand Enders vom Krafttraining mehr als er. Was er sagte, klang überzeugend. In der Kanzlei in Dresden hatte es ein paar Anwälte gegeben, die schon jahrelang in ein Fitnessstudio rannten, ohne dass sich an ihrer Figur etwas verändert hatte. Andreas Brunner allerdings nicht, der war durchtrainiert und fit gewesen. Michael biss sich auf die Lippe, als er an seinen ehemaligen Mentor dachte. Erich Kästner hatte Recht, die Erinnerung war ein Haus mit tausend gottverdammten Türen. Wieder jagten die Bilder jener Nacht durch sein Gehirn. Julia, wie sie sich über den am Boden liegenden Körper beugte. Brunner in seinem Blut. Der verwirrte türkische Restaurantbesitzer am Eingang.

»Ohne Verpflichtungen«, ergänzte Enders. »Wenn du allein weitermachen willst, sagst du einfach Bescheid.«

»Was ... was würde das kosten?«, fragte Michael unsicher.

»Gar nichts. Wenn es mit uns klappt, spendierst du mir hier ab und zu ein Essen, okay?« Enders hielt ihm die Hand entgegen.

Michael schlug ein. »Wann geht's los«, fragte er.

»Morgen. Sagen wir um neun am Strand?«

30

Tim Roemer mietete sich in Dresden-Mitte ein, nur wenige Straßen von der Kanzlei Herzog, Strasser & Beermann entfernt. In den Räumen waren bis vor kurzem zwei Psychologen ansässig gewesen. Das schwere Buchenholz-Mobiliar stammte noch von ihnen. Eine Putzkolonne hatte in der Nacht vor Roemers Einzug gründlich sauber gemacht. Nun statteten seine Leute die Büros mit Technik aus. Ohne große Worte wurden Laptops und Drucker, Scanner, Telefone und Kopierer installiert. Fast alle Angestellten waren schon seit mehreren Jahren für Roemer tätig und verstanden ihren Job. Viele hatten früher für das BKA gearbeitet, andere kamen aus privaten Detekteien oder den Sicherheitsabteilungen großer Konzerne. Sie alle wussten, dass ihre neue Aufgabe darin bestand, einen Mann zu finden, der seit über drei Wochen spurlos verschwunden war. Und sie waren zuversichtlich, das zu schaffen, weil sie schneller und effizienter arbeiteten als jede Polizeibehörde.

»Um neun treffe ich mich mit Peter Herzog, dem Schwiegervater der Zielperson«, erläuterte Roemer, als er mit seinem Team zur ersten morgendlichen Lagebesprechung zusammenkam. »Er ist der Seniorpartner der Kanzlei. Ich will versuchen, weitere Einzelheiten über Brunner und dieses ominöse Bankgeschäft zu erfahren. Anschließend fliege ich nach Zürich und spreche mit dem Vizepräsidenten der Panama Commercial, der das Geschäft abgewickelt hat. Mir will einfach nicht einleuchten, dass das Geld nicht leichter zu verfolgen ist als dieser Krohn. Apropos – hat die Polizei irgendeine neue Spur von dem Kerl?«

Die Frage galt Jörg Sänger, einem massigen, schwarz gelockten Mann Mitte Zwanzig. Er stammte aus Dresden, der größte Teil seiner Familie lebte in der Stadt. Sein älterer Bruder saß seit knapp vier Jahren wegen gefährlicher Körperverletzung im Gefängnis, ein Detail, das Sänger auf dem Fragebogen, den jeder Bewerber bei TR Risk Management ausfüllen musste, tunlichst verschwiegen hatte. Sein Job war es, über die Schritte der polizeilichen Ermittler informiert zu sein. Er hatte bereits einige Stunden im Polizeipräsidium verbracht und einen von Sieberts Männern kennengelernt, der ihn ab sofort für einen Hunderter pro Woche auf dem Laufenden hielt.

Sänger schüttelte den Kopf. »Nichts. Und allmählich gehen ihnen die Ideen aus.«

»Was hat denn die Auswertung der Videoaufnahmen in den Zügen ergeben?«

»Es gibt ein paar unscharfe Bilder, auf denen Krohn zu sehen sein könnte. Könnte, wohlgemerkt. Das ist aber auch schon alles. Allerdings werden Überwachungskameras bislang fast ausschließlich im Nahverkehr eingesetzt, und selbst da nicht in allen Zügen. Die Chance, dass Krohn gar nicht erfasst wurde, ist also ziemlich groß.«

»Du bleibst mit der Polizei in Kontakt«, sagte Roemer, während er auf einem Notizzettel etwas durchstrich. »Jana fährt nach Wiedemar und spricht mit den Eltern. Lars und Stefanie durchsuchen am Nachmittag Krohns Wohnung in Pieschen. Jochen, du schaust dir mit Rufus die Videos an, auf denen Krohn vielleicht zu sehen ist. Dann fahrt ihr zurück nach Berlin. Sprecht mit den Schaffnern und den Taxifahrern. Irgendeiner muss Krohn gesehen haben. Alle anderen hängen sich ans Telefon und an die Computer. Überprüft, ob er irgendwo Geld abgehoben, einen Wagen gemietet oder seine Kreditkarten benutzt hat. Wenn ich aus Zürich zurückkomme, erwarte ich erste Ergebnisse. Also, an die Arbeit!«

Alle nahmen ihre Kaffeetassen und verließen den Raum. Roemer ging durch den Hinterausgang zu den Parkplätzen. In einem funkelnden Audi A6 wartete Pang, der Fahrer. Er hatte die Tür geöffnet, rauchte eine Zigarette und genoss die Sonne. Als er seinen Boss kommen sah, warf er die Zigarette weg und schaltete das Gebläse ein.

Bis zur Kanzlei waren es nur fünfhundert Meter. Pang wurde angewiesen, in der Tiefgarage zu warten.

Peter Herzog versuchte gar nicht erst, seine Vorbehalte gegenüber dem Privatermittler zu verbergen. Allerdings wusste er, dass die Ursache für Roemers Auftauchen in seiner Kanzlei zu suchen war, ganz egal, ob man nun Brunner oder Michael oder beiden die Schuld gab. Deshalb hatte er Nemzow auch ohne Zögern angeboten, die Kosten für die Suche nach den Unterlagen zu übernehmen. Trotzdem ging es ihm gegen den Strich, mit diesem Schnüffler über Kanzleiinterna sprechen zu müssen.

Roemer saß in einem bequemen Besuchersessel und nippte an dem Mokka, den Herzogs Sekretärin ihm auf seinen Wunsch serviert hatte.

»Ah, wunderbar«, schwärmte er, als er die Tasse abstellte. »Schwarz und heiß. Bitter wie die Ungnade eines Sultans. Genauso muss er sein.«

Herzog saß mit zusammengekniffenen Lippen vor einem Glas Kräutertee und fragte sich, ob Roemers Bemerkung eine wenig originelle Anspielung auf Nemzow sein sollte. Der war zwar nicht gerade ein Sultan, aber eine Art russischer Vizekönig. Und er war momentan sehr ungnädig.

»Was genau kann ich für Sie tun?«, fragte Herzog.

Roemer nahm einen Schokoladenkeks von der silbernen Gebäckplatte. »Als erstes möchte ich Sie um einen Anruf bei Ihrer

Tochter bitten. Zwei meiner Leute werden heute Nachmittag bei ihr erscheinen, um die Wohnung zu durchsuchen.«

»Die Polizei hat das bereits getan, soviel ich weiß.«

Roemer lächelte. Er war im Besitz des Durchsuchungsprotokolls und hatte alle Einzelheiten im Kopf. »Das stimmt, Herr Herzog. Aber meine Leute sind darauf trainiert, auch die winzigsten Hinweise auf den möglichen Aufenthaltsort Ihres Schwiegersohnes zu erkennen. Glauben Sie mir, nur die wenigsten Polizisten verfügen über derartige Fähigkeiten.«

»Michael ist Hals über Kopf geflohen. Wieso sollte sich in der Wohnung ein Hinweis finden, wo er sich jetzt aufhält?«

»Nach unseren Erfahrungen wählen Flüchtige als Versteck häufig einen Ort, zu dem sie irgendeine Beziehung haben. Verwandte, Freunde, Urlaub, vielleicht die Abschlussfahrt nach dem Abitur. Es ist nur eine Möglichkeit, aber wir sollten sie nicht außer Acht lassen.«

Herzog nickte resigniert. »Na schön. Ich werde Julia dann gleich anrufen.«

Seine Tochter wohnte seit einigen Tagen wieder in der Wohnung auf der Bürgerstraße. Er hatte ihr angeboten, dass seine Haushälterin eine Weile bei ihr bleiben könnte, doch das hatte sie abgelehnt. Aline, ihre beste Freundin, war aus München gekommen und wohnte vorläufig bei ihr. Zusammen gingen sie ins Fitnessstudio oder abends in irgendeine Kneipe. Julia schien den Schock der Mordnacht allmählich zu überwinden, was wenigstens eine gute Nachricht inmitten all der Hiobsbotschaften der letzten Wochen war.

»Als nächstes möchte ich Sie um eine kurze Zusammenfassung bitten, was Sie über Brunners Aktivitäten in Zürich an jenem Tag in Erfahrung bringen konnten«, sagte Roemer zwischen zwei Mokka-Schlucken.

Herzog griff nach einem Blatt Papier, das in einer Klarsichtfolie steckte, und nach seiner Lesebrille. »Wie Ihnen Herr Nemzow ja bereits mitgeteilt hat, waren wir angewiesen, den Eingang des Geldes auf unserem Treuhandkonto bei der Panama Commercial abzuwarten und dann seine Weiterleitung zu veranlassen.«

»Wieso hatte der Generalgouverneur nicht genau angegeben, auf welches Konto bei welcher Bank das Geld übertragen werden sollte?«

»Soviel ich weiß, besaß er bisher kein Nummernkonto im Ausland. Ich nehme an, er verfügte auch nicht über genügend Kenntnisse über derartige Geschäfte. Viele Mandanten verlassen sich auf unsere langjährigen Erfahrungen.«

Roemer lag eine bissige Bemerkung auf der Zunge, doch er schluckte sie hinunter. »Bitte, fahren Sie fort!«

»Ziel der Transaktionen war, für Herrn Nemzow ein spezielles Nummernkonto, einen sogenannten IBCO-Account, bei einer Bank mit tadellosem Ruf einzurichten und das Guthaben dort zu deponieren«, fuhr Herzog fort.

»Wieso wurde das Geld zunächst auf anderen Konten zwischengelagert?«

»Aus Gründen der Diskretion. Unserem Mandanten ging Diskretion über alles. Er kann es sich nicht leisten, mit diesen vierzig Millionen Euro in Verbindung gebracht zu werden. Was ist, wenn die Geldgeber irgendwann plaudern? Wenn sie ihre Posten aufgeben und Nachfolgern Platz machen, die von nichts wissen und plötzlich Fragen stellen? Wir sind als Treuhänder natürlich zur absoluten Verschwiegenheit verpflichtet. Gegenüber Behörden und Privatpersonen. Aber ich kann nicht garantieren, dass es bei der Panama Commercial nicht doch einen kleinen Angestellten gibt, der irgendwann auspackt, wenn er von den richtigen Leuten unter Druck gesetzt wird. Wir arbeiten schon sehr lange mit der Bank zusammen, aber eine hundertprozentige Garantie gibt es nie. Im Falle eines solchen Lecks bestünde eine direkte Verbindung zwischen unserem Treuhandkonto und dem Zielkonto.«

»Wie laufen derartige Zwischentransaktionen üblicherweise ab?«

»Das Geld wird auf ein nur zu diesem Zweck eröffnetes IBCO-Konto bei einer anderen Bank überwiesen, von dort zur nächsten und immer so weiter. So geht das drei- oder viermal. Die Konten werden danach sofort wieder geschlossen.«

»Und wie lange dauert so etwas?«

»Nur wenige Minuten. Die Kreditinstitute sind durch ein spezielles Interbank-Transfersystem verbunden. Jede Überweisung läuft in Echtzeit ab.«

»Was ist eigentlich das Besondere an einem IBCO-Konto?«, fragte Roemer. Er hörte immer gern zu, wenn jemand sein Metier verstand.

»Die Sicherheitsstufe ist höher als bei einem einfachen Nummernkonto, das, wie Sie wahrscheinlich wissen, keineswegs anonym ist. Die Identität des Inhabers ist der Bank bekannt, wenn auch nur einigen wenigen Personen in der Führungsspitze. Bei einem IBCO-Konto hingegen kennt die Bank die Identität des Inhabers nicht. Alle Geschäfte werden mittels eines Kennwortes abgewickelt.«

»Das heißt, wer die Nummer und das Passwort kennt, kann über das Geld verfügen?«

Herzog nickte.

»Aber dann wäre eine Verbindung zum Politiker Nemzow doch auch bei einer Direktüberweisung von Ihrem Treuhandkonto nicht herzustellen gewesen?«

»An sich nicht. Wir sind jedoch von einem Worst-Case-Szenario ausgegangen. Was ist, wenn Nemzow irgendwann aus welchen Gründen auch immer doch mit dem für ihn eröffneten Konto in Verbindung gebracht wird. Zum Beispiel, weil seine Assistentin von einem politischen Gegner gekauft wird. Oder weil er seine Aktentasche in einem Restaurant liegen lässt.« Roemer hielt dieses Beispiel angesichts der Umstände für etwas unpassend, ließ sich aber nichts anmerken. »Dann muss sichergestellt sein, dass zumindest die Herkunft des Geldes nicht ermittelbar ist. Deshalb diese Zwischentransaktionen.«

»Mit welchen Banken könnte Brunner zusammengearbeitet haben?«

Der Kanzleiinhaber seufzte. »Genau das wissen wir nicht. Sehen Sie, wir wickeln pro Jahr bis zu dreißig derartige Geschäfte ab. Meist natürlich mit kleineren Summen, aber das Prozedere ist immer dasselbe. Der jeweilige Bearbeiter handelt völlig eigenverantwortlich. Es war allein Brunners Entscheidung, welche und wie viele Zwischenbanken er einschaltet und wo er das Geld endgültig deponiert. Die Auswahl ist riesig. Allein in der Schweiz gibt es rund dreihundert internationale Banken, in Luxemburg einhundertfünfzig. Auf den Cayman Islands sind es über fünfhundert. Dann sind da noch die Kanalinseln, die Isle of Man, Zypern, die Bermudas und so weiter. Selbst wenn wir reine Papierbanken abziehen, bleiben weit über tausend Banken übrig.«

»Was wusste Michael über dieses Geschäft?«

»Gar nichts, wenn Brunner sich an die Regeln gehalten hat. Dieser Fall ging Michael nichts an.«

»Und wie wir nun wissen, hatte Brunner ohnehin das eine oder andere süße Geheimnis«, grinste Roemer. Herzog zuckte zusammen. »Ist Ihnen bekannt, welche Informationen Nemzow erhalten sollte und auf welche Weise?«

»Aus Brunners Gesprächsvermerken wissen wir, dass er sich mit dem Generalgouverneur in Moskau treffen wollte, drei Tage, nachdem in Zürich alles erledigt war. Dort hätte er Nemzow den Namen der Bank, die Kontonummer und das Kennwort persönlich mitgeteilt. Damit wäre unser Mandat beendet gewesen.«

»Wie hoch war Ihr Honorar?«

»Zweihunderttausend Euro. Ein halbes Prozent der Summe. Plus etwa sechshunderttausend an Bankgebühren für die Transaktionen. Die Banken berechnen im Schnitt ein viertel Prozent. Die zweihunderttausend liegen noch auf unserem Konto bei der Panama Commercial. Ich werde sie in den Fonds für Ihre Nachforschungen überführen.«

Roemer öffnete eine dünne, braune Ledermappe und nahm ein Blatt Papier heraus. »Der Generalgouverneur bittet Sie, die Summe auf mein Konto zu überweisen. Wir haben ein Garantiehonorar in dieser Höhe vereinbart.«

»Sie erwähnten doch, dass Sie heute nach Zürich fliegen wollen«, sagte Herzog, während er das Blatt überflog. »Ich gebe Ihnen eine Vollmacht. Dann können Sie in der Panama Commercial selbst die Weiterleitung des Geldes veranlassen.«

31

Mit der Vollmacht und einer handschriftlichen Bitte Herzogs an den Vizepräsidenten der Bank, alle erbetenen Auskünfte zu erteilen, ließ sich Roemer von Pang zum Flughafen bringen. Zwei Stunden später stieg er in der Züricher Innenstadt aus einem Taxi. Die Panama Commercial, eine vergleichsweise alte Bank mit britischen Eigentümern, residierte auf der Bahnhofstraße, nur ein paar Häuser von Morgan Stanley entfernt.

Johannes Lichtsteiner, der Vizepräsident, der Roemer nach kurzem Warten empfing, wirkte zunehmend reservierter, während der Privatermittler sein Anliegen vortrug. Widerstrebend nahm er Herzogs Schreiben entgegen und las es sehr sorgfältig. Dann entschuldigte er sich für einige Minuten, um, wie Roemer vermutete, mit Herzog zu telefonieren. Als er zurückkam, war er noch immer reserviert, aber gesprächsbereit.

»Zunächst bitte ich Sie, vom Konto der Kanzlei zweihunderttausend Euro auf das Konto 2400403456 bei der Teros Bank in Berlin zu überweisen«, sagte Roemer, die Vollmacht vorlegend. »Ich habe natürlich keine Einwände, wenn Sie sich zuvor bei Herrn Herzog telefonisch rückversichern wollen.«

»Das ist bereits geschehen, Herr Roemer«, antwortete der Vizepräsident kühl, während er sich die Nummer aufschrieb. »Herr Herzog hat eine solche Anweisung angekündigt.«

»Umso besser. Eigentliches Anliegen meines Besuches sind, wie Sie sicherlich ahnen, die letzten Transaktionen, die der verstorbene Herr Brunner in Ihrem Haus veranlasste«, sagte Roemer. »Erinnern Sie sich noch an den Tag?«

Lichtsteiner spielte mit einem Füllhalter und nickte. »Zunächst war es natürlich ein Tag wie jeder andere. Als ich allerdings von Herrn Brunners Tod und den dadurch verursachten ... Komplikationen hörte, habe ich ein ausführliches Gedächtnisprotokoll angefertigt.« Er griff nach einigen Blättern und studierte sie kurz.

»Herr Brunner erschien nach vorheriger Terminabsprache, wie sie zwischen uns üblich war, um acht Uhr dreißig. Unser Treffen war recht kurz. Ich bestätigte den Eingang der vierzig Millionen. Herr Brunner erteilte mir die Anweisung, das Geld nach Belize zu transferieren. Empfänger war die AFG International Bank. Die Kontonummer lautete 2386-BX-98-NX-20003. Anschließend zog er sich in unser Kundenbüro zurück. Dies ist ein mit Telefon, Fax und Internetzugang ausgerüsteter Raum. Von dort erteilte er offenbar die weiteren Anweisungen an die AFG und die anderen Banken.«

»Wie haben Sie erfahren, dass das Geld von Belize auf die Caymans weitergeleitet wurde?«

»Offiziell wissen wir das überhaupt nicht«, schnappte Lichtsteiner.

»Und inoffiziell?«

»Nachdem uns Herr Herzog über den ... äh ... Verlust informiert hat, versuchten wir natürlich, ihm zu helfen. Ich sprach mit einem früheren Abteilungsleiter unseres Hauses, der jetzt eine kleine Bank in Belize City leitet. Er wiederum kannte einen Mann von der AFG. Von diesem erhielt ich aber nur die Information, dass das Geld unmittelbar nach Kontoeröffnung auf die Caymans transferiert wurde.«

»Hat Herr Brunner in diesem Kundenzimmer irgendwelche Unterlagen zurückgelassen?«

»Nein, jedenfalls haben wir keine gefunden. Es gibt allerdings einen Reißwolf, den er benutzt haben könnte.«

Roemer richtete sich auf. »Ja und? Haben Sie den Inhalt des Reißwolfes untersucht?«

»Sie vergessen, dass wir erst zwei Tage nach Herrn Brunners Besuch über seinen Tod informiert wurden. Natürlich wird dieses Büro wie alle anderen auch täglich gereinigt.«

»Hat die Kanzlei in Ihrer Bank ein Schließfach?« Der Gedanke war Roemer während des Fluges gekommen. Vielleicht hatten dieses Detail ja bisher alle übersehen.

»Nun, es gibt tatsächlich eins«, antwortete der Vizepräsident, nachdem er eine Liste durchgegangen war. »Allerdings hat Herr Brunner es am Tag seines Besuches nach meiner Erinnerung nicht benutzt.«

»Sind Sie ganz sicher?«

»Ja ... ja, ich glaube schon, weil ...«

»Kann ich es sehen?«, unterbrach ihn Roemer.

»Ich bin mir nicht sicher, ob das von Herrn Herzogs Vollmacht abgedeckt wird«, antwortete Lichtsteiner zögernd.

»Dann rufen Sie ihn an! Wieso haben Sie das nicht schon früher getan? Wir zerbrechen uns die Köpfe, und am Ende liegen alle Unterlagen hier bei Ihnen.« Je länger Roemer darüber nachdachte, umso logischer erschien es ihm. Brunner wollte auf Nummer sicher gehen und hatte die Dokumente einfach in der Bank gelassen. Roemer dachte an die vier Millionen Euro, die er vielleicht soeben verdient hatte. Sein Mund wurde trocken.

Der Vizepräsident verließ den Raum und kehrte nach wenigen Minuten zurück, diesmal mit einem kleinen Schlüsselbund in der Hand.

»Herr Herzog hat der Öffnung zugestimmt. Bitte folgen Sie mir!«

In Begleitung eines Wachmannes betraten Roemer und Lichtsteiner den Tresorraum und gingen zum Schließfach mit der Nummer 79729. Roemer hielt die Luft an, als der Vizepräsident mit dem Zweitschlüssel der Bank das Fach öffnete und einen dünnen Metallkasten herauszog. Sie traten zu einem Tisch an der Wand. Lichtsteiner öffnete den Kasten.

Roemer knirschte mit den Zähnen vor Zorn und Enttäuschung.

Der Behälter war leer. Absolut leer.

»Damit habe ich gerechnet«, sagte der Vizepräsident mit steifer Zurückhaltung. »Herr Herzog, mit dem ich vorhin telefoniert habe, teilte mir mit, dass das Fach nach seiner Erinnerung seit über einem Jahr nicht mehr benutzt worden ist und Herr Brunner auch nicht über den Schlüssel verfügte.«

Roemer grunzte nur. Er fuhr mit Lichtsteiner nach oben und verließ die Bank. Drei Stunden später saß er wieder in seinem Büro in Dresden und lauschte den Berichten seiner Mitarbeiter.

Es stimmte also, was Nemzow gesagt hatte. Der Weg zum Geld führte allein über Michael Krohn. An der Wand hatte Roemer ein großes Schwarz-Weiß-Foto von ihm aufgehängt. Nachdenklich betrachtete er es. Sonderlich attraktiv war der junge Anwalt nicht. Ein Dutzendgesicht, mit einer grobporigen Nase und nach unten gezogenen Mundwinkeln, die von einem etwas arrogant wirkenden Bärtchen umrahmt wurden. Braune Haare, vielleicht mit einem Tick zuviel Gel darin. Wirklich bemerkenswert erschienen Roemer allenfalls Michaels Augen, die auf verblüffende Weise an Buster Keaton erinnerten. Sehr klar und unendlich traurig wirkten sie. So, als wüssten sie um kommendes Unheil.

»Ich fürchte, da liegst du völlig richtig«, murmelte Roemer.

32

Michael Krohn alias Oliver Schubert schwitzte. Schwitzte, dass ihm das Wasser in den Nacken lief. Er lag auf dem Rücken im weichen Sand, in den Händen einen Findling, der mehr als achtzig Kilo wiegen musste. Es war der bislang schwerste, den sein Trainer für ihn ausgesucht hatte. Frank Enders stand neben ihm und gab Kommandos. »Noch einmal, dann hast du es geschafft. Und hoch! Höher, verdammt!«

Michaels Arme zitterten. Seine Muskeln brannten wie Feuer. Unter einem letzten Aufbäumen seiner Kräfte stemmte er den Felsblock noch einmal ganz nach oben, dann spürte er, wie ihm Enders den Stein aus den Händen nahm. Erschöpft rollte er sich zur Seite.

»Das war ausgezeichnet, Oliver«, lobte der Coach. »Du machst gute Fortschritte. Los, ein paar Ballwechsel noch, dann ist Schluss für heute.«

Michael rappelte sich hoch und musste sofort nach dem ersten Ball rennen, den der Trainer ihm zukickte.

Die Begegnung mit Frank Enders hatte sich als Glücksfall erwiesen. Seit drei Monaten trainierte er unter seinem Kommando, anfangs zweimal, mittlerweile fünfmal die Woche. Enders wusste genau, wie lange und wie intensiv die verschiedenen Muskelgruppen beansprucht werden mussten, welche Gewichte und wie viele Wiederholungen optimal für den Muskelaufbau waren. Das Training dauerte mit dem Auf- und Abwärmen nie länger als ein- bis eineinhalb Stunden. Enders hatte ihm erläutert, dass längeres Training wegen des Hormonhaushaltes des Körpers nicht sinnvoll sei, weil nach spätestens sechzig Minuten das abbauende Hormon Cortisol ansteige, während das aufbauende Hormon Testosteron sinke. Enders achtete auch darauf, dass zwischen der erneuten Belastung derselben Muskelgruppen angemessene Ruhephasen lagen. Neben dem Krafttraining ließ er Michael nahezu täglich joggen und schwimmen. Inzwischen hatte Michael vierzehn Kilo zugenommen. Vierzehn Kilogramm reine Körpermasse, ohne Fett. Allerdings verdankte er das nicht dem Training und reichlichem Essen allein. Gleich in der ersten Woche hatte ihm Enders klargemacht, dass er ohne Ergänzungspräparate keine schnellen Ergebnisse erzielen würde.

»Du solltest Creatin und HBM nehmen. Das sind zwei natürliche, praktisch nebenwirkungsfreie Produkte, deren leistungsverbessernde Wirkung allgemein anerkannt ist«, erläuterte er bei einem gemeinsamen Frühstück.

»Was genau bewirken sie?«, fragte Michael.

»Creatin ermöglicht härteres und längeres Training, ist also in erster Linie eine leistungssteigernde Substanz. HBM verbessert den Muskelaufbau und beschleunigt gleichzeitig die Verbrennung von Fettsäuren. Für einen Kraftsportler ein interessanter Doppeleffekt. Außerdem hat HBM auch positive Auswirkungen auf die Ausdauerleistung.«

»Und es gibt wirklich keine Nebenwirkungen?«

»Ab und zu soll Creatin Magen-Darm-Beschwerden verursachen, aber über Langzeitnebenwirkungen ist nichts bekannt. Allerdings musst du viel trinken, weil es über die Nieren wieder ausgeschieden wird.«

Sie trafen sich früh, wenn am Strand noch nicht viel los war. Nach dem Training gingen sie getrennte Wege. Enders verbrachte die Nachmittage meist im Stallhof und schüttete kühles Bier vom Fass in sich hinein. Abends war er regelmäßig betrunken. Allerdings erschien er zum Training immer pünktlich und ohne Anzeichen eines Katers. Michael zog sich am liebsten in sein Haus zurück. Oft stand er vor dem Spiegel, um seine unübersehbaren Fortschritte zu bewundern. Er wirkte inzwischen imponierend durchtrainiert. Da er außerdem noch immer seine Haare abrasierte, wies er kaum mehr Ähnlichkeit auf mit dem schmächtigen Michael Krohn von einst.

Nahezu jeden Abend betrachtete er sehnsüchtig das mittlerweile zerknitterte Foto von Julia. Es war ein Schnappschuss, entstanden auf ihrer Karibikreise im vergangenen Jahr. Mehrmals hatte er darüber nachgedacht, aufs Festland zu fahren, nach Greifswald oder Neubrandenburg, und sie von einem Münztelefon anzurufen. Aber seine Angst, dass man ihm dadurch auf die Spur kommen könnte, war zu groß gewesen. In Göhren fühlte er sich zwar relativ sicher. Aber das hieß nicht, dass er unvorsichtig werden durfte.

Ab und zu machte er sich mit dem Bus oder dem Zug auf den Weg nach Stralsund und las in einem Internetcafé die Dresdner Tageszeitungen. Natürlich war er längst aus den Schlagzeilen verschwunden. Michael hoffte, dass der Verfolgungseifer der Polizisten ebenso nachgelassen hatte wie das Interesse der Journalisten. Damit und mit seinem veränderten Äußeren war es jedoch nicht getan. Wenn er irgendwann das Land verlassen wollte, brauchte er Personaldokumente, einen Ausweis und möglichst auch einen Pass. Er hatte allerdings keine Ahnung, wie er sich diese Sachen beschaffen sollte.

Frank Enders war es, der ihm den entscheidenden Tipp gab. Michael hatte ihm gegenüber sein Problem vorsichtig angedeutet. Der Coach hatte nicht nach dem Grund gefragt, aber ein paar Tage später gab er ihm beim Training die Adresse eines Mannes in Berlin.

»Woher kennen Sie den Typen?«, fragte Michael.

»Spielt keine Rolle«, knurrte Enders. »Ich kenne ihn einfach. Er kann dir liefern, was du brauchst.«

»Und was kostet das?«

Enders überlegte. »Hm, Pass, Personalausweis, vielleicht noch einen Führerschein und eine Kreditkarte dazu. Etwa tausend Euro würde ich sagen.«

Michael erschrak. »So viel?« Angestrengt rechnete er nach. Er hatte noch etwa dreitausend Euro, jedoch keine Aussicht auf neue Einkünfte. An den Papieren führte allerdings kein Weg vorbei. Und es war wahrscheinlich sinnvoll, auch gleich einen Führerschein und eine Kreditkarte anfertigen zu lassen. Zum Beispiel, um ein Auto zu mieten.

»Wann kann ich ihn besuchen?«, fragte er Enders.

»Nächsten Montag. Den Termin habe ich bereits vereinbart. Da muss unser Training ohnehin ausfallen. Ich fahre für zwei Tage nach Stendal.«

»Wieso denn das?«

Enders zog eine gerichtliche Vorladung aus der Tasche. »Meine Frau will sich scheiden lassen. Der Gerichtstermin ist am Dienstag.«

Michael betrachtete das Schriftstück wie ein Relikt aus der Vergangenheit. »Ich wusste gar nicht, dass Sie verheiratet sind.«

»Wir leben schon seit Jahren getrennt. Ich habe sie kennengelernt, als ich Mitte der neunziger Jahre bei Lok Stendal spielte. Nachdem Hansa Rostock mich vor drei Jahren rausgeschmissen hat, hat sie mich verlassen.«

»Und jetzt wohnt sie wieder in Stendal?«

Enders nickte. »Zusammen mit so einem Langweiler aus dem Landratsamt.«

»Haben Sie eigentlich Kinder?«

Der Trainer sah eine Weile aufs Wasser, ehe er antwortete. »Wir hatten einen Sohn. Steve. Er ist gestorben. Bei diesem Unfall damals. Er war neun.«

Michael fragte nicht weiter nach. Gleich bei einem seiner ersten Besuche in einem Internetcafé in Stralsund hatte er den Namen Frank Enders eingegeben. Ein paar Mausklicks, schon hatte er erfahren, was es mit jenem Ereignis auf sich hatte, das ihn seinen Job bei Hansa gekostet hatte – und seinen Sohn das Leben.

33

Von seinen Soldaten war General Alexander Nemzow geradezu verehrt worden. Im Gegensatz zu anderen Offizieren sorgte er persönlich dafür, dass der Sold pünktlich ausgezahlt wurde, ausreichende Verpflegung vorhanden war und die Männer Wohnungen für ihre Familien erhielten. Notfalls legte er sich dafür auch mit seinen Moskauer Vorgesetzten an. Die Soldaten dankten es ihm mit bedingungsloser Loyalität, wenn er sie wieder einmal auf eines der blutigen Schlachtfelder in den Randrepubliken des russischen Riesenreiches führte.

Als Nemzow in die Politik ging, war sein Ruf als geradliniger, kampferprobter Offizier sein wichtigstes Kapital. Die Wähler vertrauten dem breitschultrigen Hünen mit der Kontrabassstimme und schickten ihn mit einer Zwei-Drittel-Mehrheit ins Parlament.

Wenige Tage nach seiner ersten Plenarsitzung erhielt Nemzow in seinem Wahlkreisbüro Besuch von einem Marmorproduzenten aus Kondopoga. Der Mann teilte ihm betrübt mit, dass er in Moskau einen äußerst lukrativen Auftrag bekommen könne. Bei der Renovierung des Rathauses der Millionenmetropole würden große Mengen des berühmten karelischen Marmors benötigt.

Nemzow war verwundert. »Aber das ist doch eine fabelhafte Neuigkeit.«

»Leider nicht«, erwiderte sein Besucher schulterzuckend. »Der Beamte, der über die Vergabe entscheidet, verlangt einen persönlichen Bonus in Höhe von dreihunderttausend Dollar. Das können wir uns nicht leisten.«

Korruption war in Russland schon immer so etwas wie ein eigener Wirtschaftszweig gewesen. Doch in den vergangenen Jahren hatte sie sich geradezu explosionsartig ausgebreitet. Die alltäglichen Zuwendungen an Verkehrspolizisten, Ärzte und Einberufungsbeamte gehörten noch zu den kleineren Übeln. Viel schlimmer war die ausufernde Bestechung im Geschäftsverkehr. Die Eröffnung eines kleinen Lokals in St. Petersburg kostete dreißigtausend Euro an offiziellen Gebühren. Hinzu kamen Schmiergelder in gleicher Höhe. Gegen beträchtliche Bakschischs ließen Zöllner Waggonladungen chinesischer Mobiltelefone zollfrei als »Ersatzteile« ins Land. Ein Beamter der Generalstaatsanwaltschaft verlangte für die Vergabe eines Großauftrages an einen amerikanischen Computerhersteller eine Villa in Orlando. Der Leiter des Kreml-Fuhrparks hielt die Hand auf, wenn es um die Anschaffung neuer Fahrzeuge ging. Das jährliche Volumen der Bestechungszahlungen wurde mittlerweile auf mehr als dreihundert Milliarden Euro geschätzt. Damit betrug es fast das Doppelte der Staatseinnahmen. Im Korruptionsindex von Transparency International stand Russland auf einer Stufe mit Ländern wie Sierra Leone, Osttimor und Haiti.

Nach dem Besuch des Unternehmers war Nemzow umgehend nach Moskau geflogen. Unverblümt bezichtigte er das Rathaus der Bestechlichkeit. Gewiss, es gab viel Verständnis für den Unmut des Abgeordneten, hier und da auch zerknirschte Mienen. Aber wirklich aufklären ließen sich die Vorwürfe nicht. Und der mit der Auftragsvergabe befasste Beamte konterte den Politneuling eiskalt aus. Er wiederholte die Ausschreibung, aber das Unternehmen aus Karelien ging leer aus. Wegen unvollständiger Unterlagen, wie es bedauernd hieß. Stattdessen machte ein Bieter aus Carrara das Rennen.

Doch diese Niederlage hatte nur den Ehrgeiz des Generals geweckt. In einem leidenschaftlichen Auftritt vor der Duma kündigte er an, sich ab sofort dem Kampf gegen die Korruption zu widmen. Die unsägliche russische Schmiergeldkultur sollte ein für alle Mal ausgerottet werden. Bereits nach wenigen Monaten konnte er erste Erfolge vermelden. Er stellte einen Aktionsplan »Neue Nationalstrategie zur Bekämpfung der Wirtschaftskriminalität« vor, der die Neueinstellung von zweihundert Staatsanwälten vorsah und vom Parlament gebilligt wurde. Kurz darauf brachte Nemzow einen Gesetzentwurf ein, wonach Regierungsmitglieder, Gouverneure und Bürgermeister sämtliche Einkünfte veröffentlichen mussten. Im Internet lancierte er eine Seite, auf der Fotos von den protzigen Häusern einfacher Steuer- und Zollbeamter veröffentlicht wurden. In Zeitungsinterviews prangerte er Minister an, die sich von den Energiekonzernen mit Luxusreisen nach Dubai bestechen ließen. Binnen kürzester Zeit hatte Nemzow für die Entlassung von über siebzig Spitzenbeamten gesorgt. Einer der ersten, die gehen mussten, war der Mann aus dem Moskauer Rathaus, der die Aufträge für die Renovierung vergeben hatte.

34

Es war zur Gewohnheit geworden, dass Tim Roemer alle zwei, drei Wochen bei Peter Herzog hereinschaute, um ihn bei Mokka und Gebäck über den Stand der Ermittlungen zu informieren. Seit ihrer ersten Begegnung waren drei Monate vergangen. Bislang gab es keine Spur von Michael.

Roemer hatte sich ein Jahr gegeben. »Wenn ich ihn in dieser Zeit nicht finde, hat er sich zu gut versteckt«, sagte er, als er wieder einmal in Herzogs Büro saß. »Gelegentlich kommt so etwas leider vor.«

»Macht es Sie nicht nervös, dass Sie in all den Wochen keinen einzigen Schritt weitergekommen sind?«

»Wir haben sehr wohl Fortschritte erzielt«, erwiderte Roemer. »Sehen Sie, wir arbeiten nach dem Ausschlussprinzip. Es ist sicher, dass Michael sich nicht in Wiedemar bei seinen Eltern aufhält. Einer meiner Männer war in Bergisch-Gladbach, um seine Schwester unter die Lupe zu nehmen. Negativ. Wir haben eine Liste sämtlicher Verwandten und Bekannten Ihres Schwiegersohnes. Sie wurden alle überprüft.«

»Wenn er sich bei Julia melden würde, würde sie es mir sagen. Es gibt also keinen Grund, sie ebenfalls zu überwachen.«

»Das tun wir auch nicht!«, log Roemer, wobei er besänftigend die Hände hob. »Wir wissen, dass Michael in Berlin war. Er hatte im Grunde nur drei Möglichkeiten. In der Stadt bleiben, einen Flug irgendwohin buchen oder auf andere Weise weiterreisen.«

»Und?«

»Den Flug können wir ausschließen. Ich glaube nicht, dass Michael sich innerhalb von zwei Tagen einen falschen Ausweis besorgen konnte. Und unter seinem richtigen Namen wurde kein Flug gebucht. Dass er in Berlin geblieben ist, bezweifle ich. Schließlich wurde er nur fünf Minuten nach seiner Ankunft in der Stadt bereits erkannt. Ein schlechter Start, finden Sie nicht?«

»Aber gibt es da nicht einen ehemaligen Studienfreund, der jetzt im Bundestag arbeitet? Der wäre doch eine gute Anlaufstation gewesen.«

»Ronny Schmidt«, nickte Roemer. »Wohnt in Reinickendorf. Den haben wir natürlich gecheckt. Negativ. Nein, ich bin davon überzeugt, dass Michael mit dem Zug weitergereist ist.«

»Aber es gibt keinerlei Erkenntnisse, wohin er gefahren sein könnte.«

Roemer schüttelte den Kopf. »Zumindest keine belastbaren. Fünf der dreiundsechzig Schaffner und Kontrolleure, mit denen wir gesprochen haben, erinnerten sich glaubhaft an einen Mann, auf den Michaels Beschreibung passt. Zwei hatten in einer S-Bahn Dienst, die anderen in Zügen, die nach Magdeburg, Warschau beziehungsweise Stralsund fuhren. Bisher haben uns diese Hinweise allerdings nicht weitergeführt.«

»Sie erwähnten bei einem Ihrer letzten Besuche, dass Sie in den Städten, in denen sich Michael aufhalten könnte, Privatdetektive anheuern. Wie viele arbeiten momentan für Sie?«

»Neun«, antwortete Roemer. Er hatte seine Notizen in Reichweite, aber er brauchte sie nicht. »Allerdings in sehr unterschiedlichem Umfang.«

»Was genau tun diese Leute?«

»Wir haben ein ausführliches Dossier über Michael angelegt, mit unterschiedlichen Fotos von ihm und vielen Informationen. Die Ermittler, die wir verpflichten, kennen sich mit den jeweiligen Besonderheiten vor Ort aus, was eminent wichtig ist. Sie arbeiten das Dossier durch. Dann klappern wir gemeinsam mit ihnen

Hotels, Restaurants und Kneipen ab. Wir hören uns um, sprechen mit Leuten, die illegale Jobs vermitteln, und mit Vermietern, die im Ruf stehen, nicht viel Wert auf Papierkram zu legen.«

»In den Spesenabrechnungen habe ich gesehen, dass Ihre Leute kürzlich auch in Bad Staffelstein und in Hintertux waren. Wieso?«

»Wir haben herausgefunden, dass Michael mit Ihrer Tochter dreimal einen Kurzurlaub in Bad Staffelstein verbracht hat. Eine recht auffällige Häufung.«

»Ja. Dort befindet sich irgendeine größere Therme mit einem Saunagarten. Michael besucht derartige Einrichtungen gern.«

»Was sich ja auch am Abend seiner Flucht zeigte.« Roemer öffnete die Hände, wie ein Prophet, der bestätigt wurde. »Das sind genau die Anhaltspunkte, nach denen wir suchen. In Bad Staffelstein ist Michael allerdings nicht aufgetaucht, ebenso wenig wie in Hintertux. Auf den Ort sind wir gekommen, weil Ihr Schwiegersohn in einem Katalog ein dortiges Hotel mit einem dicken Ausrufezeichen versehen hatte. Er hatte sich sogar eine Routenberechnung dazu ausgedruckt. Um nach Österreich zu kommen, braucht man übrigens auch keinen Ausweis.«

»Ich kann mich nicht erinnern, dass er und Julia jemals dort waren. Aber das hat nicht viel zu sagen. Wie Ihnen meine Tochter sicherlich erzählt hat, ist Micha jemand, der sich nur zu gern durch irgendwelche Urlaubsprospekte wühlt und Reisepläne schmiedet.«

Roemer nickte. »Ja, das wissen wir. Ebenso, dass er regelmäßig ein Magazin namens World-Travel las und sich gern Reisereportagen im Fernsehen ansah. Soweit sich aus dieser Vorliebe Hinweise auf ein mögliches Versteck ergeben, gehen wir ihnen nach. Sonstigen Spuren natürlich auch. Vorige Woche zum Beispiel mietete ein Michael Krohn in Düsseldorf einen Mercedes. Wir schickten sofort jemanden hin, jedoch umsonst. Es handelte sich um einen Innenarchitekten aus Fürth, der in Düsseldorf einen Kurzurlaub machte.«

Herzog rieb sich müde die Schläfe. »Angenommen, Sie stöbern Michael tatsächlich irgendwo auf. Was würde dann passieren?«

»Das kommt darauf an. Schließlich geht es uns nicht um ihn, sondern allein um das Geld. Wir würden wahrscheinlich als erstes sein Versteck durchsuchen. Im günstigsten Fall finden wir dort Brunners Unterlagen.«

»Schon mal über die Möglichkeit nachgedacht, dass Michael diese Dokumente gar nicht mehr hat?«

»Wer sollte sie sonst haben?«

»Keine Ahnung. Vielleicht waren sie ja wirklich in der Tasche. Aber als er bei mir war und ich die Polizei rief, musste er Hals über Kopf fliehen. Was ist, wenn er die Tasche irgendwo verloren oder vergessen hat? Oder weggeworfen.«

Roemer tat, als denke er nach, ehe er bedächtig antwortete. »Wir können das natürlich nicht ausschließen, Herr Herzog. Ich warne allerdings davor, diesen Könnte-es-nicht-sein-Gedanken nachzugehen. In diesem Spiel gibt es eine ganze Reihe unbekannter Größen. Aber Spekulationen helfen uns nicht weiter. Fakt ist, dass die Tasche bisher nirgendwo aufgetaucht ist. Also lassen Sie uns mit der Suche fortfahren. Vertrauen Sie mir, früher oder später werden wir Michael aufspüren.«

»Gut, angenommen, Sie finden ihn. Sie stellen seine Wohnung auf den Kopf, aber die Unterlagen sind nicht da. Nichts, nicht der kleinste Hinweis auf das Geld. Was passiert dann?«

Mit einem überlegenen Lächeln griff der Privatermittler nach seiner Mokkatasse. »Herr Herzog, das wollen Sie gar nicht wissen.«

»Roemer, ich warne Sie!« Herzog richtete sich kerzengerade auf. »Wir reden hier von meinem Schwiegersohn. Ich werde nicht dulden, dass Sie in meinem Namen etwas Ungesetzliches tun. «

»Ich bin im Auftrag des Generalgouverneurs tätig«, korrigierte Roemer kühl. »Und dessen Auftrag lautet nun einmal, das Geld zu beschaffen. Gegen Michael habe ich persönlich überhaupt nichts. Wahrscheinlich würde ich ihn nicht einmal Minister Harder übergeben.«

»Sehr großzügig«, knurrte Herzog. »Vergessen Sie nicht, dass ich Ihre Nachforschungen bezahle. Wenn Sie Michael finden, werden Sie mich umgehend benachrichtigen, verstanden? Ich hole die Informationen schon aus ihm heraus, darauf können Sie Gift nehmen.«

»Woher stammen diese vierzig Millionen eigentlich?«, fragte Roemer, das Thema wechselnd.

Jetzt gestattete sich Herzog ein boshaftes Grinsen. »Das wird Ihr Auftraggeber Ihnen sagen. Wenn er meint, dass Sie es wissen müssen.«

35

Die Justizvollzugsanstalt Dresden befand sich auf einem ehemaligen Kasernengelände in der Albertstadt, nicht weit von der Autobahn entfernt. Der Wachmann wies Jörg Sänger an, sein Handy in einem der Schließfächer zu deponieren. Handys waren in der JVA streng verboten. Sänger nahm auf einem weißen Plastikstuhl Platz und wartete, bis sein Name aufgerufen wurde.

»Raum Nummer neunzehn«, sagte eine Frau mit einem Klemmbrett in der Hand. Mit dem Kopf deutete sie ans Ende des Ganges mit den Einzelbesuchsräumen.

Sänger nickte und trat schnell an den während der Besuchszeiten geöffneten Imbissstand, um zwei Bockwürste und zwei Tassen Cappuccino zu ordern. Auf einem Tablett bugsierte er alles in Raum Nummer neunzehn.

»Hallo, Kleiner«, sagte Ralf Sänger. Mit ausgestreckten Beinen fläzte er sich auf seinem Stuhl, die Hände im Genick verschränkt. »Wird ja Zeit, dass du dich mal wieder sehen lässt.«

»Tut mir leid. Ich hatte viel zu tun in den letzten Wochen.« Jörg Sänger stellte das Tablett auf dem quadratischen Tisch ab und setzte sich seinem Bruder gegenüber.

Dass sie miteinander verwandt waren, war unübersehbar. Ebenso wie Jörg Sänger hatte Ralf eine stämmige, gedrungene Figur und tiefschwarze, lockige Haare, die er allerdings sehr lang und meist zu einem Pferdeschwanz gebunden trug. Seine beiden

Arme waren mit bunten Tattoos bedeckt, seltsamen Abfolgen von Drachen, Tigern und Kobolden.

»Jedes Mal jammerst du herum, wie beschäftigt du bist«, knurrte er. Er griff nach einer Bockwurst. Mit zwei, drei Bissen schlang er sie hinunter. »Seid ihr denn inzwischen weitergekommen?«, fragte er.

»Leider nicht. Ich habe ein paar Tage in Bayern verbracht, in Bad Staffelstein. Dieser Krohn hat dort ab und zu eine Therme besucht. Also habe ich mich ein wenig umgehört und dann ins warme Wasser gelegt, in der Hoffnung, dass er da vielleicht aufkreuzen würde. Natürlich ist er nicht gekommen.«

»Ich hatte viel zu tun in den letzten Wochen«, wiederholte Ralf Sänger gallig. »In einer Therme zu liegen, ist ja fürchterlich anstrengend.« Wie selbstverständlich griff er nach der zweiten Bockwurst.

Jörg hatte keine Lust auf Streit, also wechselte er das Thema. »Was macht deine vorzeitige Entlassung? Die zwei Drittel sind doch demnächst um.«

Der Blick seines Bruders verfinsterte sich. »Wurde abgelehnt. Vor Kurzem gab es hier ein bisschen Ärger.«

»Was denn für Ärger?«

»Einer von den Vietnamesen ist frech geworden. Da habe ich ihn mir vorgeknöpft. Irgendeine Drecksau hat mich verpfiffen.« Schulterzuckend tunkte Sänger die Bockwurst in den Senf. »Den Vietnamesen haben sie ins JVA-Krankenhaus nach Leipzig verlegt. Der Direktor meinte, dass gegen mich ein neues Verfahren eingeleitet wird und dass die vorzeitige Entlassung auf Bewährung damit vom Tisch wäre.«

»Scheiße, Ralf, was soll denn das?« Verständnislos schüttelte Jörg den Kopf. »Ende Oktober hättest du draußen sein können!«

Sechs Jahre hatte sein Bruder bekommen, wegen gefährlicher Körperverletzung. Eine Kneipenschlägerei, bei der Ralf Sänger mit einer Bierflasche auf seinen Widersacher losgegangen war. Das Opfer hatte ein Schädel-Hirn-Trauma und eine Gehirnblutung erlitten. Zum Glück waren die Richter davon ausgegangen, dass Ralf ohne Tötungsabsicht gehandelt hatte. Sonst hätten es leicht zehn oder zwölf Jahre werden können.

»Erspar mir deine Belehrungen, Kleiner, ja?«

Für einen Moment schwiegen sie. Jörg Sänger hatte aufgehört zu zählen, wie oft Ralf in irgendwelche Auseinandersetzungen verwickelt gewesen war. Er hatte Gastwirte verprügelt, die ihm kein Bier mehr ausschenken wollten, und Gäste, die seine Freundin zu anzüglich angeschaut hatten. Seiner Meinung nach zu anzüglich, wohlgemerkt. Am Anfang war er noch mit Geld- und Bewährungsstrafen davongekommen. Mit fünfundzwanzig musste er erstmals ins Gefängnis, ein halbes Jahr. Nach seiner Entlassung war dann erst einmal für eine Weile Ruhe gewesen. Bis zu dieser Sache mit der Bierflasche. Mittlerweile hatte Ralf fast vier Jahre abgesessen. Damit hätte an sich eine vorzeitige Entlassung auf Bewährung angestanden. Vorausgesetzt natürlich, er wäre nicht schon wieder ausgerastet.

Dann unterhielten sie sich noch ein wenig über die Suche nach Michael Krohn. Die ganze Geschichte schien Ralf Sänger zu faszinieren. Er war über das Beziehungsgeflecht zwischen Julia Krohn, ihrem Mann und Brunner sowie zwischen Brunner und Innenminister Harder erstaunlich gut informiert. Immer mehr Einzelheiten wollte er von Jörg wissen, so viele, dass es fast schon unheimlich war, da sich seine Interessen sonst auf Alkohol, Tätowierungen und gelegentliche Brutalitäten beschränkten. Jörg Sänger erteilte gleichwohl bereitwillig Auskunft. Warum auch nicht, wenn er seinem Bruder damit eine Freude machen konnte? Schließlich waren Ralfs Zukunftsaussichten düster genug, mit zwei, vielleicht sogar drei oder vier weiteren Jahren im Knast. Und für jemanden in seiner Lage war es doch auch eine wunderbare Geschichte. Die Geschichte eines Mannes, der den Behörden ein Schnippchen geschlagen hatte.

36

Sein unerschrockener Feldzug gegen die Korruption hatte Alexander Nemzow schon bald landesweit hohes Ansehen verschafft. Vor der letzten Präsidentschaftswahl wurde er sogar als Kandidat für einen Regierungsposten gehandelt.

Staatschef Wladimir Belych durfte nach zwei Amtsperioden nicht erneut für den Kreml antreten. Das wurde von vielen bedauert, auch von Nemzow. Nach der feuchtfröhlichen Jelzin-Ära war Belychs autoritärer Führungsstil dem Land überraschend gut bekommen. Um die Zügel auch künftig in der Hand zu behalten, hatte der machtbewusste Präsident einen spektakulären Plan entwickelt. Sein loyaler Regierungschef Boris Gosman, ein vergleichsweise junger und im Volk noch unbekannter Jurist, sollte sein Nachfolger werden. Gleichzeitig wollte Belych in einer Art Rochade das Amt des Ministerpräsidenten übernehmen. Hinter seinem unerfahrenen Zögling, so sein Kalkül, konnte er eine Art Schattenpräsident bleiben.

Auf den Fluren der Duma wurde spekuliert, dass Alexander Nemzow als stellvertretender Premierminister in die neue Regierung eintreten und eine Sonderzuständigkeit für die Korruptionsbekämpfung erhalten sollte. Als der General von diesen Gerüchten hörte, wähnte er seine Mission auf dem richtigen Weg. Wenn er erst einmal am Kabinettstisch saß, hatte er ganz andere Möglichkeiten als ein einfacher Abgeordneter. Und neben ihm würde mit Wladimir Belych ein starker Regierungschef sitzen, der ihm gegenüber der heimtückischen Ministerialbürokratie den Rücken freihielt. Ein Mann zudem, dem Nemzow zutiefst vertraute. Denn Belych hatte einst ebenfalls die russische Uniform getragen. Und, was noch wichtiger war, er galt als absolut integer und unbestechlich. Nicht ein einziges Mal in seiner Zeit als Präsident war er auch nur in den Ruch unlauteren Handelns geraten.

Doch wenige Wochen vor der Wahl waren plötzlich unappetitliche Gerüchte aufgekommen. In einer Moskauer Tageszeitung erschien ein Artikel, der von hunderten Blättern rund um den

Erdball nachgedruckt wurde. Ein Insider bezichtigte Belych, als Präsident ein gigantisches Privatvermögen angehäuft zu haben. Ausländische Investoren hätten für Audienzen mit dem Kreml-Chef bis zu zehn Millionen Dollar Schmiergeld zahlen müssen. Auch die berüchtigten Oligarchen, die milliardenschweren Strippenzieher der russischen Wirtschaft, hätten sich sein Wohlwollen mit unvorstellbaren Summen erkauft. Der Insider nannte Kontonummern und Überweisungsbeträge und besaß sogar Fotos, die Belych vor einer Schweizer Bank zeigten.

Nemzow hatte beim Lesen das Gefühl, auf verrosteten Reißzwecken zu kauen. Wenn diese Anschuldigungen zutrafen, konnte er niemals am selben Kabinettstisch wie Belych Platz nehmen. Nicht, wenn er seine Glaubwürdigkeit bewahren wollte. Seine Karriere in der Regierung schien beendet, ehe sie überhaupt begonnen hatte.

37

Michael nahm den Bus nach Stralsund und von dort den Zug nach Berlin. Nach der Ankunft suchte er die Adresse auf, die Enders ihm gegeben hatte. Es handelte sich um ein kleines Ladenlokal in Wedding, das sich als schäbiges Atelier eines Fotografen erwies. Der Inhaber mochte etwa in Enders' Alter sein. Er trug eine graue Cordjacke, ein verwaschenes T-Shirt und einen struppigen Bart. Seine Haare sahen aus, als wären sie seit längerem nicht mit Shampoo in Berührung gekommen. Beim Anblick des Mannes beschlichen Michael Zweifel an der Qualität der Papiere, die er hier bekommen würde.

»Sie wünschen?«, fragte der Fotograf nicht übertrieben höflich.

»Herr ... Herr Enders hat mich an Sie verwiesen«, sagte Michael unsicher. »Er meinte, dass Sie mir behilflich sein können. Ich brauche einen Pass, einen Personalausweis und einen Führerschein.

Außerdem zwei Kreditkarten, davon eine auf einen zweiten Namen. Geht das?«

Der Mann zuckte mit den Schultern. »Alles geht, wenn Sie bezahlen können. Mit der Kreditkarte extra kostet es tausendzweihundert Euro. Die Hälfte im Voraus.«

Michael zählte sechs Hunderter ab und legte sie auf den Tisch. Der Fälscher nahm das Geld und hielt einen der Scheine prüfend gegen das Licht. Dann schloss er den Laden ab. »Ich muss zuerst Passfotos anfertigen.«

Im Atelier ließ er Michael an einem Schminktisch Platz nehmen, drehte ihn behutsam herum und richtete einen Scheinwerfer auf ihn. Eine volle Minute lang sah er ihn prüfend an. Dann begann er, Michaels Gesicht mit allerlei Cremes und Puder zu bearbeiten.

»Die Fotos sollen so aussehen, als seien sie schon vor ein paar Jahren gemacht worden«, erläuterte der Mann, als er fertig war. »Zu unterschiedlichen Zeitpunkten. Wer hat schon auf dem Führerschein das gleiche Foto wie im Reisepass?«

Bedächtig wählte er einen Hintergrund aus. Dann maß er das Licht. Auch beim Umgang mit der Kamera legte der Mann eine Professionalität an den Tag, die Michael ein wenig beruhigte. Vielleicht bekam er hier ja doch anständige Papiere.

Die Prozedur wiederholte sich für das zweite Bild. Der Fälscher nahm sich viel Zeit. Er ließ seinen Kunden ein anderes Hemd anziehen und verpasste ihm ein Toupet, durch das Michael einen Kurzhaarschnitt erhielt.

»Wie wollen Sie heißen?«, fragte der Mann, als sie mit den Fotos fertig waren.

»Wie wäre es mit ... äh ... Hertwig? Michael Hertwig?« Franziska Hertwig war seine erste Freundin in der Schule gewesen.

»Von mir aus.« Der Fälscher kritzelte etwas auf einen Schreibblock. »Und die zweite Kreditkarte?«

»Oliver Schubert.«

Der Fälscher erfragte noch ein paar weitere Daten und schrieb sie gewissenhaft auf. »Gut, das wäre alles. Kommen Sie morgen Abend um sieben wieder vorbei.«

Michael nahm ein Taxi zum Holiday Inn in Berlin-Mitte. In seinem Zimmer gönnte er sich ein kurzes Schläfchen, dann fuhr er mit dem Lift nach unten, setzte seine Sonnenbrille auf und spazierte durch die Stadt. Nach all den Wochen auf Rügen war die neue Umgebung ein Genuss. Neidisch beobachtete er die Menschen, die Eis essend durch die Straßen schlenderten, sorglos und unbeschwert. In einem kleinen Café auf der Friedrichstraße trank er einen doppelten Espresso und aß ein Stück Mokkatorte. Abends ging er ins Kino am Potsdamer Platz. Danach nahm er sich eine Käsepizza und eine Flasche Rotwein mit aufs Zimmer. Auch den nächsten Tag verbummelte er in der Stadt, ehe er zur vereinbarten Zeit in das Atelier des Fälschers fuhr.

Der Mann führte Michael wiederum in die hinteren Räume. Dort übergab er ihm einen Briefumschlag. »Das sind Ihre Dokumente.«

Michael nahm den Pass heraus. Er sah benutzt aus und war mit einigen unverfänglichen Einreisestempeln versehen. Da er offiziell vor November 2007 ausgestellt worden war, enthielt er natürlich keine biometrischen Daten. Das Foto zeigte eine etwas jüngere Version des neuen, kahl geschorenen Michael. Soweit Michael es beurteilen konnte, war die Fälschung perfekt. Das galt auch für die anderen Papiere.

Der Inhaber des Ladens beobachtete ihn. »Zufrieden?«

»Sehr sogar, vielen Dank. Hier ist Ihr restliches Geld.« Michael legte ein weiteres Mal sechs Hunderter auf den Tisch.

Ausgestattet mit einer neuen, durch erstklassige Papiere bestätigten Identität verließ er Berlin mit einem belebenden Gefühl von Freiheit. Jetzt stand ihm die ganze Welt offen.

38

Julia Krohn saß mit einer Tasse Kaffee auf dem Balkon ihrer Wohnung. Sie trug Michaels Bademantel, in dem noch der Duft seines Eau de Toilettes hing. Wie so häufig in den letzten Wochen hatten die immer gleichen Gedanken sie früh aus dem Bett getrieben. Die Gedanken an die verhängnisvolle Lawine, die sie ausgelöst hatte. In all den Monaten zuvor waren es allein die heimlichen Stunden mit Andreas gewesen, die ihrem Alltag so etwas wie Farbe gegeben hatten. Doch wenn sie nun zurückblickte, lag ein Schatten auf diesen Stunden. Und dieser Schatten hatte nicht nur damit zu tun, dass Andreas tot und ihr Mann auf der Flucht war und ihr Vater sich wieder einmal in sein Schneckenhaus verkrochen hatte. Wie einen brennenden Ausschlag spürte sie den Schmerz, den sie Michael zugefügt hatte. Im Nachhinein fühlte sich die Sache mit Andreas falsch an, gänzlich falsch. Aber Michael hätte nicht verstanden, wovon sie redete, wenn sie versucht hätte, ihm zu erklären, was ihr in ihrer Beziehung fehlte. Und nun war es zu spät für Gespräche.

Julia wusste nicht, wie es weitergehen sollte.

Äußerlich hatte sie die Nachwirkungen jener Nacht überwunden, dank etlicher Stunden im Fitnessstudio und Alines Kochkünsten. Sie war wieder jene auffallend schöne Frau von einst. Doch innerlich verspürte sie eine gewaltige Leere. Ihre Ehe lag in Trümmern, die Wohnung erschien ihr ohne Michael kalt und ungemütlich. Manchmal wünschte sie, sie könne morgens die Augen öffnen, und er wäre wieder da. Der alte Michael, der fürsorgliche und liebevolle. Nicht der Michael jener Nacht, der einen Menschen auf dem Gewissen hatte.

Vor einem Jahr hatte sie das zweite Staatsexamen absolviert. Seither überlegte sie, was sie mit ihrer Zeit anfangen sollte. Sie hatte keinerlei Verlangen, als Anwältin zu arbeiten, insbesondere nicht in der Kanzlei ihres Vaters. Schon das Studium in Leipzig hatte sie nur ihm zuliebe aufgenommen, ohne große Leidenschaft. Nachdem sie in Moritzburg von den Drogen losgekommen war, hatte er sie gedrängt, Jura zu studieren, »etwas Richtiges«, wie er es nannte. Da sie Dresden unbedingt verlassen wollte, hatte er auf Leipzig bestanden, der am nächsten gelegenen Universität mit einer Juristischen Fakultät.

Dort war sie Michael begegnet. Bei ihm fand Julia jene Geborgenheit, die ihr Vater ihr nie geben konnte. Das vor allem hatte sie dazu bewogen, ihn zu heiraten. Die Skepsis ihres Vaters bestärkte sie nur in ihrer Entscheidung. Nicht zuletzt, das gestand sie sich ein, war diese Ehe eine Bestrafung für den Mann, der nicht da war, als sie ihn am dringendsten gebraucht hätte.

»Na, grübelst du schon wieder?« Eine sanfte Hand fuhr durch ihre kurzen schwarzen Haare. Aline stand hinter ihr, noch ziemlich verschlafen, in der Hand ein Glas Wasser.

»Ein bisschen«, antwortete Julia.

Aline war genauso alt wie sie. Sie kannten sich schon seit Ewigkeiten, seit dem Kindergarten. Damals hatte Aline einem dicken, kräftigen Jungen, der andere Kinder und mit Vorliebe Julia piesackte, einen Teller Grießbrei über den Kopf gekippt. Heißen Grießbrei. Seither waren sie und Julia unzertrennliche Freundinnen. Dass Aline mit ihrem Mann, einem Journalisten, mittlerweile in München lebte, hatte ihrem engen Verhältnis nicht geschadet.

»Du weißt, dass ich nichts von dieser Grübelei halte«, flüsterte Aline. Ihre langen roten Haare wirbelten im Wind wie Herbstlaub umher. »Ich habe gestern mit Robert gesprochen. Er hätte nichts dagegen, wenn ich dich für zwei Wochen nach Amerika begleite. Was hältst du von einer Westküstentour? L.A., San Francisco, Seattle. Das könnte schön werden. Nur wir zwei.«

»Ich weiß nicht.«

»Worauf wartest du denn? Glaubst du, dass Michael irgendwann wieder hier aufkreuzt und alles wie früher ist?«

Julia schüttelte den Kopf. »Nein, das nicht. Es wird nie mehr wie früher sein. Aber ich vermisse ihn. Ich vermisse ihn sogar sehr.«

»Wenn du mich fragst, bist du ohne ihn wesentlich besser dran.«

Julia sah Aline traurig an. »Weißt du, wie deprimierend es ist, dass ausgerechnet die zwei Menschen, die mich am besten kennen, meinen Ehemann verabscheuen?«

»Hör schon auf! Ich verabscheue ihn doch nicht. Es ist nur … du weißt doch, ich habe immer gesagt, dass er nicht zu dir passt. Er ist einfach nicht dein Typ.«

»Ich habe überhaupt keinen Typ. Und Michael ist nicht so, wie du ihn immer hingestellt hast, so … so abgebrüht.«

»Ach nein? Glaubst du, dass Andreas Brunner das auch so sieht? Ich denke, Michael wusste stets sehr genau, was er tut. Jurastudium, dann wunderbar passend die Tochter des Seniorpartners, plötzlich ein toller Job in der Kanzlei - hallooo?«

»Lass das! Das eine hatte mit dem anderen überhaupt nichts zu tun.«

»Träum weiter! Was ist nun mit Amerika?«

Julia griff nach Alines Hand. »Gib mir noch ein bisschen Zeit, ja?«

39

Nach längerem Überlegen hatte sich Alexander Nemzow an Boris Gosman gewandt, den jungen Präsidentschaftskandidaten. In der Duma wurde gemunkelt, dass es zwischen ihm und seinem Mentor erbitterten Streit gegeben habe. Gosman, so hieß es, werde Belych angesichts der Korruptionsvorwürfe nach seiner Wahl nicht als Regierungschef nominieren.

»Ich will einen Neuanfang, Alexander Iwanowitsch«, bestätigte Gosman in einem Vier-Augen-Gespräch mit Nemzow. »Wenn im Kreml Fehler gemacht wurden, werde ich sie nicht verschweigen. Namen und Verdienste spielen für mich keine Rolle. Falls jemand, der diesem Land dienen sollte, bestechlich war, muss er sich dafür verantworten.«

Gosman machte auch deutlich, dass er in Nemzow große Hoffnungen setzte. »Unser Land braucht Sie, Alexander Iwanowitsch. Ich brauche Sie. Kein Präsident kann es sich leisten, auf einen Mann wie Sie zu verzichten.«

Der General fasste neuen Mut. Er war tief beeindruckt von der Reife und dem Charisma des jungen Kandidaten. In Interviews und Zeitungsanzeigen rief er seine Anhänger auf, für Gosman zu stimmen. Unermüdlich reiste er durchs Land, um auf öffentlichen Kundgebungen für ihn zu werben. Noch-Präsident Belych spielte im Wahlkampf hingegen keine Rolle mehr. Die Plakate, die ihn mit seinem Zögling zeigten, wurden überklebt. Gemeinsame Auftritte der beiden wurden abgesagt. Eine hartnäckige fiebrige Erkältung, teilte der Sprecher des Kremls betrübt mit, zwinge den Präsidenten leider zur Bettruhe.

Unmittelbar nach dem Bekanntwerden der Vorwürfe gegen Belych hatte Gosman gegenüber seinem kommunistischen Gegenkandidaten in den Meinungsumfragen dramatisch an Boden verloren. Dank Nemzows Einsatz gelang ihm nun jedoch eine beeindruckende Aufholjagd. Als am Wahlabend die ersten Hochrechnungen über den Bildschirm liefen, ballte der General triumphierend die Faust. Sie hatten es geschafft. *Er* hatte es geschafft. Gespannt wartete er auf den Anruf des neuen Präsidenten.

Als der Anruf schließlich kam, wusste Nemzow jedoch bereits, dass er hereingelegt worden war.

40

Tim Roemers Leute hatten bei der Durchsuchung von Krohns Wohnung gründlich gearbeitet. Nun gab es knapp einhundert Fotos, auf denen jedes Detail festgehalten war, außerdem ausführliche Protokolle und Übersichten aller gefundenen Schriftstücke, Notizen, Fotos, Zeitschriften und Bücher.

Roemer saß in seinem Büro, aß ein Snickers und sah sich die Unterlagen an. Er hatte schon unzählige Male die Fotos betrachtet und wieder und wieder die Listen und das Protokoll von Julia

Krohns Befragung durchgesehen, auf der Suche nach jedem noch so winzigen Detail, das ihnen bisher vielleicht entgangen war.

Für einen Anwalt hatte Krohn erstaunlich wenig Papier angesammelt. Es gab die üblichen Versicherungs- und Bankunterlagen, Steuerbescheide, Zeugnisse, den Vertrag mit HSB. Ein paar Briefe von seinen Eltern, Karten von seiner Schwester, ausgedruckte E-Mails über Einkäufe bei Ebay. Drei oder vier Fotoalben. Etliche Ausgaben des Reisemagazins World-Travel hatten sie gefunden sowie einen ganzen Stapel an Tourismusbroschüren und Hotelprospekten. Darunter befanden sich erstaunlich viele von noblen Golfhotels in Arizona, was sie verwundert hatte. Schließlich war Krohn kein Golfspieler. Von seiner Frau hatten sie jedoch erfahren, dass Andreas Brunner ihn Anfang des Jahres gefragt habe, ob er ihm nicht für einen Urlaub eine Unterkunft empfehlen könne.

»Ein wenig deprimierend ist das ja schon«, hatte Stefanie zu Roemer gesagt. »Krohn wühlt sich in seiner Freizeit durch irgendwelche Kataloge, um ein passendes Hotel für seinen Mentor zu finden, während der sich mit Krohns Frau vergnügt. Wer soll da noch an das Gute im Menschen glauben?«

Sie hatten die Reisemagazine und Prospekte penibel unter die Lupe genommen und Seite für Seite geprüft, ob Krohn irgendwo etwas angestrichen oder auf andere Weise hervorgehoben hatte. Sie hatten seine Frau zu den gemeinsamen Urlauben und zu Krohns besonderen Vorlieben befragt. Jedem noch so kleinen Anhaltspunkt war nachgegangen worden. Sie waren in Hintertux gewesen, in Bad Staffelstein, in einem Nest im Harz und im Riesengebirge, in Hamburg und in München und einem halben Dutzend weiterer Orte. Doch kein einziger Hinweis hatte sie weitergeführt.

Nun war die Suche ins Stocken geraten.

Gegenüber Herzog spielte Roemer zwar den Gelassenen. Doch er spürte genau, dass die Stimmung in seinem Team allmählich schlechter wurde. Nach drei Monaten ohne das kleinste Erfolgserlebnis durchschritten seine Mitarbeiter eine moralische Talsohle. Roemer suchte verzweifelt nach einer neuen Fährte für seine Spürhunde.

Er überflog gerade zum zigsten Male die Liste mit den World-Travel-Ausgaben, als seine Sekretärin den Kopf durch die Tür steckte und auf ihre Armbanduhr tippte. Es war Zeit für ein weiteres Gespräch mit Peter Herzog. Roemer nickte und wollte das Blatt beiseite legen. Doch plötzlich stutzte er. Er nahm es wieder in die Hand und überflog es noch einmal. Irgendetwas stimmte nicht. Aber was? Sein Unterbewusstsein war auf eine Ungereimtheit gestoßen. Fieberhaft ging er Zeile für Zeile durch. Dann fiel es ihm plötzlich auf. Achtunddreißig Ausgaben von World-Travel waren auf der Liste verzeichnet, die älteste war fünf Jahre alt, die jüngste stammte vom Mai, dem Monat, in dem Krohn verschwunden war. Er hatte sich das Heft offenbar nicht regelmäßig gekauft, sondern nur, wenn ihn ein bestimmter Artikel interessierte. Aber die Ausgaben des Vorjahres waren vollständig vorhanden, ebenso die von Januar bis Mai dieses Jahres. Bis auf eine.

Das Februar-Heft fehlte.

Aber warum? Sicher nicht, weil dieser verdammte Krohn es noch schnell als Lektüre für unterwegs eingepackt hat, dachte Roemer grimmig. Er blätterte in den Unterlagen und fand, was er suchte. Tatsächlich hatte Krohn World-Travel im Abonnement bezogen, aber erst seit dem letzten Jahr. Wieso fehlte dann das Februar-Heft? Vielleicht hatte es nichts zu bedeuten, aber da war ein unaufgeklärter Punkt, ein dunkler Fleck in ihren Untersuchungen, und so etwas mochte Roemer nicht.

Er griff zum Telefonhörer und drückte eine Kurzwahltaste. »Stefanie? Mir ist da etwas aufgefallen. Besorg mir doch bitte die Februar-Ausgabe von World-Travel. Und zwar schnell!« Dann wies er seine Sekretärin an, in der Kanzlei anzurufen und sein Treffen mit Herzog auf den Nachmittag zu verschieben.

Stefanie Anders verschwendete keine Zeit damit, irgendwelche Zeitschriftenläden nach einem Magazin abzuklappern, das vor sieben Monaten erschienen war. Stattdessen ging sie zur Stadtbibliothek, die nur zehn Fußminuten entfernt lag. Das Heft war im Zeitschriften-Lesesaal erhältlich. Stefanie ließ es kurzerhand in ihrer Tasche verschwinden. Keine zwanzig Minuten, nachdem sie Roemers Anweisung erhalten hatte, stand sie in seinem Büro.

»Her damit!« Hastig griff er nach dem Magazin.

Das Titelbild kündigte einen ausführlichen Beitrag über Athen an, außerdem Berichte über die Rocky Mountains, die Türkische Riviera und Andalusien. Roemer schlug die Zeitschrift auf und ging das Inhaltsverzeichnis Zeile für Zeile durch, während er sich die Lippen leckte. Plötzlich hob er triumphierend den Zeigefinger.

»Was haben wir denn hier? *Rügen, das Inselparadies*? Klingt das nicht nach einem wunderbaren Versteck?«

»Nun ja«, antwortete Stefanie zögernd. »Es liegt weit genug weg von Dresden oder Leipzig ...«

»Und in der Nähe von Stralsund«, ergänzte Roemer. »Und es ist das einzige Inlandsziel in dieser Ausgabe.«

»Möglich, aber wieso sollte uns das weiterhelfen?«, wandte Stefanie ein. »Dass wir dieses Heft nicht bei Krohn gefunden haben, besagt doch überhaupt nichts. Vielleicht hat er es gar nicht bekommen, weil der Postbote es geklaut hat. Oder er hat es einem Kollegen gegeben, der gerade an die Ostsee oder in die Türkei wollte. Vielleicht hat er auch einen Fisch darin eingewickelt.«

»Dummes Zeug«, bellte Roemer. »Aber wir können das ja überprüfen. Komm, wir statten Frau Krohn einen Besuch ab.«

Er griff nach einem weiteren Riegel aus der Snickers-Packung.

41

Der Mann gehörte zu Boris Gosmans Leibwache. Mitte der neunziger Jahre hatte er jedoch als Fallschirmjäger unter Nemzows Kommando in Moldawien gekämpft. Sie hatten nebeneinander im Schlamm gelegen, während die Kugeln der moldawischen Freischärler über sie hinwegpfiffen. Es war keine Frage, wem seine Loyalität gehörte. Zwei Tage nach der Wahl bat er seinen früheren General um ein dringendes Gespräch.

Was er zu berichten hatte, ließ Nemzow versteinern. Gemeinsam mit Belych, der selbstverständlich nicht erkältet war, hatte Gosman wenige Stunden zuvor eine längere Spazierfahrt durchs Moskauer Hinterland unternommen. Von der Vergangenheit des Mannes auf dem Beifahrersitz ahnten die beiden Politiker in diesem Moment offenbar nichts. Sonst wäre ihre Unterhaltung im Fond der Regierungslimousine wohl etwas weniger offenherzig ausgefallen. Als der Leibwächter den Namen Nemzow hörte, hatte er geistesgegenwärtig seine Handykamera eingeschaltet.

Es gab kein Bild, das Telefon hatte in seiner Tasche gesteckt. Doch was gesprochen wurde, konnte Nemzow schmerzlich genau verstehen.

»… jetzt mit ihm?« Das war Gosmans Stimme.

»Auf keinen Fall will ich ihn in meiner Regierung sehen.« Belychs schneidender Tonfall war ebenfalls unverkennbar. »Wenn wir nicht aufpassen, wird er so populär, dass er in vier Jahren selbst Präsident werden will.«

»Ich verdanke ihm die Stimmen der Armee. Und die von ein paar Millionen weiteren Wählern. Ohne ihn hätten wir es nach dieser Zeitungsgeschichte nicht geschafft.«

»Vermutlich nicht. Aber genau deswegen haben wir die Gerüchte über den Streit zwischen uns ja gestreut. Nemzow hat sich wie erwartet als wertvolles Nutztier erwiesen. Jetzt sollten wir uns seiner jedoch entledigen.«

»Ihm ist es verdammt ernst mit seinem Kampf gegen die Korruption. Er wird furchtbar enttäuscht sein, wenn er nicht ins Kabinett berufen wird.«

»Nun, was wäre das Leben ohne seine kleinen Enttäuschungen? Klugerweise hast du dich nie festgelegt, was sein neues Amt angeht. Wirf ihm einen Knochen hin! Irgendeinen Posten, der mit viel Arbeit und wenig Macht verbunden ist. Weit weg von Moskau.«

Zwei Tage später war Nemzow zu einem Frühstück in den Kreml eingeladen worden, einer Hemdsärmelshow vor laufenden Kameras. Mit großer Geste berichtete Gosman über seine Entscheidung, Russland künftig in acht Förderationsbezirke aufzuteilen, denen jeweils ein sogenannter Generalgouverneur, ein bevollmächtigter Vertreter des Präsidenten, vorstehen sollte. Mit eindringlichen Worten bat er Nemzow, sein Vertreter im größten und wichtigsten der neuen Förderationsbezirke zu werden.

»Wir haben in Sibirien gewaltige Probleme, Alexander Iwanowitsch. Zahlreiche Städte sind ökologische Notstandsgebiete. Es fehlt an wegweisenden Infrastrukturprojekten und an ausländischen Investitionen. Korruption und Kriminalität erreichen Rekordmarken. Bringen Sie dort Ordnung rein! Ich kann mir dafür keinen besseren Mann vorstellen als Sie!«

Das Angebot klang großartig, und die Kameras und Objektive der Fotografen richteten sich beinahe synchron auf Nemzow. Dem General war klar, dass er nichts weiter sein würde als ein Frühstücksdirektor von Gosmans Gnaden, von ihm ernannt, von ihm abhängig. Und dass Gosman gerade im Begriff war, ihn in die hinterste Provinz abzuschieben. Dennoch nahm er das Angebot an, denn alles andere wäre politischer Selbstmord gewesen. Niemand stieß den russischen Präsidenten vor laufender Kamera ungestraft vor den Kopf. Den Journalisten erläuterte Gosman noch treuherzig, dass er ursprünglich erwogen habe, Nemzow in das neue Kabinett zu berufen. Doch mit der nunmehr vorgesehenen Verwaltungsreform hätten sich die Prioritäten grundlegend verschoben.

»Es wird fünf stellvertretende Ministerpräsidenten und fünfzehn Minister geben, aber nur einen sibirischen Generalgouverneur. Sie sind dort für mich viel wichtiger, Alexander Iwanowitsch.«

Nemzow unterdrückte seinen Zorn und versicherte Gosman, dass er bereit sei, ihm in jeder nur erdenklichen Weise zu dienen, und mit wie viel Stolz es ihn erfülle, ein so bedeutendes Amt bekleiden zu dürfen. Mit keiner Miene hatte er zu erkennen gegeben, dass er das doppelte Spiel des Mannes durchschaut hatte.

42

Diesmal fläzte Ralf Sänger sich nicht lässig auf dem Stuhl. Im Gegenteil, förmlich zusammengeschrumpft saß er da. Jegliche Großspurigkeit schien ihm abhanden gekommen zu sein. Möglicherweise hatte das mit seinem verschwollenen Auge und den beiden fehlenden Schneidezähnen in seinem Mund zu tun. Auf seiner rechten Wange klebte ein großes Pflaster.

»Scheiße, Ralf, wie siehst du denn aus?« Beinahe hätte Jörg Sänger das Tablett mit den obligatorischen Bockwürsten fallen gelassen.

Sein Bruder hockte wie ein Häufchen Elend am Tisch. Beim Näherkommen bemerkte Jörg Sänger den weißen Verband, der oberhalb des T-Shirt-Kragens hervorlugte. »Was ist denn jetzt wieder passiert?«

Ralf Sänger winkte kraftlos ab. »Gestern ist ein Albaner auf unsere Station verlegt worden. Hat früher in Gorbitz gewohnt. Ich bin draußen mal mit ihm aneinandergeraten. Damals habe ich ihn ganz schön vermöbelt.«

»Sieht so aus, als hätte er das Rückspiel gewonnen.«

»Klopf keine dämlichen Sprüche, ja?«, fuhr Sänger seinen jüngeren Bruder an, aber selbst seinen Worten fehlte die übliche Aggressivität. Er wirkte matt, wie ein Boxer, der sich einen Kampf zuviel zugemutet hatte. »Er ist mit zwei Typen über mich hergefallen. Gegen drei Mann hatte selbst ich keine Chance.«

»Du musst zur Gefängnisleitung! Die sollen dich verlegen. Sonst macht dich dieser Albaner noch fertig.«

Ralf beugte sich ein wenig nach vorn, wobei er vor Schmerz das Gesicht verzerrte. Mit gesenkter Stimme sagte er: »Gestern Nacht hatte ich eine Idee. Vielleicht kannst du mir helfen, hier herauszukommen. Ich meine, ganz raus.«

»Willst du versuchen, doch noch die Zwei-Drittel-Entlassung zu bekommen? Soll ich dir einen Anwalt besorgen?«

»Nein, nein. Das ist aussichtslos. Es geht um eine ... sagen wir mal unkonventionelle Art der Entlassung.«

»Moment mal!«, zischte Jörg. »Das ist doch wohl nicht dein Ernst! Wenn du denkst, dass ich irgendwie daran mitwirke, dass du hier ausbre ...«

»Halt den Mund und hör mir gefälligst zu!«

43

Die Fahrt nach Pieschen dauerte von Dresden-Mitte etwa fünfzehn Minuten. Nervös trommelte Roemer mit den Fingern auf den Knien. Pang hielt direkt vor dem weit geöffneten Hauseingang, wo der türkische Restaurantbesitzer gerade Fladenbrote aus seinem Lieferwagen lud. Der verführerische Duft des Brotes begleitete Roemer und Stefanie, während sie an dem Mann vorbei hinauf in den dritten Stock eilten.

Aline öffnete die Tür. Sie blickte erst zu Stefanie, dann in Roemers vor Eifer glänzendes Frettchengesicht.

»Ja?«

»Ist Julia Krohn da?«, fragte Roemer höflich.

»Kommt darauf an.«

Roemer reichte ihr seine Karte. »Ich wurde von ihrem Vater mit der Suche nach … äh … ihrem Mann beauftragt. Meine Kollegin, Frau Anders« – er deutete auf Stefanie – »hat vor ein paar Monaten bereits mit Frau Krohn gesprochen.«

»Sie sitzt draußen auf dem Balkon«, meinte Aline, mit einer Kopfbewegung nach hinten deutend. »Was wollen Sie von ihr?«

»Wir werden nicht lange stören«, schaltete sich Stefanie in versöhnlichem Ton ein. »Wir haben nur eine Frage, Frau ... äh?«

»Bohl, Aline Bohl. Ich bin eine Freundin von Julia.«

Die beiden Privatermittler wussten alles über die Frau, die vor ihnen stand, ließen sich aber nichts anmerken.

»Angenehm«, erwiderte Stefanie lächelnd. »Ich bin Stefanie Anders. Dies ist Herr Roemer. Er leitet die Nachforschungen.«

Aline führte die beiden auf den Balkon. Julia hatte noch immer den Bademantel an, machte aber keine Anstalten, sich wegen des unerwarteten Besuches umzuziehen. Roemer, der ihr erstmals persönlich begegnete, betrachtete sie fasziniert. Das Feuermal auf ihrer Wange hatte eine geradezu magische Wirkung. Es erinnerte an ein Brandzeichen und stellte einen so unübersehbaren Makel ihrer Schönheit dar, dass es unwillkürlich Beschützerinstinkte auslöste.

»Frau Krohn? Mein Name ist Tim Roemer. Ihr Vater hat mich mit der Suche nach Ihrem Mann beauftragt. Sie erinnern sich sicher an Frau Anders? Sie war vor ein paar Monaten bereits einmal bei Ihnen, zusammen mit einem Kollegen.«

Julia nickte.

»Wir haben uns damals ausführlich darüber unterhalten, wohin Ihr Mann geflohen sein könnte, Frau Krohn«, sagte Stefanie. »Zum Beispiel nach Bad Staffelstein, weil Sie dort öfter gemeinsam Urlaub gemacht haben. Menschen, die sich verstecken müssen, wählen häufig einen Aufenthaltsort, den sie bereits kennen.«

»Ihr Mann verreiste ja überhaupt sehr gern«, schaltete sich Roemer ein.

»Wem sagen Sie das. Und?«

Stefanie zog das Magazin aus ihrer Tasche und gab es Julia. »Bitte schauen Sie sich diese Ausgabe von World-Travel an, Frau Krohn. Merkwürdigerweise hatten wir die nicht hier in Ihrer Wohnung gefunden. Die Ausgaben aller anderen Monate waren hingegen vorhanden, seit Januar letzten Jahres. Seit damals bezieht Ihr Mann das Magazin im Abonnement. Können Sie uns sagen, ob es einen besonderen Grund gibt, dass gerade das Februar-Heft nicht mehr da war?«

Julia blickte auf das Titelbild und blätterte das Magazin dann flüchtig durch. »Mein Gott, das ist alles so lange her ... Ja, ich glaube, irgendetwas war damit. Lassen Sie mich überlegen ...« Sie dachte lange und angestrengt nach. »Michael sprach davon, dass er es irgendwo vergessen habe. Er hat sich darüber geärgert, weil ... ja, genau!« Sie drehte sich zu Aline um. »Hat Michael nicht einmal eines seiner Reisemagazine bei euch vergessen, als wir euch im März besucht haben? Das war das Wochenende, als wir im Staatsschauspiel waren.«

Aline spielte mit ihren jetzt zu zwei Zöpfen geflochtenen Haaren. »Ja, kann sein. Ich glaube, ich habe es noch irgendwo herumliegen. Michael wollte Robert einen Artikel zeigen.«

»Was für ein Artikel war das denn, Frau Bohl«, fragte Roemer so gleichmütig wie möglich. Nur seine spitze Nase zuckte verräterisch.

»Ich habe keine Ahnung, wirklich. Habe mich nie dafür interessiert, was Micha so von sich gab.«

»Hör schon auf!«, sagte Julia ärgerlich, noch immer das Heft durchblätternd. »Es war der hier – über Rügen. Michael wollte ihn Alines Mann zeigen. Er hatte die fixe Idee, dass wir dort mal zu viert Urlaub machen könnten. Nach dem Artikel war er regelrecht begeistert von der Insel.«

Roemer nickte. »Haben Sie eine Idee, was ihn so sehr an Rügen reizte?«

Julia atmete etwas genervt aus. »Michael interessierte sich für Reiseberichte aller Art, Herr Roemer. Er las diese Magazine und schaute sich im Fernsehen Sendungen über irgendwelche Ferienziele an. Er hat mich ständig gefragt, ob wir hier oder da nicht mal Urlaub machen wollen. Heute war es Barcelona, morgen die Insel Rügen, übermorgen vielleicht die Toskana und nächste Woche Kapstadt. Verstehen Sie, so eine Frage war absolut nichts Besonderes. Wenn Sie aus seiner Reisemanie einen Hinweis auf sein Versteck ableiten wollen, müssten Sie auf der ganzen Welt suchen.«

»Vielen Dank für Ihre Hilfe, Frau Krohn«, erwiderte Roemer förmlich. Er hatte es plötzlich sehr eilig. Im Auto beriet er mit Stefanie das weitere Vorgehen.

»Lars ist ohnehin in Stralsund. Mit dem rede ich. Du trommelst Jörg und Dirk zusammen! Jochen und Rufus in Berlin auch. Sie sollen sofort nach Rügen kommen.«

»Wir dürfen uns jetzt aber nicht zu sehr auf diese Insel konzentrieren«, warf Stefanie skeptisch ein. »Das Magazin, diese Gespräche – alles gut und schön. Aber wir haben es doch gerade von Frau Krohn gehört. Michael hat permanent Urlaubspläne geschmiedet. Rügen ist kein Deut wahrscheinlicher als Bad Staffelstein oder Hintertux. Und selbst wenn er dorthin gefahren sein sollte – wer sagt uns denn, dass er sich jetzt immer noch dort aufhält?«

»Er ist dort, glaub mir. Ich fühle es einfach.« Triumphierend blickte Roemer sie an. »Wir haben ihn, Stefanie.« Das war natürlich übertrieben. Aber sie verfügten endlich über eine neue Spur. Eine heiße Spur, das sagte ihm jedenfalls sein Instinkt. Und der hatte ihn selten getrogen.

44

Der Morgen nach der Scheidung war der einzige, an dem Michael vergeblich auf seinen Coach wartete.

Frank Enders lag in seinem Strandhaus betrunken im Bett. Neben ihm und auf dem Boden waren leere Bierdosen verstreut. Obwohl er todmüde war, hatte er nicht geschlafen. Nicht wegen der Scheidung, damit konnte er leben. Es waren die Erinnerungen, die ihn quälten. Der Anwalt seiner Frau hatte wie ein bösartiger Piranha in den Wunden der Vergangenheit gebohrt. Ruhelos wälzte Enders sich auf der alten Matratze hin und her, die genau wie seine Kleidung nach Bier stank. Er roch seinen eigenen Schweiß und hatte einen pelzigen Geschmack im Mund. Verzweifelt starrte er an die Decke.

Noch vor drei Jahren war er ein gefeierter Bundesliga-Trainer gewesen. Und davor ein umjubelter Bundesliga-Spieler. 1995, direkt nach dem Aufstieg, hatte ihn Hansa Rostock aus der Regionalliga geholt. Er hatte es auf Anhieb in die Stammelf geschafft. In der ersten Saison belegte die Mannschaft den sechsten Platz, eine Sensation, die das Team im dritten Jahr wiederholte. 1998 gewann Hansa sogar den DFB-Hallenpokal. Frank Enders, der zuverlässige Vorstopper, galt als eine der Stützen des Teams.

Doch dann kam die Knieverletzung. Monatelang lag er untätig herum. Als er endlich wieder trainieren durfte, arbeitete er wie ein Besessener, um den Anschluss zu schaffen. Aber sein Körper verweigerte ihm die Gefolgschaft. Es war vorbei, und mit dieser Erkenntnis kam der Alkohol. Das verdammte Nichtstun, die ständige Nörgelei seiner Frau. Er trank tagsüber sein Bier, abends ein oder zwei Whisky zum Einschlafen. Alles in Maßen, alles unter Kontrolle. Hatte er gedacht.

Während er seinen Trainerschein in Köln machte, stieg Hansa überraschend aus der Bundesliga ab. Manche sagten, weil dem Team ein Mann wie Frank Enders fehlte. Der ganze Verein befand sich in einer Art Schockstarre. Natürlich wurde der sofortige Wiederaufstieg als Ziel ausgegeben. Doch dann gingen gleich die ersten beiden Spiele verloren. Köpfe rollten, der Trainer musste gehen, der Co-Trainer, drei Spieler wurden in die Amateurmannschaft verbannt.

Und Frank Enders bekam einen Anruf der Klubbosse. Am nächsten Tag wurde er der Presse als neuer Chefcoach vorgestellt. Endlich hatte er wieder eine Aufgabe. Doch das Trinken hörte nicht auf. Jetzt schob er es auf seine Arbeitsbelastung. Vor allem auf den Stress an der Seitenlinie, denn er war Trainer mit Leib und Seele. Vor dem Spiel trank er, um die Mannschaft besonders gut motivieren zu können, scharf zu machen und aggressiv. Nach dem Spiel trank er, um den inneren Ausnahmezustand abzustellen, die Nachbeben zu begradigen und zu entspannen. Oder um einen Sieg zu feiern – und Siege gab es unter seinem Kommando etliche. In seinem zweiten Jahr marschierte das Team ohne eine einzige Niederlage durch die Saison und feierte die Rückkehr in die Bundesliga. Enders wurde zum Helden der ganzen Region.

Bis zu jenem Sonnabend im September vor drei Jahren.

Enders hatte seinen Sohn Steve, der bei Hansa im Nachwuchs kickte, zu einem Punktspiel gefahren. Die Mittagssonne strahlte, und um Enders herum standen ein paar Schulterklopfer, die ihm unbedingt ein Bier ausgeben wollten. Aus dem einen Bier wurden mehrere, wie immer. Auf der Heimfahrt übersah Enders ein Vorfahrtsschild und raste in einen Kleinbus. Er selbst kam mit ein paar Brüchen und Hautabschürfungen davon, doch Steve war auf der Stelle tot. Sein Hals und sein Rückgrat waren gebrochen, Herz und Lungen zerrissen. Auch zwei der Passagiere in dem Kleinbus starben, drei andere wurden schwer verletzt.

In den Boulevardzeitungen wurde zu jener Zeit gerade eine Diskussion über die milden Strafen für alkoholisierte Unfallfahrer geführt. Der Richter, der Enders' Fall verhandelte, wollte offenbar ein Zeichen setzen. Er verurteilte ihn zu drei Jahren Haft, deutlich mehr, als der Staatsanwalt gefordert hatte. Vor acht Monaten war Enders vorzeitig entlassen worden, auf Bewährung. Wie ein geprügelter Hund hatte er sich in Göhren verkrochen, in dem Strandhaus, das früher seinen Eltern gehört hatte.

Michael wartete mittlerweile seit einer halben Stunde auf seinen Coach und begann, sich Sorgen zu machen. Enders' Häuschen lag nur ein paar Minuten entfernt. Zögernd ging er hin, klopfte und öffnete, als keine Reaktion kam, vorsichtig die Vordertür.

»Trainer? Ich bin's, Oliver«, rief er.

Ein muffiger Geruch strömte ihm entgegen. Er erschrak, als er sah, in was für einer heruntergekommenen Hütte Enders hauste. Der Wohnraum, der zugleich als Schlafzimmer diente, war mit wackligen Möbeln ausgestattet, die man nicht einmal auf dem Flohmarkt losbekommen hätte. Der Teppich sah alt und abgetreten aus. Überall standen leere Bierflaschen und Büchsen. Enders lag auf dem Bett und blinzelte ihn träge an.

»Aufwachen, Trainer. Wir sind verabredet!«

Enders murmelte etwas Unverständliches, schälte sich dann aber tatsächlich aus der Decke, die um seine muskulösen Beine geschlungen war. Langsam schlurfte er ins Bad.

Derweil setzte Michael in der Küche Kaffeewasser auf. Dann nahm er einen Apfel, rieb ihn blank und ging in das Wohnzimmer zurück. Auf dem Tisch lag eine zerknitterte Ausgabe der Bild-Zeitung von gestern. Michael blätterte sie flüchtig durch. Die meisten Artikel interessierten ihn nicht sonderlich. Doch dann blieben seine Augen an einem kurzen Beitrag auf Seite fünf hängen. Er las ihn dreimal, Zeile für Zeile.

Sein Herz pochte vor Aufregung. In seinem Kopf rasten die Gedanken hin und her. Das war es! Das war die Lösung seiner finanziellen Probleme. Er würde nicht auf Peter Herzogs Almosen angewiesen sein, sondern konnte als finanziell unabhängiger Mann zu Julia zurückkehren.

Im Bad wurde die Dusche abgestellt. Schnell riss Michael den Artikel aus der Zeitung heraus, steckte ihn in die Hosentasche und ließ die zerknitterte Bild-Zeitung im Papierkorb verschwinden. Enders kam herein und rubbelte sich den Kopf mit einem weißen Handtuch ab.

»Ich fürchte, ich muss abreisen. Schon bald. Unser Training ist zu Ende«, sagte Michael.

Enders blickte ihn verwundert an, nickte dann aber. »Ich schätze, ich sollte lieber nicht fragen, wieso. Wann willst du weg?«

»Morgen!«

45

Als Generalgouverneur des Sibirischen Föderationsbezirkes residierte Alexander Nemzow in der ostsibirischen Gebietshauptstadt Krasnojarsk, viertausend Kilometer von Moskau entfernt. Die Metropole am Jenissei verfügte über prächtige Museen, belebte Einkaufsmeilen und eine berühmte Kathedrale. Doch Nemzow sah nur die verrußten Schlote mit den schwarzen Rauchfahnen, auseinanderbröckelnde Plattenbauten und Straßen voller Schlaglöcher. Besonders deprimierend war der Bahnhof, ein düsteres klassizistisches Gebäude. In vergangenen Jahrhunderten waren hier die mit Gefangenen vollgepferchten Züge angekommen, die nach endloser Reise durchs Niemandsland ausgemergelte Gestalten ausspuckten. Heute war Sibirien nur viereinhalb Flugstunden von Moskau entfernt, aber immer noch ein Ort der Verbannung. Jedenfalls für Nemzow.

Während er sein Amt als Generalgouverneur angetreten hatte, hatten die Dinge in Moskau ihren vorhersehbaren Verlauf genommen. Die aufmüpfige Zeitung, die die Korruptionsvorwürfe gegen Belych ans Licht gebracht hatte, war kurzerhand verboten worden, der verantwortliche Journalist spurlos verschwunden. Gosman hatte vor der Duma erklärt, dass es für die infamen Anschuldigungen keinerlei Beweise gäbe und er Beylch als Premierminister nominieren werde. Koch und Kellner hatten also wie geplant ihre Schürzen getauscht.

Eine Weile schien es, als habe sich Nemzow mit seinem Schicksal abgefunden. Doch irgendwann kehrte sein Kampfgeist zurück. Ja, er war ein Verbannter. Aber das bedeutete nicht, dass sie ihn besiegt hatten. Schließlich war Napoleon von Elba zurückgekehrt. Und Lenin aus der Schweiz. Beide, um anschließend ihr Land zu regieren.

Belychs gallige Worte kamen ihm in den Sinn. »*Wenn wir nicht aufpassen, wird er so populär, dass er in vier Jahren selbst Präsident werden will.*«

Nemzow hatte das bislang nie in Erwägung gezogen. Nun tat er es. Und je länger er darüber nachdachte, umso verlockender erschien ihm diese Möglichkeit. Wenn es in Russland ein Amt mit genügend Machtbefugnissen und zugleich der nötigen Unabhängigkeit gab, um der Korruption ein Ende zu bereiten, dann war es das des Präsidenten.

Doch leider gab es da ein Problem. Für einen Wahlkampf brauchte er Geld. Sehr viel Geld. Auf die Unterstützung der russischen Großkonzerne durfte er nicht hoffen. Wenn sie nicht ohnehin vom Staat kontrolliert wurden, befanden sie sich in der Hand der Oligarchen, die sich mit Belych arrangiert hatten und treu an seiner Seite standen. Also blieb Nemzow nichts anderes übrig, als sich im Ausland umzuschauen. Aber wer würde ihn mit einer Summe ausstatten, die groß genug war für seinen Feldzug, ohne dafür eine Gegenleistung zu verlangen? Die Einsicht, dass er die Korruption nur bekämpfen konnte, indem er selbst korrupt wurde, war bitter, aber unausweichlich. Der General beschloss, mit den Wölfen zu heulen.

Mit Hilfe seiner Wirtschaftsberater entwickelte er ein Konzept für ein prestigeträchtiges Milliardenprojekt – eine Fluglinie über den Nordpol mit Krasnojarsk als Luftkreuz in Richtung Japan, China und Indien. Der Flug von Nordamerika nach Südostasien sollte zwei Stunden kürzer werden. In Krasnojarsk würden zehntausend neue Arbeitsplätze entstehen. Ein deutsch-französisches Konsortium buhlte um den Zuschlag für die Realisierung des Vorhabens und verhehlte nicht, dass ihm die politische Unterstützung des Generalgouverneurs eine beträchtliche Spende wert wäre. Ein Prozent der Gesamtinvestitionssumme, zahlbar auf ein Auslandskonto seiner Wahl.

Vierzig Millionen Euro.

Eine solide Basis für einen langen, erbarmungslosen Wahlkampf. Geld, von dem seine Gegner nichts ahnten. Schmutziges Geld vielleicht, aber es eröffnete Nemzow die Chance, gegen Belych und Gosman zu bestehen. Eine solche Chance erforderte nun einmal ein paar Zugeständnisse.

Der Generalgouverneur hatte sich an die renommierte Kanzlei Herzog, Strasser & Beermann in Dresden mit dem Auftrag gewandt, das Geschäft abzuwickeln. Und alles hatte perfekt und geräuschlos funktioniert.

Bis Michael Krohn seine Frau mit Andreas Brunner ertappte.

46

Der Mann, der Michael aufspürte, hieß Dirk Fink und arbeitete seit vier Jahren für Tim Roemer. Gemeinsam mit seinem Chef und fünf weiteren Mitarbeitern der Firma war er am Abend zuvor auf Rügen eingetroffen. Sie hatten ihr Quartier in Bergen aufgeschlagen, dem geographischen Mittelpunkt der Insel. Morgens waren sie in einem Tagungsraum ihres Hotels bei Kaffee, Orangensaft und belegten Brötchen zusammengekommen, um ihre Strategie zu beraten. Stefanie hatte die Insel in Planquadrate aufgeteilt. Sie betrachteten Ortspläne und Hotelverzeichnisse und legten fest, wer welchen Abschnitt übernehmen sollte. Roemer bellte Kommandos wie ein aufgeregter Feldwebel.

»Hotels, Ferienhäuser, Cafés, Bibliotheken, die Strände - nehmt alles unter die Lupe«, befahl er und ließ keinen Zweifel daran, dass er es wörtlich meinte.

Fink hatte Bergen übernommen. Zunächst war er, um sich einen Überblick zu verschaffen, das Zentrum rund um den Markt abgelaufen. Anschließend hatte er damit begonnen, Hotels, Cafés und Geschäfte abzuklappern. Im Gepäck Fotos von Krohn, darunter auch einige Phantombilder, die mögliche Veränderungen berücksichtigten, einen Vollbart etwa oder eine neue Frisur. Keiner der bislang Befragten hatte ihn jedoch erkannt. Es war erstaunlich heiß für Anfang September und Fink mittlerweile ziemlich fertig von der Lauferei.

Neben der Touristinformation befand sich ein kleines Café mit runden Tischen und Stühlen auf der Straße. Gut zwei Drittel der Plätze waren belegt. Finks Blick wanderte routinemäßig über die Gäste, von einem älteren Ehepaar, das sich liebevoll an den Händen hielt, über eine Familie mit zwei kleinen Kindern zu einer attraktiven Blondine und dann weiter zu einem muskulösen Burschen mit kahl geschorenem Schädel. Männer, die ins Schema passten, erhielten automatisch größere Aufmerksamkeit. Der hier war vielleicht Ende Zwanzig, trug Jeans und ein blaues T-Shirt. Für einen Sekundenbruchteil trafen sich ihre Augen, und das war der Moment, in dem sich Michael Krohns kostbare Anonymität in Luft auflöste. Fink wusste, wie man mit wenigen Handgriffen sein Erscheinungsbild verändern konnte. Doch es gab immer Details, die entweder nicht zu verbergen waren oder einfach vergessen wurden. Eine bestimmte Krümmung der Nase zum Beispiel, ein auffälliger Leberfleck, eine Narbe. Oder eben die Augen. Michael trug keine Sonnenbrille, und das wurde ihm zum Verhängnis. Schnell sah Fink wieder weg und schlenderte scheinbar gleichmütig weiter.

Dreißig Meter entfernt, verborgen hinter einem Eis-Stand, fischte er die Bilder aus der Tasche. Der Mann im Café hatte nur entfernte Ähnlichkeit mit dem Michael Krohn auf den Fotos, aber diese ernsten, tieftraurigen Augen waren unverwechselbar. Fink griff zum Telefon und rief seinen Chef an.

»Fink hier. Ich habe die Zielperson gefunden. Krohn sitzt in Bergen, in einem Café direkt am Markt.«

Roemer stand auf der Strandpromenade des Ostseebades Binz. Erst verstand er nicht, was Fink sagte, weil links und rechts von ihm lärmende Touristen vorbeiliefen. Dann, als Fink seine Botschaft wiederholte, hätte er am liebsten einen Triumphschrei ausgestoßen. *Wir haben ihn*! Drei frustrierende Monate waren sie falschen Spuren hinterhergejagt und hatten sich in Sackgassen verrannt. Doch nun zahlte sich ihre Geduld aus.

»Verstanden«, erwiderte er betont sachlich. »Dranbleiben! Aber keine Kontaktaufnahme. Ich bin in einer Viertelstunde da.«

Er rannte zu Pang, der mit dem Audi am Ende der Promenade wartete. Das heißt, genau genommen musste er gar nicht rennen. Eine Welle der Euphorie trug ihn ganz von allein zum Wagen. In Bergen warteten schließlich vier Millionen Euro auf ihn.

47

Der Friedhof lag oberhalb des Wachwitzer Elbhangs. Er war über dreihundert Jahre alt und damit einer der ältesten erhaltenen Friedhöfe Dresdens. Im Nordosten schloss sich ein Sonnenblumenfeld an, auf den anderen beiden Seiten dichter Wald. Der herrliche Blick über das Elbtal und die idyllische Umgebung verliehen diesem Ort der Trauer eine überraschend versöhnliche Note. Allerdings wirkte er etwas verwahrlost. Die Grabsteine auf der unebenen Wiese waren verwittert, viele standen schief. Blumenbeete und Wege gab es nicht.

»Ich kann noch immer nicht glauben, dass wir Mama auf diesem Acker beerdigt haben«, sagte Julia Krohn.

»Sie wollte es so«, erwidert Peter Herzog. »Diesen Flecken Erde hat sie unendlich geliebt. Ich weiß nicht mehr, wie oft wir hierher gefahren sind. Als sie wusste, dass sie sterben würde, musste ich ihr versprechen, sie hier zu begraben.«

Sie saßen auf einer Holzbank am Rande des Friedhofs. Herzog hatte fast dreihundert Grabsteine gezählt. Damals, als er mit Maria zum ersten Mal hier gewesen war, waren es höchstens halb so viele gewesen.

»Ich glaube, gerade diese Urwüchsigkeit hat ihr gefallen. Kurz vor ihrem Tod hat sie zu mir gesagt: Begrabt mich und beschäftigt euch mit eurem Leben und den Lebenden.«

»Den Gedanken, dass du um ihr Grab herum kleine Beete anlegen und dich am Wochenende über geklaute Gießkannen und Harken aufregen würdest, hätte sie bestimmt nicht ertragen.«

»Nein, ganz sicher nicht.« Herzog rieb sich über den Handrücken. »Leider haben wir den zweiten Teil nicht so gut hinbekommen, den mit unserem Leben, nicht wahr?«

»Weil du Mama nie losgelassen hast. Nie loslassen konntest.« Julia sah ihren Vater an. »Als Kind war ich unbeschreiblich glücklich, weil ich Eltern hatte, die sich aus tiefstem Herzen liebten. Die sich jeden Tag aufeinander freuten. Ich habe lange gebraucht, um zu erkennen, wie selten so etwas ist.«

Er nickte, während er starr in die Ferne sah. Es tat so weh, noch immer.

»Als du Mama damals kennengelernt hast ... Wie hast du gemerkt, dass sie die eine ist? Dass du sie liebst wie keinen anderen Menschen auf der Welt?«

Herzog zuckte die Schultern. »Ich hatte das Gefühl, vor Glück zu zerspringen, wenn ich sie nur sah. Ich wollte singen und tanzen. Liebe ist Leidenschaft, Begeisterung. Zärtlichkeit. Maria und ich hatten so viel davon, dass es für Hunderte von Jahren gereicht hätte ...«

Seine Stimme erstarb.

»Trotzdem hast du so viel Zeit im Büro statt mit ihr verbracht.«

»Und das war richtig«, erwiderte er rau. »Maria wusste, was mir die Kanzlei bedeutet. Und früher meine Arbeit für die Regierung. Ich bin kein Typ, der den ganzen Tag auf der Terrasse sitzt und Zeitung liest. Das konnte ich nie.«

Sie griff nach seiner Hand und drückte sie. »Manchmal glaube ich, dass Michael mich so geliebt hat wie du Mama. Zumindest auf eine ähnlich intensive Art und Weise. Seine Zuneigung war viel aufrichtiger als meine.«

»Aber ich habe zwischen euch nie diese besondere Leidenschaft gespürt. Ich habe nie gesehen, dass du einmal rot geworden bist, nur weil er den Raum betreten hat.«

»Ja, aber vielleicht lag das ja auch an mir. Weißt du, ich mag Micha sehr. Es gibt keinen Mann, bei dem ich mich jemals so sicher und beschützt gefühlt hätte. Aber ...«

»... das Glitzern in deinen Augen fehlte.«

»Genau.«

»Hast du mit ihm darüber gesprochen?«

»Das ging nicht. Er war immer voller Liebe und Hingabe. Ich habe es einfach nicht über mich gebracht, ihm zu sagen, dass ich nicht wie er empfinde.« Julia stand auf und blickte hinunter zur Elbe. »Ich frage mich, was er jetzt wohl macht.«

»Das frage ich mich auch«, grollte Herzog. »Vor allem, wo er jetzt ist. Allmählich verliere ich die Hoffnung, dass dieser Roemer ihn je erwischt.«

»Was passiert eigentlich, wenn er verschwunden bleibt?«

»Dann muss ich Nemzow irgendwie beibringen, dass das Geld verloren ist. Nachdem ich als Vater so kläglich versagt habe, wäre ich dann auch noch als Anwalt gescheitert. Keine besonders beeindruckende Bilanz, nicht?«

»Hör schon auf! Für die Sache mit Andreas kannst du am allerwenigsten. Es ist ja wohl nicht deine Schuld, wenn einer deiner Kollegen erschossen wird und seine Unterlagen gestohlen werden. Ist die Kanzlei gegen derartige Vorfälle eigentlich versichert?«

»Nicht bei dieser Art von Geschäften. Und schon gar nicht in Höhe von vierzig Millionen Euro.« Er registrierte sehr wohl, dass sie seinem Selbstvorwurf, als Vater versagt zu haben, nicht widersprach, und das schmerzte ihn. Aber es stimmte ja. Doch damals, als Maria starb, war sein Leben förmlich auseinandergebrochen. Blind für alles andere hatte er sich seinem Leid hingegeben. Und seinem Selbstmitleid.

Bis zu Marias Tod war er stets der festen Überzeugung gewesen, dass alles im Leben eine Frage des Willens war. Er hatte als Anwalt Erfolg, weil er Erfolg haben wollte und hart dafür arbeitete. Er war niemals ernsthaft krank, weil er seinem Körper nicht erlaubte, krank zu werden. Und er fand den einen Menschen auf der Welt, der für ihn bestimmt war, weil er mit offenem Herzen nach ihm gesucht hatte. Ein Peter Herzog bekam alles, was er wollte. Weil er darum kämpfte.

Um dann erfahren zu müssen, dass einem Mann sein Glück gestohlen werden kann.

Als die Ärzte bei Maria den Tumor entdeckt hatten, kontaktierte er ein halbes Dutzend Spezialisten. Er wollte kämpfen, so wie er es immer getan hatte. Doch diesmal hatte er es mit einem heimtückischen Gegner zu tun. Einem, der sein zerstörerisches Werk lange zuvor begonnen hatte und sich erst aus dem Hinterhalt hervorwagte, als die Schlacht schon gewonnen war.

Herzog schaute seine Tochter an. »Warum hast du mir nie von deinen Zweifeln erzählt?«

»Vielleicht wollte ich nicht, dass du dich bestätigt fühlst. Damals, als alles begann, da habe ich Micha wirklich geliebt. Es war nie so wie zwischen Mama und dir, eine andere, stillere Art Liebe. Eine, die einen morgens beim Aufwachen leise lachen lässt und die Unzulänglichkeiten akzeptiert. Aber irgendwann …« Sie schüttelte traurig den Kopf. »Kann Liebe einfach aufhören?«

Herzog spielte nachdenklich mit einem Stein aus Malachit, der aus dem Kongo stammte, Marias letztem Geschenk. »Es gab eine Zeit, da hätte ich gelacht, wenn jemand eine solche Frage gestellt hätte. Aber damals dachte ich auch noch, dass Liebe alles bezwingt und allem widersteht.«

Er stand auf und ging mit schleppenden Schritten zu jenem glatten, weißgrauen Grabstein aus Granit, der den schmerzlichsten Verlust seines Lebens verkörperte.

48

Mehr als zweitausend Stunden hatte Michael auf Rügen verbracht. Nicht ein einziges Mal war er in eine brenzlige Situation geraten. Doch fünfzig Minuten vor seiner Abreise flog seine Tarnung auf.

Am Vormittag hatte er seine Sachen gepackt, den Schlüssel für das Strandhaus abgegeben und den Elf-Uhr-Bus nach Bergen genommen. Bis zur Weiterfahrt nach Stralsund waren ihm noch knapp anderthalb Stunden Zeit geblieben. Also hatte er sich ein Café gesucht und eine Cola bestellt. Vor ihm lag die aktuelle Ausgabe der Ostee-Zeitung. Entspannt legte er die Füße auf einen Stuhl und genoss die Sonne. Gewohnheitsmäßig, fast schon unbewusst schaute er sich um. Seine Augen glitten über Touristen mit quengelnden Kindern und Männern in Anzügen, die zum nahe gelegenen Rathaus hasteten.

Dann fiel sein Blick auf einen Mann Mitte Dreißig, der mit matten Schritten den Gehweg entlangschlenderte. Er hatte eine entfernte Ähnlichkeit mit David Freyling, Michaels früherem Kollegen bei HSB. Allein diesem Umstand war es geschuldet, dass Michael ihn etwas länger betrachtete. Während er mit leichtem Schaudern an seine letzte Begegnung mit Freyling dachte, fiel ihm auf, dass der Mann trotz seines gemächlichen Tempos einen gehetzten Eindruck machte. Seine hin- und herhuschenden Augen musterten die Gäste des Cafés einen Hauch zu eindringlich.

Er sucht etwas. Oder jemanden.

Für einen kurzen Moment schauten sie sich an. Michael spürte ein flaues Gefühl im Magen. Leicht beunruhigt verbarg er sich hinter seiner Zeitung. Er wartete, bis der Mann am Café vorbeigegangen und aus seinem Blickfeld verschwunden war. Dann legte er paar Münzen auf den Tisch, nahm seinen Rucksack und ging in die entgegengesetzte Richtung. Von der Wasserstraße bog er in die Gadmundstraße, beschleunigte seine Schritte, um in Höhe eines Reisebüros abrupt stehen zu bleiben, verborgen hinter einer Gruppe Fahrradfahrer. Scheinbar interessiert betrachtete er die Angebote, die im Schaufenster hingen. Als er den Kopf in Richtung Wasserstraße wandte, erstarrte er. Von dort kam der Mann, der aussah wie David Freyling und vorhin in die entgegengesetzte Richtung gelaufen war. Scheinbar entspannt leckte er an einem Eis, aber seine Haltung hatte etwas Lauerndes, Hyänenartiges.

Wer zum Teufel bist du und was machst du hier?

Michael starrte wie hypnotisiert auf den mysteriösen Fremden. In diesem Moment bemerkte ihn der Mann. Zum zweiten Mal schauten sie sich direkt an. Michael spürte, wie eine eisige Kälte von ihm Besitz ergriff. All die Monate hatte er ständig damit gerechnet. Dennoch traf ihn die bittere Erkenntnis wie ein Faustschlag an die Schläfe.

Sie haben mich gefunden.

Aber das hieß nicht, dass er hier warten würde, bis er festgenommen wurde. Ansatzlos drehte er sich um und begann zu rennen. Der schwarze Rucksack auf seinem Rücken baumelte wild hin und her.

49

Die unvermittelte Flucht der Zielperson erwischte Dirk Fink buchstäblich auf dem falschen Fuß. Mit allem hätte er gerechnet, aber nicht damit, dass dieser Krohn misstrauisch geworden war. Einen langen Moment sah er ihm fassungslos hinterher, wie gelähmt. Doch dann gewann sein Jagdinstinkt die Oberhand. Sie hatten nicht drei Monate nach dem Mistkerl gesucht, um ihn jetzt entwischen zu lassen! Also rannte er ihm nach.

Aus den Augenwinkeln bemerkte Michael, dass der Mann ihm folgte. Der letzte Rest an Zweifel fiel von ihm ab. Er jagte die Straße entlang, so schnell, wie es mit dem schweren Rucksack nur ging. Als er die nächste Kreuzung erreichte, bog er blitzschnell ein. Für einige Momente war er aus dem Sichtfeld seines Verfolgers verschwunden. Etwa fünfundzwanzig Meter weiter vorn stand ein Bus an der Haltestelle. Gerade stieg als letzter Fahrgast ein älterer Mann ein.

»Stopp!«, brüllte Michael und fuchtelte wild mit den Armen, während er auf den Bus zurannte.

Die Tür schloss sich pfeifend, der Bus setzte sich ruckelnd in Bewegung. Doch dann schien der Fahrer ihn zu bemerken, denn er hielt noch einmal. Nach Luft ringend erreichte Michael die Tür.

»Vielen Dank!«, japste er.

Als er den Kopf nach links wandte, sah er durch das große Rückfenster, wie sein Verfolger soeben in die Straße einbog. Eine Welle der Angst durchflutete Michael. Schnell nahm er Platz und duckte sich hinter die Lehne des Sitzes, behielt den Fremden aber im Auge.

Was nun?

Der Mann verharrte einen Moment. Unschlüssig sah er sich um. Der Bus stand wegen des Verkehrs auf der Straße noch immer in der Haltebucht, und vielleicht hätte der gutmütige Fahrer auch einen zweiten Nachzügler mitgenommen. Aber zwei Atemzüge später war die Straße frei und die Chance des Verfolgers verpasst. Der Bus fuhr an. Schnell wurde die Entfernung größer, bis die Straße einen Bogen beschrieb und der Mann ganz außer Sichtweite geriet.

Erleichtert richtete sich Michael auf seinem Sitz auf. Auf einem Display, das von der Decke hing, befand sich ein Linienplan. Die nächsten Orte, in denen der Bus halten würde, hießen Parchtitz, Thesenvitz und Patzig. Namen, die ihm nichts sagten. Er wühlte in seinem Rucksack und kramte den Reiseführer hervor. In der Rubrik »Praktische Informationen« stieß er auf einen interessanten Hinweis. In Thesenvitz gab es ein Autohaus, das auch Fahrzeuge vermietete.

Ein Mietwagen?

Es war zwar bedauerlich, dass er Oliver Schuberts Führerschein und die dazugehörige Kreditkarte jetzt schon benutzen musste, aber das hier war schließlich ein Notfall. Und es erschien ihm zu gefährlich, allzu lange in diesem Bus zu bleiben. Womöglich hatte sein unbekannter Verfolger ja einen Kompagnon mit einem Auto in der Nähe. Als der Bus in Parchtitz hielt, sah Michael besorgt aus dem Rückfenster. Hinter ihnen war nichts Verdächtiges zu sehen. Aber wie lange noch? Und wer war dieser Mann überhaupt? Er hatte keine Uniform getragen. Ein Zielfahnder? Diese Leute arbeiteten seines Wissens zu dritt. Wo waren die anderen beiden? Und wie schnell konnten sie weitere Beamte nach Rügen beordern, um eine Ringfahndung auszulösen? Er hatte keine Ahnung. Aber je länger er darüber nachdachte, umso eiliger hatte er es, den Bus und die Insel zu verlassen.

In Thesenvitz stieg er zusammen mit drei anderen Fahrgästen aus. Das Autohaus Reichel lag direkt am Ortseingang, buchstäblich auf der grünen Wiese. Es handelte sich um einen lang gezogenen weißen Flachbau mit viel Glas, der vermutlich kurz nach der Wende errichtet worden war. Mittlerweile wies er erste Verfallsspuren auf. Ein großes Schild pries Opel-Jahreswagen an. Auf dem etwas holprigen Hof standen vielleicht zwanzig, dreißig Fahrzeuge.

Mit entschlossener Miene zog Michael die Glastür auf.

Die junge Angestellte lächelte, als er auf sie zuging und seine Brieftasche hervorzog. »Guten Tag. Ich wohne seit gestern in der Pension Niedlich. Ich möchte gern ein Auto mieten.« Den Namen der Pension hatte er ebenfalls aus dem Reiseführer. »Am liebsten wäre mir ein Zafira.«

Ihre schlanken Finger tanzten über die Tastatur. »Kein Problem. Haben Sie eine Kreditkarte?«

Michael legte den Führerschein und die Visa-Karte vor, die auf Oliver Schubert ausgestellt war. Die Kartennummer war echt, hatte ihm der Fälscher versichert. Sie gehörte irgendeinem armen Schwein, einem Namensvetter, dessen Konto nun belastet wurde. Michael würde die Kreditkarte nur ein oder zwei Mal benutzen können, aber wenn er damit unbehelligt von der Insel kam, hatte sich die Zusatzinvestition mehr als bezahlt gemacht.

Bitte beeil dich!, flehte er in Gedanken, während die Angestellte gewissenhaft die Kreditkartennummer in den Computer eingab.

Michael spähte durch die Scheiben hinaus auf die Straße. Ihm war mittlerweile regelrecht kalt vor Angst. Seine Finger waren schweißnass. Als die junge Angestellte endlich den Vertrag fertig hatte, erhielt sie eine rasche Unterschrift von Oliver Schubert. Wenige Minuten später rollte ein Opel Zafira vom Hof. Auf der Straße preschte gerade ein dunkelblauer Audi A6 vorbei in Richtung Patzig. Drei Männer saßen darin. In dem Beifahrer glaubte Michael seinen unbekannten Verfolger zu entdecken. Der Adrenalinstoß, der durch seinen Körper jagte, raubte ihm fast den Atem. Waren das die Zielfahnder? Fuhren sie etwa dem Bus hinterher? Innerlich beglückwünschte er sich zu seiner Entscheidung, in Thesenvitz auszusteigen.

Als der Audi außer Sichtweite war, bog Michael in die entgegengesetzte Richtung ab. Wenige Minuten später donnerte er über die B96 in Richtung Stralsund. Er war aufs Äußerste angespannt, doch es gab keine Straßensperren, keine Hubschrauber und auch sonst kein Anzeichen drohender Gefahr. Unbehelligt passierte er die Rügenbrücke.

50

Tim Roemer tobte nicht. Er warf auch nicht mit Gegenständen, sondern blieb kühl und beherrscht. Das beunruhigte Fink am meisten, denn es bedeutete, dass Roemer stocksauer war. Sein Frettchengesicht wirkte noch spitzer als sonst. Die dunklen Augen glänzten wie polierter schwarzer Marmor. Die dünnen Querfalten auf seiner Stirn waren zusammengezogen.

»Wie konnte das passieren?«, fragte er leise. Es klang wie ein bedrohliches Fauchen.

Fink wagte nicht zu atmen. »Ich weiß es nicht«, antwortete er zögernd. »Als Krohn das Café verlassen hat, bin ich ihm nachgegangen. Mit einem Eis in der Hand. Ich sah aus wie Dutzende andere Männer auch. Ein harmloser Tourist.« Eine resignierende Handbewegung unterstrich, dass Fink sich noch immer nicht erklären konnte, was danach geschehen war. »Aber dann stand er plötzlich da, als hätte er auf mich gewartet. Sein Blick war wie ein offenes Buch. Er wusste in diesem Moment, dass ich hinter ihm her war. Und er wusste, dass ich weiß, dass er es weiß. Mit einem Mal drehte er sich um und raste davon.«

»Aha.« In Roemers Stimme schwangen unüberhörbare Zweifel. »Und dann bist du ihm nachgerannt wie ein verdammter James Bond?«

Fink wand sich wie ein Aal. Dass er Krohn verfolgt hatte, nahm ihm Roemer besonders übel. »Das war wie ein Reflex. Seit einem Vierteljahr suchen wir nach dem Kerl. Ich wollte ihn nicht wieder verlieren.«

»Ach ja?«, erwiderte Roemer sarkastisch. »Und jetzt? Verdammt noch mal, wir waren so dicht an ihm dran.« Mit Daumen und Zeigefinger deutete er die Dicke einer Zeitung an.

Ich war dicht an ihm dran, dachte Fink, hielt aber den Mund. Er spürte eine schreckliche Müdigkeit. Der Tag steckte ihm in den Knochen. Nur mühsam konnte er ein Gähnen unterdrücken. Er griff nach seinem Kaffeebecher und nahm ein paar Schlucke.

Er war Krohn auf der Mühlenstraße gefolgt und hatte gesehen, wie er in die Klosterstraße abbog. Als Fink die Kreuzung endlich erreichte, gab es von Krohn keine Spur mehr. Ein Bus mit der Nummer 37 fuhr gerade ab, aber Fink konnte nicht mit Bestimmtheit sagen, ob er darin gesessen hatte.

In den nächsten Stunden hatten sie ihre Anstrengungen verdoppelt. Schließlich waren sie der Zielperson so nahe wie nie zuvor. Der Gedanke an ein baldiges Ende ihrer Mission hatte sie förmlich beflügelt. Roemer und Fink waren dem Bus hinterhergefahren und hatten den Fahrer befragt. Es war seine fünfte Runde an diesem Tag, aber er erinnerte sich, dass er in Bergen noch einen Nachzügler aufgenommen hatte, einen jungen Burschen. Der sei aber relativ schnell wieder ausgestiegen, in Thesenvitz oder Patzig. Roemers Leute hatten die wenigen Pensionen und Hotels beider Orte unter die Lupe genommen, sich in Cafés und Geschäften umgehört. Fink hatte das Thesenvitzer Team angeführt. Eine Kellnerin wollte einen Mann gesehen haben, der allein Richtung des nahe gelegenen Waldes gelaufen war. Fink und sein Trupp hatten sich sofort auf den Weg gemacht, doch der Mann, den sie zwei Stunden später aufstöberten, war ein harmloser Rentner aus Niedersachsen. Als sie wiederkamen, hatte das Autohaus am Ortseingang dummerweise schon geschlossen.

»Was für ein Tag!« Stefanie, die müde und abgekämpft aussah, betrat den Besprechungsraum und ging erst einmal zu einem Tisch, auf dem Melonenstücke und Weintrauben lagen. Sie trank ein Glas Mineralwasser und zupfte sich zwei Beeren ab. »Es gibt gute und schlechte Nachrichten. Die gute ist, dass wir Krohns Haus gefunden haben.«

Roemer wirbelte herum. »Wo?«

»In Göhren. Direkt am Strand.«

»Und die schlechte?«

»Der Vogel ist ausgeflogen. Ausgezogen, besser gesagt. Mit Sack und Pack. Der Vermieter meinte, das Haus sei noch nie so sauber gewesen. Der Schlüssel wurde übrigens bereits heute früh übergeben. Krohn wollte also sowieso abreisen.«

Fink hob wie ein geprügelter Hund den Kopf. Wenn er Krohn im Café nicht entdeckt hätte, wäre er womöglich spurlos verschwunden. Sie hätten beim Absuchen der Insel nur ihre Zeit verschwendet.

»Wie habt ihr das Haus denn gefunden?«, fragte Roemer.

»Rufus hat in einer Kneipe einen Tipp bekommen. Wir konnten den Vermieter dann ziemlich schnell ausfindig machen. Er hat Krohn auf den Fotos wiedererkannt. Für einen Hunderter hat er uns sogar das Haus durchsuchen lassen.«

»Verdammt.« Roemer hieb wütend mit der Faust gegen die Wand. »Wir sind bis auf drei Meter an den Burschen herangekommen und stehen jetzt wieder ganz am Anfang?«

Stefanie zuckte mit den Schultern. »Vielleicht nicht ganz. Zum einen wissen wir jetzt, unter welchem Namen Krohn hier gelebt hat. Oliver Schubert. Der Vermieter hatte eine Kopie des Führerscheins.«

»Woher zur Hölle hatte Krohn falsche Dokumente?«

»Oliver Schubert gibt es wirklich. Er lebt seit Jahren im Ausland. Stammt allerdings aus Wiedemar. Klingelt da bei Ihnen etwas?«

Roemer grunzte.

»Was aber noch viel interessanter ist«, fuhr Stefanie fort. »Eine auf Oliver Schubert ausgestellte Visa-Karte wurde heute am frühen Nachmittag benutzt. Und zwar in Thesenvitz. Krohn hat sich ein Auto gemietet. Einen Opel Zafira.«

Wie in Zeitlupe drehte Roemer den Kopf zu Fink. Seine Stimme schien aus der Arktis zu kommen. »Der Mann, nach dem wir suchen, hat sich in Thesenvitz also ein Auto gemietet. Wieso bekomme ich diese Information nicht vom Leiter des Teams, das dieses Drecksnest überprüft hat?«

Fink sank auf seinem Stuhl zusammen. Es war der zweite Tiefschlag an diesem Tag, und er hatte nicht mehr die Kraft, ihn wegzustecken. Sein Gefühl sagte ihm, dass sich seine Zeit bei TR Risk Management einem abrupten Ende näherte.

51

Eine Fahrt von der Insel Rügen nach Dresden dauerte etwa viereinhalb Stunden, wenn man sich auf der Autobahn hielt und keine größeren Pausen einlegte. Michael beabsichtigte indes weder das eine noch das andere. Stattdessen fuhr er auf der B105 in Richtung Greifswald, von dort mehr oder weniger parallel zur A20 nach Neubrandenburg und dann weiter nach Potsdam. Kurz vor Oranienburg fuhr er auf den Parkplatz eines großen Supermarktes. Vor dem Eingang befand sich eine Art Container mit einem türkischen Restaurant. Michael ging hinein und bestellte sich einen großen Dönerteller und einen gemischten Salat. An einem Geldautomaten hob er mit der auf Oliver Schubert ausgestellten Kreditkarte eintausend Euro ab. Es tat ihm zwar leid, dass er einem wildfremden Menschen Scherereien machte, aber im Moment musste er an sich denken. Und er brauchte nun einmal Bargeld. Ehe er weiterfuhr, zerbrach er die Karte und ließ sie in einem Papierkorb verschwinden.

Als er mit seinem Opel wieder auf der Straße war, kehrten seine Gedanken zurück zu dem Fremden in Bergen. Zwischenzeitlich hatte er sich schon gefragt, ob er sich womöglich alles nur eingebildet hatte. Dass der Mann ihm gefolgt war, war zwar mit Sicherheit keine Einbildung. Aber seit ihrer Begegnung in Bergen hatte es keinerlei Hinweise auf polizeiliche Aktivitäten gegeben. Ihm waren auf der Rügenbrücke keine Streifenfahrzeuge entgegengekommen. Im Radio wurden keine Meldungen durchgegeben. War der Mann möglicherweise nur ein privater Ermittler? Wenn ja, in wessen Auftrag war er hinter ihm her? Brunners Familie? Harder? Herzog? Michael konnte sich nicht vorstellen, dass Peter Herzog jemanden auf ihn angesetzt hatte. Er wollte es sich einfach nicht vorstellen. *Ich bin sein Schwiegersohn, verdammt!*

Seine Gedanken wanderten weiter zu Julia. Über drei Monate waren vergangen, seit er zuletzt ihre Stimme gehört hatte. War jetzt die Gelegenheit, mit ihr zu sprechen? Selbst wenn sie seinen Anruf in irgendein brandenburgisches Nest zurückverfolgten, was spielte es für eine Rolle? Er würde sich nicht länger als zehn Minuten dort aufhalten.

Eine Stunde später hielt er erneut.

Von einem Münztelefon rief er seine Eltern an. Seine Mutter nahm ab. Sie war überglücklich, seine Stimme zu hören, dennoch war es ein tränenreiches Gespräch. Er versicherte ihr, dass es ihm gut gehe. Allerdings sagte er nicht, wo er war, und wohin er wolle, und er achtete sorgfältig darauf, das Telefonat nicht zu lange auszudehnen. Sobald er aufgelegt hatte, sprang er in seinen Opel und fuhr weiter, ohne Julia angerufen zu haben. Irgendetwas hatte ihn davon abgehalten. War es die Angst vor dem ersten Gespräch seit damals, die Angst, von ihr abgewiesen zu werden? Michael ließ die Frage offen, beschloss aber, ihr lieber in Dresden persönlich gegenüberzutreten.

52

Zunächst fuhr Michael allerdings in jene Stadt, in der er im Frühjahr seinen bisher größten Triumph als Anwalt gefeiert hatte. Er kam nicht direkt am Amtsgericht vorbei, dennoch war es ein merkwürdiges Gefühl, wieder in Pirna zu sein. Immerhin hatte er hier die letzten friedlichen Stunden vor seiner monatelangen Odyssee verbracht.

Inzwischen hatte es zu regnen begonnen. Die Straßen glänzten, und gegen die Windschutzscheibe klatschten dicke Tropfen. Michael war das durchaus recht. Er fühlte sich sicherer hinter dem dichten nassen Vorhang. Und bei dem, was er heute Nacht vorhatte, kam ihm die Feuchtigkeit ebenfalls zugute.

Gegen viertel zehn erreichte er die Stadt.

Da die Supermärkte in einer Dreiviertelstunde schlossen, musste er sich beeilen. Er fuhr über die alte Elbbrücke in den Ortsteil Copitz. Sein Ziel war das große Kaufland-Areal an der Lohmener Straße. Zuerst tankte er seinen Wagen voll und erwarb zusätzlich zwei große Kanister Benzin. Dann ging er in den Heimwerkermarkt und kaufte eine Taschenlampe, eine grobe Metallfeile und einige weitere Werkzeuge. In der Buch- und Zeitschriftenabteilung des Supermarktes suchte er einen Reiseführer über die Sächsische Schweiz heraus, außerdem nahm er eine große Flasche Mineralwasser mit. Die Verkäuferinnen des Bäckerstandes neben dem Drogeriemarkt fegten bereits ihre Regale aus. Doch auf einer Platte lagen vier übrig gebliebene Rosinenbrötchen und zwei Amerikaner. Michael ließ sich alles einpacken. Damit waren seine Einkäufe komplett. Eine Minute nach zehn rannte er durch den strömenden Regen zurück zu seinem Auto.

Während er einen der Amerikaner aß, studierte er den Reiseführer, der über detaillierte Karten verfügte. Die Sächsische Schweiz begann praktisch hinter der Stadtgrenze. Er war mit Julia mitunter an den Wochenenden zum Wandern hier gewesen und kannte sich ganz gut aus. Jene Informationen, die er noch brauchte, fand er in dem Buch. Nach einigen Minuten startete Michael den

Wagen und fuhr auf der Landstraße knapp drei Kilometer in Richtung Wehlen. Trotz des Regens und der Dunkelheit fand er die richtige Einfahrt in den Nationalpark auf Anhieb. Sie war unbefestigt und mit einem quer über zwei Pfosten gelegten Balken versperrt. Ein Schild verbot die Benutzung durch Reiter, Forst- und sonstige Kraftfahrzeuge. Michael hob den Balken ab, lenkte den Wagen auf den Weg und brachte den Balken ordnungsgemäß wieder an.

Etwa einen Kilometer fuhr er in den schnell dichter werdenden Wald hinein. Vor einem etwa dreißig Meter tiefen, schräg abfallenden Abhang bog der Weg nach links ab. Michael stieg aus und sah mit Hilfe der Scheinwerfer hinunter. Im letzten Jahrhundert war hier noch Sandstein abgebaut worden. Der Abgrund war ideal geeignet, um sich des Opels zu entledigen, nicht zu steil und vor allem gab es nur wenige Bäume. Falls seine unbekannten Verfolger herausgefunden hatten, dass er in Thesenvitz ausgestiegen war und den Opel gemietet hatte, würden sie ihm auf die Spur kommen, sobald der Wagen irgendwo auftauchte.

Also durfte er nicht auftauchen.

Michael beschloss, noch etwa zwei Stunden zu warten. Er setzte sich in den Wagen und machte ein Nickerchen. Als er wieder erwachte, hatte der Regen nachgelassen. Michael stieg aus und entfernte mit einer Gartenschere Farn und Sträucher vor dem Abgrund. Dann nahm er den Rucksack mit seinen Halbseligkeiten und Brunners Tasche aus dem Wagen, den Reiseführer und seine anderen Einkäufe. Bis auf die Benzinkanister. Sorgfältig überprüfte er, dass nichts zurückblieb, was einen Hinweis auf seine Person hätte geben können. Die Kennzeichen des Wagens schraubte er ab und steckte sie ein. Mit der Feile machte er die Motornummer und die Fahrgestellnummer unkenntlich. Außerdem entfernte er das Typenschild. Es war nicht damit zu rechnen, dass die kleine Autovermietung in Thesenvitz ihre Fahrzeuge mit einem GPS-Tracker ausgerüstet hatte. Dennoch suchte er den Opel sorgfältig danach ab.

Eine knappe Stunde nach Mitternacht startete er den Wagen. Er fuhr an den Abhang heran, immer weiter, bis der Wagen ins Rollen kam. Dann zog er die Handbremse und stieg aus. Von draußen beugte er sich über den Fahrersitz, löste die Bremse und wich zurück. Zufrieden beobachtete er, wie der Opel polternd den Abhang hinunterrollte. Er war noch nicht ganz unten angelangt, als er an einem großen Stein zum Stehen kam. Michael stieg vorsichtig hinab.

Im Licht der Taschenlampe betrachtete er den Wagen. Dann holte er die beiden Benzinkanister aus dem Kofferraum. Einen stellte er auf die Rückbank, den Inhalt des anderen verschüttete er auf dem Dach und auf den Sitzen. Den leeren Kunststoffbehälter legte er ebenfalls ins Auto. Aus einem alten T-Shirt und einem dünnen Ast fertigte er eine Art Fackel, die er mit einem Feuerzeug anbrannte und in Richtung des Wagens warf. Aus sicherer Entfernung beobachtete er, wie sich der Opel innerhalb weniger Sekunden in einen Feuerball verwandelte. Flammen leckten aus den zerschlagenen Fenstern. Zuerst explodierte der Kanister auf der Rückbank, nur wenige Momente später der Tank. Trümmer flogen durch die Luft.

Zufrieden betrachtete Michael sein Werk. Der Wagen brannte lichterloh, aber er musste nicht befürchten, dass das Feuer auf die Bäume übergreifen würde. Sie standen weit genug entfernt, und die Feuchtigkeit nach dem Regen tat ein Übriges. Irgendwann in den nächsten Tagen würde die Polizei das Wrack aus der Schlucht holen und versuchen, es zu identifizieren. Aber ohne Kennzeichen und ohne Fahrgestellnummer war das schwierig, zumal bei einem völlig ausgebrannten Wagen. Wahrscheinlich wäre die Heranziehung eines Sachverständigen nötig, um den verkohlten Überresten irgendwelche Informationen zu entlocken. Doch weshalb teures Geld verschwenden? Hinweise auf ein Verbrechen würden sich nicht finden lassen, keine Leiche, kein Blut, nichts. Man wüsste nicht einmal, ob das Auto gestohlen war. Michael war zuversichtlich, dass der Opel nur ein weiterer unerledigter Vorgang auf dem Schreibtisch eines überlasteten Polizeihauptmeisters werden würde.

So schnell es ging, kletterte er den Abhang wieder hoch, nahm seinen Rucksack und die anderen Utensilien und folgte dem ausgetretenen Weg weiter in den stockfinsteren Wald hinein. Den Karten im Reiseführer zufolge würde er so auf einem Umweg zurück nach Pirna kommen. Unterwegs blieb er immer wieder stehen, um zu lauschen. Das Gewirr aus schwarzen Stämmen, Ästen, Blättern und Büschen um ihn herum hatte etwas Gespenstisches. Hinzu kam, dass eine beängstigend unruhige Stille herrschte. Stille, die nicht nur von seinen Schritten und seinem Atmen unterbrochen wurde, sondern auch von vereinzeltem Rascheln und Trappeln, einem Knistern hier, einem Seufzen irgendwo hinter dem dicken, schwarzen Nebel. Mitunter glaubte Michael, in weiter Entfernung Stimmen zu hören. Oder bildete er sich das nur ein? Dann war da so etwas wie eine Sirene, ganz unverkennbar. So schnell, wie es ihm möglich war, lief er weiter.

Etwa zwei Stunden später hörte der Weg plötzlich auf.

Michael beschloss, eine Pause einzulegen. Er kauerte sich an einen Baumstamm, kramte die Rosinenbrötchen und den zweiten Amerikaner hervor und aß alles auf. Mittlerweile hatte er sich ein wenig an die Geräuschkulisse des Waldes gewöhnt. Wer sollte schon hier sein, mitten in der Nacht? Er trank den Rest seines Wassers. Dann griff er nach der Taschenlampe und versuchte, sich auf der Karte zu orientieren. Er schien auf dem richtigen Weg zu sein. Entschlossen nahm er den Rucksack auf den Rücken und lief weiter.

Gegen halb fünf erreichte er den Rand des Waldes.

In der Ferne, hinter einem großen Feld, sah er die Lichter Pirnas. Von dort fuhr alle fünfzehn Minuten eine S-Bahn nach Dresden. Allerdings wollte er noch ein Weilchen warten, bis sich die Züge mit Pendlern füllten. Je mehr Leute, desto besser. Er hatte es nicht eilig.

53

Während der halbstündigen Fahrt von Pirna nach Dresden studierte Michael die Sächsische Zeitung, die er sich im Bahnhof gekauft hatte, vor allem den Immobilienteil. Er ging davon aus, dass er sich mindestens vier Wochen in der Stadt aufhalten würde, vielleicht sogar länger. Statt nach einer Wohnung suchte er allerdings nach einem Büro, um seine Tarnung zu perfektionieren. Michael Hertwig war ein erfolgreicher Unternehmensberater, der zuletzt im Ausland gearbeitet hatte, in London und in Dublin, und nun in seine Heimatstadt zurückgekehrt war, um den Sprung in die Selbstständigkeit zu wagen. Dafür brauchte er natürlich eine Geschäftsadresse. Angesichts seiner begrenzten Mittel beabsichtigte Michael nicht, zusätzlich ein Hotelzimmer oder ein Apartment zu mieten. Er würde die Nächte einfach in seinem Büro verbringen.

Am Bahnhof Neustadt stieg er aus. Den Rucksack verstaute er in einem Schließfach. Er setzte sich in den Burger King am Bahnhof, bestellte einen Kaffee und einen Chicken Burger und wartete, bis die Geschäfte öffneten. In einer Boutique auf der Louisenstraße erstand er einen dunkelblauen Anzug, ein weißes Hemd und eine rote Krawatte. Er zog sich gleich im Laden um und betrachtete sich im Spiegel. Zusammen mit der Sonnenbrille war der Unterschied zu früher so groß, dass er nicht ohne Weiteres als Michael Krohn erkannt werden würde. Der Mann in Bergen zählte nicht, der hatte gezielt nach ihm gesucht. Aber jemand, der vor über einem Vierteljahr lediglich sein Bild in der Zeitung oder im Fernsehen gesehen hatte, würde garantiert nicht auf die Idee kommen, dass sich hinter dem Unternehmensberater Michael Hertwig der flüchtige Anwalt von damals verbarg.

Er ging zu einem Maklerbüro auf der Bautzner Straße, dessen Adresse er der Sächsischen Zeitung entnommen hatte. Dort erkundigte er sich nach kurzfristig verfügbaren, möblierten Büroräumen. Der Makler erwies sich als unangenehmer Mann mit verschlagenem Blick und einem kriecherischen Auftreten. Kühl lehnte Michael drei völlig überteuerte Angebote ab. Als der Makler ihm daraufhin erneut ein Objekt mit einem maßlos überzogenen Preis vorschlug, war seine Geduld erschöpft.

»Ich danke Ihnen für Ihre Mühe, Herr Schlenker«, sagte er, während er aufstand und sein Jackett zuknöpfte. »Aber ich bin kein Tourist, der alles kauft und alles zahlt.«

Der Makler drückte weitschweifig sein Bedauern aus und wühlte wieder in seinen Prospekten. »Vielleicht wäre das etwas für Sie«, dienerte er, das Gesicht vor Beflissenheit und Eifer gerötet. »Ein erst vor wenigen Jahren saniertes Gebäude auf der Alaunstraße. Im Erdgeschoss befindet sich ein Supermarkt. In den darüber liegenden Etagen sind Ärzte, ein Steuerbüro und ein Psychologe ansässig. Ganz oben ist gerade eine Einheit frei. Hundertfünfzig Quadratmeter. Sehen Sie!« Er deutete auf ein paar Fotos in einem Prospekt.

»Wie viel?«, fragte Michael kalt.

Der Makler nannte eine Summe, die natürlich ebenfalls zu hoch war. Da Michael jedoch gefiel, was er im Prospekt sah, sagte er: »Die Räume machen keinen schlechten Eindruck. Kann ich sie mir gleich ansehen?«

Die eng bebaute Alaunstraße, nur wenige Fußminuten vom Bahnhof Neustadt entfernt, war so etwas wie das Zentrum des Dresdner Szeneviertels, mit sich aneinanderreihenden Cafés, Kneipen und Restaurants. Im Zuge der Sanierung etlicher Häuser waren die Graffiti von den Wänden verschwunden und in den oberen Etagen großzügig verglaste Büros entstanden. Ihr Schmuddelimage aus den neunziger Jahren, als sich Polizei und Autonome hier wüste Schlachten lieferten, hatte die Straße inzwischen verloren.

Das Haus lag nur wenige Meter von der Kreuzung Bautzner Straße entfernt. Das gelb-rote Schild des Supermarktes war schon von weitem zu erkennen. Michael ging mit dem Makler am Eingang des Marktes vorbei zu einer verglasten Tür, die in die oberen Etagen führte. Es gab eine Treppe und einen kleinen Lift. Im vierten Stock erwartete sie eine weißlackierte Holztür mit goldfarbener Verzierung, die der Makler mit einem mitgebrachten

Schlüssel öffnete. Würdevoll schritt er über die weiche Auslegeware, als habe er sie höchstpersönlich verlegt. »Dies hier ist der Empfangsraum. Ich hoffe, die Größe sagt Ihnen zu. Die Täfelung und die Möbel sind übrigens aus Kirschholz.«

Das große Chefbüro gefiel Michael sogar noch mehr. Es bot eine herrliche Sicht über die Alaunstraße bis zu dem kleinen Park hinter dem Bischofsweg.

»Die Tür dort hinten führt in ein Badezimmer«, erklärte der Makler. »Es ist mit Ankleideecke und einer Dusche ausgestattet. Außerdem gibt es einen weiteren Raum mit einer ausziehbaren Couch, falls Sie sich zwischen zwei Terminen einmal zurückziehen wollen.«

Michael öffnete die Tür und trat ein. Er hatte Mühe, sich seine Zufriedenheit nicht anmerken zu lassen. Alles war so, wie der Makler gesagt hatte. Es gab noch ein zweites Büro, das er ausräumen und für sein Training nutzen konnte, sowie eine kleine Teeküche mit einem Kühlschrank und einer Herdplatte.

»Ich nehme es«, sagte er und bot als Miete einen Betrag, der etwa ein Drittel unter der von Schlenker genannten Summe lag. »Allerdings nur, wenn der Rest dieses Monats mietfrei bleibt. Es wird sowieso ein paar Tage dauern, ehe alles so weit ist, dass ich einziehen kann.« Das stimmte zwar nicht ganz, er wollte sogar schon heute Abend hier bleiben. Doch er musste seine Finanzen im Auge behalten. Der Makler tat sehr bekümmert. Natürlich würde er Herrn Hertwig gern ein wenig entgegenkommen, er wisse ja, wie das sei als junger Existenzgründer. Aber, leider, leider, der Eigentümer habe sehr genaue Vorstellungen.

»Rufen Sie ihn an!«, unterbrach ihn Michael. »Er kann noch heute einen neuen Mieter haben. Jedoch nur zu meinen Bedingungen. Das gilt auch für den Mietverzicht.«

Der Eigentümer schien weniger gierig zu sein als sein Makler, denn das Telefonat dauerte keine fünf Minuten, dann war das Geschäft perfekt.

Nachdem der Papierkram erledigt war, ließ Michael ein Firmenschild aus Messing mit der Aufschrift »HSB Hertwig Strategieberatung«, anfertigen, eine etwas sperrige Firmenbezeichnung, für die er jedoch gute Gründe hatte. Bei der Südsachsen-Bank eröffnete er unter diesem Namen ein Konto, nachdem er zuvor ganz offiziell ein Gewerbe angemeldet hatte. Er kaufte ein einfaches Mobiltelefon mit einem im Voraus bezahlten Gesprächsguthaben, eine Tüte Lebensmittel, Hanteln in mehreren Größen, eine Klimmzugstange für den Türrahmen und ein paar weitere Dinge, die er in seinem Versteck benötigte. In einer Druckerei bestellte er fünfzig Visitenkarten mit seiner neuen Anschrift, die er gleich mitnehmen konnte.

Seinen Einzug feierte er, indem er abends am großen Fenster seines Büros saß, eiskalten Champagner trank und die Fußgänger unten auf der Alaunstraße beobachtete.

54

Das Justizministerium lag im Dresdner Regierungsviertel, nur wenige Fußminuten von der belebten Hauptstraße entfernt. Michael lief einmal um das pompöse Gebäude herum, wobei er zur Beruhigung gleichmäßig ein- und ausatmete. Er fühlte sich alles andere als wohl. Aber er hatte keine andere Wahl. Das, was er vorhatte, musste er persönlich erledigen.

Er sah an seinem Anzug hinunter zu den frisch geputzten Schuhen, prüfte, dass seine Krawatte richtig saß und umklammerte den Griff von Brunners Aktentasche noch ein wenig fester. Schweren Herzens ging er die Treppe hinauf.

Die schwere Holztür öffnete sich automatisch.

Mit weichen Knien trat Michael an den Empfangstisch. »Guten Tag. Ich möchte zu Herrn Berger, bitte.«

Der Pförtner griff zum Telefonhörer. »Wen darf ich melden?« fragte er.

»Michael Hertwig«, erwiderte Michael und zeigte seinen Personalausweis. »Ich bin vom Verein für Opferberatung und würde

Herrn Berger gern wegen des neuen Zeugenschutzgesetzes sprechen.« Im Internet hatte er das Protokoll einer Anhörung im Bundesrat gefunden, an der für den Freistaat Sachsen sein alter Freund Jan Berger teilgenommen hatte.

Der Pförtner führte ein kurzes Gespräch, dann zeigte er zum Fahrstuhl. »Im dritten Stock gehen Sie bitte nach links. Zimmer 336.«

»Vielen Dank!« Michael lächelte höflich, während er innerlich aufatmete. Die erste Hürde hatte er überwunden. Jan war weder im Urlaub noch aus anderen Gründen nicht im Büro, und der Mann an der Pforte hatte keinerlei Verdacht geschöpft.

Im dritten Stock angekommen, klopfte er an die Tür mit der Nummer 336 und trat ein. »Hallo Jan! Ist lange her, was?«

Es dauerte eine Weile, ehe Berger ihn erkannte. Dann weiteten sich seine Augen in Entsetzen. »Micha? Sag mal, bist du völlig verrückt geworden? Was machst du hier? Und wie siehst du überhaupt aus?«, fügte er hinzu, während er auf Michaels kahlen Schädel und die ungewohnt muskulöse Figur starrte.

»Ist das etwa eine angemessene Begrüßung für einen alten Freund, mit dem du in Leipzig Bad und Kühlschrank geteilt hast?«, fragte Michael und nahm auf dem Besucherstuhl vor dem Schreibtisch Platz. Die Aktentasche stellte er neben sich.

»Vielleicht ist es eine angemessene Begrüßung für jemanden, der von der Staatsanwaltschaft wegen Mordes gesucht wird.«

»Du bist ja wirklich blendend informiert.«

»Es war praktisch unmöglich, nicht davon zu erfahren«, knurrte Jan. »Außerdem war die Polizei damals bei mir und wollte wissen, ob ich deinen Aufenthaltsort kenne. Was zum Glück nicht der Fall war. So hätte es übrigens auch gern bleiben können.« Seine Stimme wurde ein wenig schriller.

»Bitte beruhige dich, Jan!«

»Was willst du hier, verdammt noch mal? Wenn herauskommt, dass du bei mir warst und ich keinen Alarm geschlagen habe, bin ich meinen Job los.«

»Hör zu!« Michael sprach sehr leise und hob besänftigend die Hand. »Erstens, ja, eure Leute sind hinter mir her. Aber ich bin kein Mörder. Das schwöre ich dir bei unserer Freundschaft. Wenn du wissen willst, was damals wirklich vorgefallen ist, erzähle ich es dir. In allen Einzelheiten. Zweitens, ich bin nicht hier, um dich in Schwierigkeiten zu bringen.«

Jan zog geräuschvoll die Luft durch die Nase. »Ach nein? Und warum tust du es dann? Aber gut, dann lass doch erstmal deine Version von Brunners Tod hören. Und erkläre mir bitte vor allem, warum du Dr. Kimble auf der Flucht spielen musst, wenn du unschuldig bist!« Er stand auf und schloss die Bürotür von innen ab. »Ich nehme an, dir ist es auch lieber, wenn wir ungestört bleiben.«

»Ja. Aber was ich dir erzähle, ist keine Version, sondern die Wahrheit!«

»Es geht immer nur um Versionen, mein Lieber. Das müsstest du als Anwalt doch eigentlich am besten wissen.«

Michael begann mit seiner Geschichte, während er seinen alten Freund musterte. Jan hatte seit dem Studium in Leipzig etliche Kilo zugelegt, was bei seinen nur hundertsiebzig Zentimetern besonders nachteilig auffiel. Die graue Weste seines Anzuges spannte über dem Bauch, genau wie die Haut auf den Wangen. Sein Kinn hatte sich der Schwerkraft bereits sichtbar gebeugt.

»Warum bist du nicht einfach in der Wohnung geblieben und hast der Polizei die Wahrheit erzählt?«, fragte er, als Michael fertig war.

»Weil mir keiner geglaubt hätte. Julia war völlig hysterisch und beschimpfte mich als Mörder. Brunner hatte eine Kugel im Rücken. Der Degen hing scheinbar unberührt an der Wand.«

»Aber ein Experte hätte doch feststellen können, ob an der Halterung herumhantiert worden war.«

Michael zuckte müde mit den Schultern. »Vielleicht, vielleicht auch nicht. Wir reden hier schließlich vom Cousin des Innenministers. Du hast doch mitbekommen, was für eine Show Harder in der Presse abgezogen hat. Außerdem wollte ich ja gar nicht schießen, sondern Brunner nur in Schach halten. Verstehst du, es war im Grunde gar keine Notwehr. Er stand mit dem Rücken zu mir.«

»Na schön.« Jan rieb sich mit der Hand nachdenklich über das Kinn. Offenbar hatten ihn Michaels Schilderungen nicht gänzlich unbeeindruckt gelassen. »Weshalb bist du hier?«

»Die Abteilung, in der du arbeitest, führt doch die Dienstaufsicht über die Staatsanwaltschaften, nicht wahr?« Im Internetcafé hatte er sich heute Morgen auch den Geschäftsverteilungsplan des Ministeriums angesehen. Jetzt zog er den Zeitungsartikel aus der Tasche, der ihn zurück nach Dresden geführt hatte. »Bist du damit befasst?«

Jan sah auf die Überschrift: Krestics Vermögen entdeckt. Er seufzte. »An sich nicht. Aber ich vertrete momentan einen Kollegen, der sich in Griechenland am Strand aalt. Nachdem die Staatsanwaltschaft das Geld gefunden hat ...«, er zeigte auf den Artikel, »... musste ich mich auf Geheiß meines Chefs durch die gesamte Akte wühlen. Der Haftbefehl aus Den Haag. Rechtshilfeersuchen, Auslieferungsübereinkommen und so weiter. Ich habe mir übrigens auch die Unterlagen des Amtsgerichts Pirna kommen lassen. Du hast da ganz anständige Arbeit geleistet.«

»Danke. Kannst du mir Näheres zu dem beschlagnahmten Geld sagen?«

»Wieso interessiert dich das?« Jan saß breitbeinig auf seinem Stuhl, die Hände vor dem mächtigen Bauch verschränkt. »Etwa wegen deines Erbschaftsstreits?«

»Ja. Der Fall lag mir sehr am Herzen. Als ich den Artikel gelesen hatte, habe ich sofort an dich gedacht. Bei der Staatsanwaltschaft anzurufen, wäre keine gute Idee gewesen, oder?«

Berger griff mit nachsichtigem Lächeln nach einem Ordner. »Du hast Glück. Gestern ist nämlich ein Bericht des Generalstaatsanwaltes dazu gekommen. Deshalb habe ich die Unterlagen noch hier.« Er schlug den Ordner auf und überflog die ersten Seiten. «Die Staatsanwaltschaft hatte eine E-Mail abgefangen. An eine Frau, die hier in Dresden wohnt. Karen Niebler. Sagt dir der Name was?«

Michael schüttelte den Kopf.

»Eine Immobilienmaklerin. Offenbar war oder ist sie Krestics Freundin. In der E-Mail wurde sie darum gebeten, eine bestimmte Geldsumme an eine Bank in Rhodos-City zu überweisen.«

»Krestic hat doch wohl kaum Mails unter seinem richtigen Namen verschickt, oder?«

»Nein, natürlich nicht. Die E-Mail fiel auf, weil sie mit Kolja unterzeichnet war.«

»Kolja?« Michael sah ihn verständnislos an.

Jan tippte auf seine Akte. »Nachdem Krestic damals verschwunden ist, wurde sein Haus auf den Kopf gestellt. Dabei haben die Polizisten einige handschriftliche Briefe gefunden, die an einen gewissen Kolja gerichtet waren. Offenbar ein Kosename, der von dieser Karen Niebler benutzt wurde. Als sie jetzt diese Mail erhielt, schrillten natürlich sämtliche Alarmglocken.«

»Wie hoch war denn die Summe, die sie überweisen sollte?«

»Nicht sonderlich hoch. Dreißigtausend Euro. Die Staatsanwaltschaft hat sich daraufhin ihre Konten näher angeschaut. Keine Auffälligkeiten. Aber bei ihrer Hausbank hat sie auf den Namen ihrer Tochter seit einigen Monaten ein Schließfach gemietet. Der zuständige Oberstaatsanwalt hat sich einen Durchsuchungsbefehl besorgt. Was glaubst du, was er in dem Schließfach gefunden hat?«

Michael schluckte, ehe er antwortete, weil sein Mund plötzlich wie ausgetrocknet war. »Acht Kilogramm Geld. Alles in Fünfhundertern. Insgesamt rund vier Millionen Euro.«

55

»Ihr Schwiegersohn wollte Rügen verlassen, obwohl er von unserer Ankunft noch gar nichts wissen konnte. Der Vermieter hat gesagt, dass er erst kurz zuvor für einen weiteren Monat gezahlt hatte.« Roemer saß in Herzogs Büro, vor sich die übliche Tasse Mokka. »Wieso diese plötzliche Abreise?«

»Keine Ahnung.« Herzog strich mit der Hand über seine Wange. »Worauf wollen Sie hinaus?«

»Nun, der einzige Grund, den ich für diesen überhasteten Aufbruch erkennen kann, ist diese Zeitungsmeldung über Krestics

Geld. Was im Klartext heißt: Ihr Schwiegersohn ist vermutlich wieder hier in Dresden.«

»Ich kann Ihnen nicht folgen. Warum in Gottes Namen sollte er ein solches Risiko eingehen?«

»Zum Beispiel aus finanziellen Gründen. Sie hatten mir damals erzählt, dass die Kanzlei ein beträchtliches Honorar kassieren würde, falls dieses Mädchen ihr Erbe bekommt.«

»Ja, aber was hätte Micha davon? Außerdem sitzt er bereits auf vierzig Millionen«, knurrte Herzog. »Damit müsste er eigentlich aus dem Gröbsten raus sein, meinen Sie nicht?«

Roemer schüttelte den Kopf. »Mir ist da eine Idee gekommen. Was ist, wenn er noch gar nicht entdeckt hat, über welch brisante Information er verfügt? Was, wenn Brunner keinen Transferbeleg oder so etwas bei sich hatte, sondern einfach irgendwo in seinem Kalender oder auf einem Zettel die Kontonummer und das Kennwort notiert hat?«

»Micha würde damit vermutlich nichts anfangen können«, räumte Herzog ein.

»Und müsste sich folglich Gedanken machen, wovon er künftig seinen Lebensunterhalt bestreitet. Halten Sie es nicht für denkbar, dass er auf ein gewisses ... äh ... Entgegenkommen Ihrerseits hofft, wenn das Geld von Krestic fließen sollte? Immerhin war es sein Fall.«

»Das mag ja sein. Aber unser Verhältnis ist nicht das beste. Er hat mit Sicherheit nicht vergessen, dass ich damals die Polizei gerufen habe, als er zu mir kam. Da ist es wahrscheinlicher, dass er auf eine milde Gabe dieser Frau Ebert spekuliert. Wenn das Geld ausgezahlt wird, wäre sie Millionärin. Und das allein dank Michaels Spürsinn.« Herzog sah Roemer an. »Was wollen Sie jetzt tun?«

»Ich habe den größten Teil meiner Leute nach Dresden zurückbeordert. Wir werden diskret alle Personen überwachen, zu denen er Kontakt aufnehmen könnte. Zum einen natürlich Birgit Ebert in Pirna. Dazu diesen Studienfreund im Justizministerium. Und vor allem Ihre Tochter. Tut mir leid, Herr Herzog, aber wir müssen auf Nummer sicher gehen. Nach allem, was wir wissen, ist es nicht unwahrscheinlich, dass er mit ihr reden will.«

Herzog nickte müde. »Aber denken Sie an eines, Roemer: Die Polizei bleibt aus dem Spiel! Sobald wir die Bankverbindung haben, kann Michael verschwinden, wohin er will. Es darf keinen Prozess geben!«

»Wie Sie meinen. Übrigens, wie bewerten Sie eigentlich die Chancen, dass Krestics Geld tatsächlich an Frau Ebert ausgezahlt wird?«

Herzog zuckte die Schultern. »Das lässt sich kaum vorhersagen, weil es keinen Präzedenzfall gibt. Wir haben der Staatsanwaltschaft gestern jedenfalls einen Schriftsatz geschickt, dass wir im Namen unserer Mandantin Anspruch darauf erheben.«

56

»Vom Gewicht steht hier nichts. Aber es waren tatsächlich exakt vier Millionen. In Fünfhundert-Euro-Scheinen«, bestätigte Jan Berger nach einem Blick in seinen Ordner. Überrascht sah er Michael an. »Woher wusstest du das?«

Michael legte die Handflächen aneinander. »Jan, wenn du meinen Prozess in Pirna verfolgt hast, dann weißt du auch, dass meine Mandantin ein querschnittsgelähmtes Mädchen ist, das im Wachkoma liegt. Nadine Ovic wird für den Rest ihres Lebens ein Pflegefall sein. Das Geld, das ihr da gefunden habt, stammt von Krestics Sohn und wurde meiner Mandantin zugesprochen. Krestic hat es sich unter Vorspiegelung falscher Tatsachen unter den Nagel gerissen. Ich will, dass Nadine ihr Geld bekommt.«

Berger musterte ihn verständnislos. »Moment mal, Micha! Bist du deswegen hier? Um Geld für deine Mandantin herauszuschlagen? Meinst du nicht, dass du genug eigene Probleme hast, um die du dich kümmern solltest?«

Aber genau das tue ich doch. Michael unterdrückte ein Lächeln. »Wer ist für die Verwaltung des beschlagnahmten Geldes zuständig, Jan? Die Staatsanwaltschaft?«

Berger schüttelte den Kopf. »Nein, das läuft hier im Ministerium. Im Dezernat für Vermögensabschöpfung. Aber natürlich wird das Geld nur freigegeben, wenn der Staatsanwalt zustimmt.« Mit einem dicken Wurstfinger zeigte er auf Michael. »Was in deinem Fall nicht passieren wird, mein Lieber. Weil nämlich erstens völlig unklar ist, ob dieses Geld tatsächlich das von Krestics Sohn ist. Und selbst wenn, wäre zweitens noch zu klären, ob es nicht in Wahrheit Geld ist, das der Alte nur unter dem Namen seines Sohnes geparkt hatte. Woher sollte Krestic junior denn soviel Knete haben, hm? Drittens ist für Krestic das UN-Tribunal in Den Haag zuständig. Ich gehe davon aus, dass Dresden in dieser Sache gar keine Entscheidungen mehr trifft, sondern alles nach Den Haag abgibt.«

Du wirkst ja richtig erleichtert, dachte Michael. *Aber so einfach kommst du mir nicht davon.*

»Kennst du eigentlich den Staatsanwalt, der in diesem Fall ermittelt?«, fragte er und tippte wieder auf den Zeitungsartikel. »Oberstaatsanwalt Friedrich.«

»Flüchtig. Er hat bis vor einem Jahr hier im Ministerium gearbeitet.« Auch das hatte Michael bei seiner morgendlichen Internetrecherche bereits in Erfahrung gebracht. »Ich möchte dich um einen Gefallen bitten, Jan.«

Die Stirn seines Freundes faltete sich wie ein Akkordeon. »Warum überrascht mich das nicht?«

»Weil wir alte Freunde sind. Weil sich Freunde gegenseitig helfen.«

Berger wedelte mit der Hand, als wolle er einen unangenehmen Geruch vertreiben. »Erspar mir den Sermon! Komm zur Sache!«

»Rede mit Friedrich! Er soll der Auszahlung des Geldes an Nadine Ovic zustimmen.«

Jans Augenlider klappten auf und zu, als hätte er einen Geisteskranken vor sich. »Das ist ein schlechter Scherz, oder? Ich glaube, du hast einen Nervenzusammenbruch.«

Michael lächelte nur.

»Du musst völlig übergeschnappt sein, Micha! Selbst wenn ich dir helfen wollte, warum sollte Friedrich so etwas tun?«

»Weil ein Gericht entschieden hat, dass Nadine Ovic von Krestic vier Millionen zu bekommen hat. Und ihr habt dieses Geld gefunden.«

Jan blies die Wangen auf. »Micha, ich gebe ja zu, dass es danach aussieht. Aber du kannst es nicht beweisen. Bargeld hinterlässt nun mal keine Spuren. Friedrich wird einen Teufel tun und dir ...«

Michael hob die Hand, um seinen Freund zu unterbrechen. »Im Gegenzug wäre ich bereit, ihm ein paar äußerst wertvolle Dokumente zu verschaffen.«

Jan blickte ihn so misstrauisch an wie jemand, der eine Falle wittert. »Wieso solltest ausgerechnet du Dokumente besitzen, an denen Oberstaatsanwalt Friedrich Interesse hat? So ein Bluff mag in deiner Kanzlei funktionieren, aber doch nicht bei mir. Und bei Friedrich schon gar nicht.«

»Warum lassen wir das nicht einfach ihn selbst entscheiden? Ruf ihn an und sag ihm, dass ich ihm Boris Kulikow liefern kann. Er wird verstehen.«

»Kulikow?« Jan dachte einen Moment nach. »Dieser russische Pressebaron?«

»Genau der. Er hat sich den Dresdner Merkur günstig unter den Nagel gerissen, indem er ein stattliches Schwarzgeld an den Mehrheitsgesellschafter gezahlt hat.«

»Ich erinnere mich dunkel, vor ein paar Wochen einen Bericht darüber in der Hand gehabt zu haben. Ist Friedrich der für diese Sache zuständige Ermittler?«

»Exakt. Seit fast einem Jahr hat er sich in den Fall verbissen. Er weiß genau, dass an der Sache was dran ist. Aber er kann es nicht beweisen. Bis jetzt. Ich habe alle Belege, die er für eine Anklageerhebung benötigt.«

Berger stand auf und stapfte schwerfällig in seinem Zimmer herum. Michael sah, wie es in ihm arbeitete, wie er schwankte zwischen der Aussicht, bei einem einflussreichen Oberstaatsanwalt Punkte zu sammeln, und dem nagenden Zweifel, ob sein Freund nicht doch bluffte. Er brauchte noch eine letzte Ermunterung.

Michael erhob sich ebenfalls, um den Ernst seiner Worte zu unterstreichen. »Jan, ich schwöre dir, dass ich die Wahrheit sage.

Wir sind Freunde. Ich lasse dich nicht ins Messer laufen. Sprich mit Friedrich, und er wird dir einen Gefallen schulden.«

Berger sah ihn lange an. Schließlich nickte er. »Also gut, probieren wir es. Wie kann ich dich erreichen?«

»Nur über das Internet. Ich habe bei Google einen E-Mail-Account eingerichtet. Unter einem Phantasienamen. Hier sind die Zugangsdaten.« Michael reichte Berger einen Zettel. »Wenn du eine Nachricht für mich hast, loggst du dich ein und schreibst eine Mail, die du als Entwurf speicherst. Ich gehe einmal am Tag in das Postfach und sehe nach, ob du etwas hinterlassen hast. Benutze keine Klarnamen, weder den von Friedrich noch den von Nadine Ovic noch irgendeinen anderen. Dann kann überhaupt nichts passieren.«

»Was genau soll ich Friedrich erzählen?«

»Meine alte Kanzlei wird mit der Staatsanwaltschaft garantiert Kontakt aufnehmen. Mein Schwiegervater war zwar stinksauer, als ich den Fall damals übernommen habe. Aber jetzt, wo das Geld in Reichweite ist, werden sie nicht lockerlassen, bis sie es bekommen. Schließlich geht es hier auch um unser Honorar. Friedrich muss also sowieso über die Frage befinden, ob das Geld freigegeben wird oder nicht. Ich halte es für sehr wahrscheinlich, dass er den Antrag ablehnt. Wegen der Kulikow-Sache ist er ohnehin sauer auf HSB. Und wie du selbst sagst, es gibt da noch ein paar offene Punkte. Für Friedrich wäre es viel einfacher, die Sache dem Gericht in Den Haag zu überlassen.«

»Das ist ja meine Rede.«

»An dieser Stelle kommst du ins Spiel. Ruf ihn an und sag ihm, dass du eine E-Mail von mir bekommen hast, weil wir uns von früher kennen. Die E-Mail schicke ich dir heute Nachmittag, damit du sie ihm zeigen kannst. Darin wird stehen, dass ich bereit bin, ihm die Kulikow-Papiere zu beschaffen, wenn er Nadine Ovic gibt, was ihr, wenn wir mal ehrlich sind, sowieso zusteht. Den Haag hat mit diesem Geld nichts zu tun. Dort versickert es am Ende nur in irgendwelchen dunklen Kanälen.«

»Und wie stellst du dir alles Weitere vor? Angenommen, Friedrich entscheidet in deinem Sinne ...«

»Sobald er das Geld freigibt, bekommt er die Unterlagen.«

»Und die Auszahlung?«

»Geht den normalen Weg. Auf das von der Kanzlei benannte Konto. Ich habe damit überhaupt nichts zu tun. Ihr habt den Antrag der Kanzlei auf dem Tisch, und den bearbeitet ihr. Keinerlei Abweichung vom üblichen Verfahren.«

»Das hätte Friedrich sowieso nicht mitgemacht«, sagte Jan. »Also gut, ich rede mit ihm.«

»Du musst mir noch zwei weitere Gefallen tun.«

»Nur zwei? Ich freue mich, dass du so bescheiden geblieben bist.« Jan sah gar nicht erfreut aus.

»Ich brauche ein wenig Geld. Kannst du mir was leihen?«

»Wie viel denn?«

»Ich schwöre dir, dass ich es zurückzahle.«

»Ja, ja.« Mit gequälter Miene setzte sich Jan wieder. »Wie viel?«

»Sagen wir zehntausend Euro?«

Jan blies die Backen auf. »Mein lieber Mann! Hier im Ministerium zahlen sie etwas weniger als in deiner Nobelkanzlei. Sind fünftausend auch in Ordnung?«

»Natürlich. Ich danke dir.« Michael spürte Erleichterung. Die Kaution für den Makler und seine bisherigen Einkäufe in Dresden hatten fast seine gesamten Reserven verschlungen. Mit Jans Geld kam er die nächsten Wochen über die Runden und konnte auch die erste Miete bezahlen.

»Du sprachst von zwei Gefallen. Was ist mit dem zweiten?«, fragte Jan mit zusammengekniffenen Augen.

»Nur eine Kleinigkeit.« Michael lächelte beruhigend. »Ein Name.«

57

Das Treffen sollte in einer Tiefgarage in der Nähe der Semperoper stattfinden. Es war das zweite dieser Art. Jörg Sänger wartete seit einer halben Stunde. Jedes Mal, wenn er ein Motorengeräusch vernahm, sah er hoffnungsvoll auf. Doch erst kurz vor Mitternacht, als ein schwarzer Volvo auftauchte, wurde seine Geduld belohnt. Der Volvo bog in die Lücke neben Sängers Toyota.

Die Scheibe auf der Beifahrerseite wurde heruntergelassen. »Sie sagten, es gibt Neuigkeiten, Sänger.«

»Ja, Herr Minister. Wir haben Krohn beinahe erwischt. Oben an der Ostsee.«

Sebastian Harder nippte an einem Plastikbecher mit Kaffee. »Beinahe? Wieso nur beinahe?«

»Einer unserer Leute hat Mist gebaut. Aber es war extrem knapp. Ich will damit sagen, dass wir an ihm dran sind. Offenbar hat er sich die ganze Zeit auf Rügen versteckt. Wir wissen, unter welcher Identität. Und wir gehen davon aus, dass er wieder nach Dresden kommen wird. Oder sogar schon da ist.«

»Wieso das?«

»In der Zeitung stand, dass das Vermögen dieses serbischen Kriegsverbrechers entdeckt wurde. Krohn hatte ihn in einer Erbschaftssache verklagt.«

»Warum sollte er deswegen nach Dresden zurückkommen?« Harder klang skeptisch. »Seine Karriere als Anwalt dürfte ja wohl beendet sein.«

»Wenn Krohns Mandantin ihr Erbe erhält, steht der Kanzlei ein beträchtliches Honorar zu. Mein Chef ist davon überzeugt, dass Krohn hofft, einen Teil des Kuchens abzubekommen.«

»Eine ziemlich alberne Hoffnung, finden Sie nicht?«

»Sie dürfen nicht vergessen, dass Krohns ganzes Leben auf den Kopf gestellt wurde. Was auch immer er vorhat, er benötigt dafür Geld. Wir denken, dass er verzweifelt ist. Menschen klammern sich an jeden Strohhalm, wenn sie verzweifelt sind.«

Er tat hier schließlich nichts anderes. Das war nämlich Ralfs toller Plan gewesen. Ralf, der jede Einzelheit des Krohn-Falls verfolgt hatte. Ralf, der ausnahmsweise mal nicht seine Fäuste, sondern sein kleines bisschen Verstand benutzt hatte. Die Dresdner Polizei hatte versagt, soviel stand fest, und ein Versagen der Polizei war nun einmal gleichbedeutend mit einem Versagen des Innenministers. Kein Politiker schätzt es, wenn er als Verlierer dastand, schon gar nicht ein so ehrgeiziger, erfolgsverwöhnter Mann wie Sebastian Harder. Jörg hatte seinem Bruder erzählt, dass Herzog und Roemer nicht die Absicht hatten, Michael der Polizei zu übergeben, wenn sie ihn aufspürten. Ralf hatte eins und eins zusammengezählt und ihn bedrängt, mit dem Innenminister Kontakt aufzunehmen.

»Für seine politische Zukunft wäre es hilfreich, wenn Krohn gefasst wird. Sehr hilfreich sogar«, hatte Ralf gesagt, sachlich wie ein PR-Berater. »Rede mit ihm! Biete ihm an, Krohn zu liefern, sobald ihr ihn habt, wenn er im Gegenzug dafür sorgt, dass ich auf Bewährung rauskomme.«

So aussichtslos war das gar nicht, hatte Jörg Sänger einräumen müssen. Als ehemaliger Leitender Oberstaatsanwalt war Harder in der Justiz bestens vernetzt. Und der Fall Krohn hatte tatsächlich enorme Bedeutung für ihn. Die Chancen, dass TR Risk Management Krohn aufspürte, waren weitaus größer als die, dass es der Polizei gelang. Jörg wusste von seinem Kontaktmann in der Polizeidirektion, dass man dort längst das Interesse an dem Fall verloren hatte. Harder hatte also viel zu gewinnen durch einen solchen Deal. Und auf der anderen Seite war Ralf, auch wenn er das sicher nicht gern hörte, ein Nichts. Ein Niemand. Unwichtiger als die Tränen eines Sperlings. Seine Zwei-Drittel-Entlassung hätte kurz bevorgestanden. Es gab ein neues Verfahren, aber das konnte sicher irgendwie eingestellt werden. Der Tausch von Ralfs Freiheit gegen die von Krohn war ein realistisches Geschäft. Deshalb hatte er Harder kontaktiert. Und der hatte sofort angebissen.

»Vielleicht ist es auch gar nicht das Honorar der Kanzlei«, wandte Sänger sich erneut an den Minister. »Sehen Sie, Krohns Mandantin würden am Ende immerhin noch drei Millionen Euro bleiben. Ohne seine Hilfe hätte sie keinen Cent aus der Erbschaft bekommen. Das wäre doch Grund genug, ein wenig dankbar zu sein.«

»Ja, aber das sind alles Vermutungen, Hoffnungen, Spekulationen. Damit kriegen Sie Ihren Bruder nicht aus dem Gefängnis.« Harder trank seinen Kaffee in kleinen Schlucken.

»Ich tue mein Bestes, Herr Minister«, antwortete Sänger mit einem Hauch von Verärgerung in der Stimme. »Und es ist ja auch nicht so, dass ich mit leeren Händen gekommen bin. Krohn reist als Oliver Schubert. Ihre Leute können doch herausfinden, ob jemand unter diesem Namen irgendwo in Dresden eine Wohnung gemietet oder ein Hotelzimmer bezogen hat. Vielleicht stöbern Sie ihn auf diese Weise auf. Parallel dazu beobachtet unser Team alle Personen, zu denen Krohn Kontakt aufnehmen könnte. Sobald wir ihn haben, benachrichtige ich Sie. So oder so kriegen Sie ihn in die Hände. Und dann kommt mein Bruder auf Bewährung raus.«

»Darüber reden wir, wenn es soweit ist«, knurrte Harder und ließ die Fensterscheibe surrend nach oben fahren.

Der Volvo verschwand so plötzlich, wie er gekommen war.

58

F. lehnt jede Art von Deal ab. Ruf mich an!
J.

Ungläubig starrte Michael auf die E-Mail. Vierzehn Tage waren vergangen, seit er mit Jan gesprochen hatte. Tage, die Michael ganz überwiegend in seinem Büro und, da er sich an seine Ostseebräune gewöhnt hatte, im Sonnenstudio verbracht hatte. Er hatte trainiert, viel geschlafen – und auf eine Nachricht seines Freundes gehofft. War das nun etwa die Belohnung für seine Geduld? War sein Plan schon in der zweiten Etappe durch das sture Nein eines bornierten Oberstaatsanwaltes gescheitert? Und wieso sollte er Jan anrufen? Hatte sein alter Freund bei Friedrich womöglich mehr erzählt, als sie vereinbart hatten? Sollte der Anruf zurückverfolgt werden, um ihn zu schnappen? Michael hatte nicht die Absicht, irgendein Risiko einzugehen.

Also begab er sich wieder einmal in ein Internetcafé, aber diesmal in Gorbitz, weit genug von seinem Büro entfernt. Er rief die Homepage eines Telefondienstes auf, der kostenlose Anrufe ins Festnetz anbot. Von dort aus wählte er Jans Nummer im Justizministerium. Dann setzte er sich den Kopfhörer mit Mikrofon auf, der neben dem Bildschirm lag. Die Plätze links und rechts neben ihm waren frei. Wenn er leise sprach, würde niemand etwas von seinem Gespräch mitbekommen.

»Berger?«, ertönte es aus dem Kopfhörer.

»Ich bin's«, lautete seine Antwort. »Was ist los?«

»Wo bist du?«

»Spielt keine Rolle. Erzähl schon!«

»F. hat gemeint, er könne keinen Deal machen mit einem, der wegen Mordes gesucht wird. Wenn du irgendwann geschnappt wirst und über diese Sache auspackst, würde er in Teufels Küche kommen.«

Michael seufzte. Er verstand die Befürchtungen des Oberstaatsanwaltes ja, er verstand sie durchaus. Aber er hatte gehofft, dass die Aussicht auf eine Anklage gegen Kulikow Friedrich dazu bewegen würde, ein wenig unorthodoxer vorzugehen. »Das heißt also, dass aus der Sache nichts wird?«, fragte er und versuchte, sich seine Enttäuschung nicht anmerken zu lassen.

»F. will aber trotzdem die Unterlagen haben«, sagte Jan sachlich. »Ich denke, es wäre gut, wenn du ...«

»Die kann er natürlich vergessen«, unterbrach ihn Michael grob. »Du glaubst doch nicht im Ernst, dass ich liefere, ohne dass er seinen Part erfüllt?«

»Hör mir zu, Micha! Ganz so einfach ist es nicht. Er hat durchblicken lassen, dass er mit deinem Anliegen durchaus sympathisiert.«

»Was heißt das denn nun wieder?«

»An sich ist das Geld ein Fall für Den Haag, denn dort wird das Verfahren geführt. Dresden hat damit gar nichts zu tun. Das habe ich dir ja schon gesagt. Zwischen den Zeilen habe ich F.'s Worten aber Folgendes entnommen: Wenn er einen Beweis hätte, dass das Geld tatsächlich das des … äh … Erblassers war, würde er die Auszahlung an die Erbin veranlassen. Dafür erwartet er allerdings, dass er vorab deine Unterlagen bekommt. Ich betone, vorab.«

»Mit anderen Worten, ich habe keinerlei Garantie.«

»Nein, du wirst ihm vertrauen müssen. Als dein alter Freund sage ich dir aber: Du kannst ihm vertrauen. Wenn die Entscheidung, das Geld freizugeben, richtig ist, wird er sie treffen.«

»Dann könnte ich meine Unterlagen doch auch behalten. Wer weiß, wofür sie später einmal gut sind? So viele Trümpfe habe ich schließlich nicht im Ärmel, und meine Lage ist momentan nicht gerade rosig.«

»Ich habe F. so verstanden, dass er die Dokumente als Ermutigung verstehen würde, weitere Ermittlungen anzustellen. Wegen der erwähnten Beweise. Bisher gibt es nämlich keine, weil die … äh … Verwahrerin des Geldes eisern schweigt.«

»Darum würde er sich also kümmern?«

»Ja. Verstehst du, das Ganze würde ihn zusätzliche Arbeit kosten. Und er hat wahrlich genug zu tun. Wenn er sich jetzt einer Sache annimmt, die er guten Gewissens Den Haag überlassen könnte, ist es doch nur recht und billig, wenn er etwas davon hat. Er hat das natürlich alles nicht so direkt gesagt, aber zwischen den Zeilen …«

»Ich verstehe. Du schlägst also vor, dass ich ihm die Unterlagen zukommen lasse und darauf vertraue, dass er erstens diese Beweise findet und zweitens das Geld auszahlt?«

»Exakt. Und wenn du mich schon nach meiner Meinung fragst, sollst du auch wissen, dass dies die einzige Chance ist, deiner Mandantin das Geld zu verschaffen. Jedenfalls in absehbarer Zeit.«

59

Michael war mit der S-Bahn vom Bahnhof Neustadt zum Haltepunkt Freiberger Straße gefahren. Versteckt hinter einem am Straßenrand parkenden Lieferwagen beobachtete er den gläsernen Leonardo-Komplex, in dem die Kanzlei Herzog, Strasser & Beermann residierte. Es gab einen Wachdienst, der das Gebäude rund um die Uhr sicherte, aber immer wenn die Kolonne von »Demmlers Gebäudereinigung« eintraf, ließ die Aufmerksamkeit der Männer etwas nach. Michael sah den Wagen der Reinigungsfirma anrollen. Die Schicht begann wie an jedem Tag um Punkt einundzwanzig Uhr. In den meisten Büros war längst Feierabend, aber wer bei HSB arbeitete, bekam die Reinigungskräfte häufiger zu Gesicht.

Sieben Frauen stiegen aus einem kleinen Transporter aus und marschierten zum Eingang. Als sie die Tür erreichten, lief Michael mit großen Schritten über die Straße zur Tiefgarageneinfahrt an der Längsseite des Komplexes. Hier kam er am einfachsten ins Gebäude. Das große Rolltor an der Einfahrt wurde immer erst um zweiundzwanzig Uhr heruntergelassen. Und die automatische Schranke dahinter stellte für ihn als Fußgänger ebenfalls kein Problem dar. Er lief daran vorbei, ins Innere der Tiefgarage, hin zum Aufzug. Natürlich war die Garage videoüberwacht, aber er hoffte, dass die Reinigungsfrauen für genügend Ablenkung sorgen würden. Neben dem Lift befand sich eine Tür, die ins Treppenhaus führte. Um sie zu öffnen oder um den Lift zu benutzen, brauchte man eine Codekarte. Michael betete, dass seine noch funktionierte. Mit klopfendem Herzen steckte er das weiße Plastikstück in den Schlitz neben der Tür und atmete erleichtert auf, als ein grünes Licht aufblinkte.

Er lief hinauf ins Erdgeschoss. Durch die Tür zum Foyer hörte er das Schnattern der Reinigungskräfte. Sie waren gerade im Begriff, mit den Lifts nach oben zu fahren. Gewöhnlich nahm sich jede der Frauen zwei Etagen vor. Jetzt galt es zu warten, denn solange sie durchs Haus schwirrten, wäre es glatter Selbstmord gewesen, eines der Büros aufzusuchen. Außerdem war bei HSB garantiert noch jemand da.

Auf dem Gang fand Michael einen in die Wand eingelassenen Brandschutzverschlag, in dem sich zwei Feuerlöscher, ein Druckschlauch und diverse andere Gerätschaften befanden. Es war verteufelt eng, aber er schaffte es, sich hineinzuzwängen und die Tür wieder zuzuziehen. Schon nach kurzer Zeit begann sein Rücken zu schmerzen. Sein Nacken wurde steif. Dennoch hockte er geduldig über drei Stunden in seinem Versteck.

Gegen halb eins beschloss Michael, es zu riskieren.

Er verließ den Verschlag und ging leise die Treppe hinauf zu den Büros der Kanzlei. Auch die gläserne Etagentür öffnete er mit seiner Codekarte ohne Probleme. Ein seltsames Gefühl beschlich ihn, als er vor seinem alten Zimmer stand. Das Namensschild an der Tür war leer. Offenbar war bislang kein Nachfolger eingestellt worden. Sein Schlüssel passte noch. Ein tiefer Atemzug, und er war drin. Die Möbel standen so, wie er es in Erinnerung hatte. Der große Schreibtisch am Fenster, eine kleine Sitzgruppe in der Ecke, eine lange hölzerne Anrichte und an der anderen Wand ein Schrank, der bis zur Decke reichte. Auf dem Schreibtisch befand sich nur der Computer, sonst nichts. Keine Akten, keine Zeitschriften, nicht ein einziges Blatt Papier lag herum. Keine Stifte, kein Lineal, keine Büroklammern, nichts. Auch der Schrank war völlig leer, seine Bücher, Fallsammlungen und Aufzeichnungen waren verschwunden. Die Fotos von Julia waren ebenfalls weg. Der ganze Raum wirkte so steril, als wäre er mit einem starken Desinfektionsmittel von oben bis unten gereinigt worden.

Michael ging zum Computer und schaltete ihn ein.

Erleichtert atmete er auf, als er feststellte, dass auch sein Passwort noch gültig war. Er rief den Datenbestand zu Boris Kulikow auf. Es dauerte ein paar Augenblicke, während der Computer suchte, dann erschienen jede Menge Einträge auf dem Bildschirm. Der letzten Notiz zufolge war das Verfahren eingestellt worden. Offenbar hatte Friedrich keine Anhaltspunkte für neue Ermittlungen mehr gehabt.

Die wirst du nun bekommen. Und dann beginnt das Spiel von vorn.

Michael scrollte auf dem Bildschirm nach unten. Unter dem Stichwort »Standort« erhielt er die Information, dass sich die Akte inzwischen im Archiv der Kanzlei befand. Das lag eine Etage tiefer. Michael schaltete den Computer wieder aus und verließ das Büro, um hinunterzugehen. Mit dem Aktenzeichen, das er dem Computer entnommen hatte, war es ein leichtes, die Kulikow-Akte in dem großen Regalschrank zu finden. Er nahm sie aus der braunen Schutzhülle und warf einen Blick auf die letzten Seiten.

»Das Verfahren wird eingestellt, weil die Tat dem Beschuldigten nicht mit der zur Anklageerhebung erforderlichen Sicherheit nachgewiesen werden kann«, hieß es in Friedrichs Schreiben. Michael konnte sich vorstellen, mit welcher Wut der Oberstaatsanwalt es verfasst hatte.

Er steckte die Akte in seinen Rucksack. Dann fiel ihm etwas Wichtiges ein, was er beinahe vergessen hätte. Er ging in das Sekretariat nebenan. Im Drucker und auf dem Tisch fand er, wonach er suchte, einige Briefbögen der Kanzlei und einen Stempel. Er ließ die Sachen ebenfalls in seinem Rucksack verschwinden. Zufrieden verließ er das Büro und ging die Treppe hinunter ins Untergeschoss, um durch die Tiefgarage wieder zu verschwinden.

Als er jedoch vor dem inzwischen heruntergelassenen Rolltor stand, bemerkte Michael seinen Fehler. Was jetzt? Er konnte zwar auch das Tor mittels seiner Codekarte öffnen, aber das war ziemlich gefährlich, weil es einen Höllenlärm verursachte. Außerdem dauerte es eine Ewigkeit, ehe es oben war. Während er noch überlegte, wie er stattdessen nach draußen kam, hörte er plötzlich, wie hinten die Tür, die zum Treppenhaus führte, geöffnet wurde. Reflexartig duckte er sich. Ein uniformierter Wachmann tauchte auf. Suchend schaute er sich in der Tiefgarage um.

Scheiße!

Michael spürte, wie ihm der Schweiß ausbrach. War er von den Videokameras erfasst worden? Oder hatten die Sicherheitsleute auf ihrem Kontrollterminal gesehen, dass die Tür geöffnet worden war? Der Wachmann lief in der Tiefgarage herum, ein wenig unschlüssig, wie es schien. Dann kehrte er um und schloss die Tür wieder hinter sich.

Michael wartete fünf Minuten, dann robbte er zu dem Kartenlesegerät am Ausgang. Er hatte keine andere Wahl, er musste es riskieren. Mit angehaltenem Atem steckte er die Karte hinein.

Das grüne Licht blinkte.

Die Schranke vor ihm ging nach oben, aber das interessierte Michael nicht. Was war mit dem verdammten Tor? Da! Ein Rucken schien durch die Stahllamellen zu gehen, ehe sie wie in Zeitlupe nach oben fuhren.

Schneller!, flehte Michael stumm.

Fast im selben Moment wurde die Tür zum Treppenhaus erneut aufgerissen. Diesmal kamen zwei Wachleute in die Tiefgarage.

Michael sprang mit einem Satz zum Tor, das jetzt vielleicht sechzig Zentimeter geöffnet war. Den Rucksack krampfhaft festhaltend, rollte er sich darunter hindurch, rappelte sich auf und raste davon, die Freiberger Straße entlang, über die Ammonstraße und unter der Bahnunterführung hindurch. Er rannte in Richtung Amtsgericht und weiter die Berliner Straße hinauf, bis er sicher sein konnte, dass niemand hinter ihm her war. Dann, in gemächlicherem Tempo, aber auf einem großen Umweg, ging er zu Fuß zurück in sein Versteck in der Alaunstraße.

Morgen würde er die Akte per Post an Friedrich schicken. Dann konnte er nur noch darauf hoffen, dass der Oberstaatsanwalt die Beweise fand, von denen Jan gesprochen hatte, und das Geld freigab. Aber selbst damit hätte Michael sein Ziel erst zur Hälfte erreicht.

Der zweite Teil seines Plans erforderte höchste Behutsamkeit. Deswegen hatte er fast ein Fünftel von Jans Darlehen in einen Privatdetektiv investiert. Die Ausgabe hatte ihn geschmerzt, aber der Mann war sein Geld wert gewesen. In der Hoffnung, auch künftig lukrative Aufträge zu bekommen, hatte der Detektiv mit großem Eifer ein Dossier zusammengetragen, das spannender war als ein Krimi. Aus dem Namen, den Michael von Jan bekommen hatte, aus jenem schlichten, nichtssagenden Namen war eine Person mit einem Gesicht und einer Biographie geworden. Am Ende dieses ganzen Dramas, wenn Oberstaatsanwalt Friedrich die

Kulikow-Akte bekommen, seine Beweise gefunden und zugunsten von Nadine Ovic entschieden hatte, war allein diese Person der Schlüssel zu den vier Millionen.

60

»Warum lassen Sie mich nicht endlich in Ruhe?«

»Ich würde gern kurz mit Ihnen sprechen, Frau Niebler.« Oberstaatsanwalt Friedrich stand mit höflichem Lächeln vor Karen Nieblers Maklerbüro auf der Königsbrücker Straße. Er war unangemeldet erschienen. Und mit Bedacht schon früh am Morgen, kurz vor neun. Mit Publikumsverkehr war allenfalls später zu rechnen, so dass er ein paar ungestörte Minuten mit Karen Niebler hatte. Angestellte gab es in dem Büro nicht.

»Ich habe doch klar zum Ausdruck gebracht, dass ich zu diesem Geld keinerlei Aussage machen werde. Das ist mein gutes Recht.«

Friedrich war klein und untersetzt und hatte graues gekräuseltes Haar, das an einen Topfreiniger aus Edelstahl erinnerte. Der Eindruck von Harmlosigkeit wurde durch zwei rote Wangen und Friedrichs stets leicht gebückt wirkende Haltung noch unterstrichen. Wer ihn kannte, wusste jedoch, dass der dreiundfünfzigjährige Oberstaatsanwalt alles andere als harmlos war. Als Leiter der Sondereinheit INES, die vor allem für größere Korruptionsdelikte zuständig war, hatte er etliche politische Würdenträger zu Fall gebracht, darunter einen früheren Dresdner Oberbürgermeister und einen ehemaligen Wirtschaftsminister.

»Frau Niebler, ich weiß, was Sie gesagt haben. Aber heute bin ich aus einem ganz anderen Grund hier. Dürfte ich vielleicht hereinkommen?«

Karen Niebler strahlte eine Art würdevoller Gereiztheit aus, als sie ihn hereinwinkte. »Na schön. Ich habe mir gerade einen Kaffee gemacht. Möchten Sie auch einen?«

»Gern.« Friedrich wanderte in dem geschmackvoll eingerichteten Büro herum, während sie in der kleinen Teeküche hantierte. An den Wänden hingen Stillleben, Öl auf Holz, wie es aussah. Aufgrund der ineinander verschlungenen Initialen am rechten unteren Rand ging Friedrich davon aus, dass die Werke von Karen Niebler selbst stammten.

Sie kam mit einem Tablett zurück, auf dem zwei Kaffeetassen, eine Zuckerdose und Milch standen. Behutsam trug sie es zu einer Sitzgruppe am Fenster.

»Bitte nehmen Sie Platz«, sagte sie, während sie die Tassen auf den Tisch stellte.

Karen Niebler trug einen dunklen Hosenanzug und hatte die Haare elegant nach oben gesteckt. Friedrich wusste, dass sie Mitte vierzig war, geschätzt hätte er sie eher auf Ende dreißig. Als sie ihm gegenüber auf der Couch saß, stellte er fest, dass sie schlecht geschlafen haben musste. Und zwar nicht nur die letzte Nacht. Sie hielt sich gut, aber er bemerkte die überschminkten dunklen Schatten unter ihren Augen und das leichte Zittern ihrer Hand.

Er ahnte, was sie in diesen Tagen durchmachte. Karen Niebler war weder eine Kriminelle noch eine Frau, die sich bewusst mit Kriminellen einließ. Ihr Leben war aus den Fugen geraten, weil sie an irgendeiner Stelle die falsche Abbiegung genommen hatte. Aber an welcher? Als sie sich in den Immobilienmakler Arden Ovic verliebte? Als sie für ihn ein Schließfach auf den Namen ihrer Tochter einrichtete? Als sie nach seiner Flucht ins Ausland gegenüber der Polizei nichts von dem Schließfach erwähnte? Friedrich wusste es nicht. Aber er wusste, dass sie nun vor einer erneuten Entscheidung stand, das Richtige oder das Falsche zu tun.

»Kannten Sie Marek Ovic, Frau Niebler?«

Sie schaute ihn verblüfft an. »Marek? Ja, flüchtig.«

»Was heißt flüchtig?«

Sie zuckte die Schultern. »Er hat nicht bei Kolja gewohnt, ich meine, bei Arden, also bei …« Sie brachte es nicht fertig, den Namen Dragan Krestic auszusprechen. Der Mann, den sie kannte, war nicht der Mann, dem die Zeitungen all diese Gräueltaten zuschrieben. Es war einfach unvorstellbar.

Friedrich lächelte aufmunternd. »Schon gut. Fahren Sie fort!«

»Marek hatte ja sein Loft in Heidenau. Ich bin ihm im Grunde nur bei Geburtstagen begegnet und bei anderen Feiern. Zu Weihnachten auch. Wenn wir uns gesehen haben, unterhielten wir uns ganz normal. Aber wirklich gut gekannt habe ich ihn nicht.«

»Mochten Sie ihn?«

Sie antwortete ein paar Sekunden lang nicht. Dann sagte sie: »Er war ein gut aussehender junger Mann. Und er konnte charmant sein.«

Echte Sympathiebekundungen klangen anders.

Friedrich sah sie an. »Sind Sie eigentlich jemals der Frau begegnet, die er kurz vor seinem Tod geheiratet hatte?«

»Sie meinen dieser Nadine? Nein, ich habe sie nie gesehen. Ich glaube, selbst Arden kannte sie nicht. Wir haben auch erst weit im Nachhinein erfahren, dass Marek und Nadine in Las Vegas waren um zu heiraten.«

Friedrich bezweifelte das, ließ es ihr aber durchgehen. »Ihre Tochter Katja ist siebzehn, Frau Niebler, nicht?«

»Ja. Das habe ich bei der ersten Vernehmung bereits gesagt.«

»Sie geht noch zur Schule?«

»Aufs Gymnasium. Wofür ist das denn relevant?«, fragte sie misstrauisch.

»Nadine ist kaum älter. Knapp über neunzehn. Das hier ist sie übrigens.« Friedrich griff in die Innentasche seines Jacketts und nahm aus einem Umschlag ein Foto hervor. Es zeigte Nadine vor dem Unfall. Sie hatte den Arm um ihre Mutter gelegt und lachte mit der ganzen Unbekümmertheit eines Mädchens, das noch alles vor sich hat.

Karen Niebler schaute es sich nur sehr kurz an. »Warum zeigen Sie mir das?«

»Und so sieht sie heute aus.« Der Oberstaatsanwalt zog ein zweites Foto hervor. Der Kontrast war geradezu erschütternd. Nadine saß in einer Art Rollstuhl, in seltsam verkrümmter Haltung, wie eine Schlaganfallpatientin. Mit ihrem schwachsinnigen Lächeln wirkte sie um Jahre älter, als wäre das Leben mit einem plötzlichen Sprint an ihr vorbeigezogen. Ihre Augen stierten ins Leere.

Diesmal wandte Karen Niebler den Blick noch schneller ab. »Hören Sie, was diesem Mädchen passiert ist, ist furchtbar. Aber ich weiß wirklich nicht, was das mit mir zu tun hat. Wie gesagt, ich kannte sie nicht einmal.«

»Frau Niebler, Sie haben es in der Hand, eine Entscheidung zu treffen, die das Leben von Nadine Ovic vielleicht zum Guten verändern kann.«

»Wie denn?«

»Dieses Mädchen ...«, Friedrich hielt beide Bilder in die Höhe, »... lebt seit dem Unfall in einer Art Zwischenwelt. Zwischen Leben und Tod. Ein schlafähnlicher Zustand mit offenen Augen. Sie wird mittels einer Sonde ernährt und trägt einen Dauerkatheter.«

Karen Niebler hielt sich die Ohren zu. »Wieso erzählen Sie mir das?«

»Wachkomapatienten kann heutzutage in vielerlei Hinsicht geholfen werden. Es gibt die verschiedensten Therapien, die kleine Fortschritte bringen. Egal, ob es um Ernährung oder Wahrnehmungen oder ein Stehtraining geht. Aber all das kostet Geld. Nadine hat keins und ihre Mutter auch nicht. Das Amtsgericht Pirna hat rechtskräftig festgestellt, dass Nadine die Alleinerbin von Marek ist.« Friedrich sah die Immobilienmaklerin an. »Frau Niebler, wenn das Geld in Ihrem Schließfach das Geld von Marek ist, sollte es Nadine Ovic bekommen.«

Karen Niebler prallte förmlich zurück. Es war, als hätte er sie geohrfeigt. »Ich habe Ihnen doch gesagt, dass ich über dieses Geld nicht reden will. Machen Sie, dass Sie hinauskommen!«

61

Hannah Seisler arbeitete in einer besonderen Einheit des Justizministeriums, dem Dezernat für Vermögensabschöpfung. Wie die meisten Menschen hatte Michael von dieser Abteilung noch nie etwas gehört, aber in den Unterlagen des Privatdetektivs fand er alles Wissenswerte.

Wenn ein sächsischer Staatsanwalt Konten einfror oder afrikanische Blutdiamanten beschlagnahmte oder wenn ein Tatverdächtiger mit einem Koffer voller Bargeld am Flughafen Dresden geschnappt wurde, war das ein Fall für das DVA. In den vergangenen Jahren hatte der Bund die Gesetze zur Vermögensabschöpfung drastisch erweitert. Gerade in Wirtschaftsstrafsachen, in denen aufwändige Ermittlungen und teure Gutachter Unsummen verschlangen, sollte schnell auf das Vermögen der Beschuldigten zugegriffen werden können, ehe es ins Ausland verschwand. Das DVA war für die Verwaltung der beschlagnahmten Gegenstände und die Überwachung der eingefrorenen Konten zuständig. Für sichergestelltes Bargeld war ein spezielles Konto bei der Landesjustizkasse eingerichtet worden. Wenn Friedrich zu dem Ergebnis kam, dass die Beschlagnahme der vier Millionen Euro nicht aufrechterhalten werden konnte, weil das Geld Nadine gehörte, dann würde er über die Generalstaatsanwaltschaft einen Bericht an das Ministerium schicken und um Auszahlung des Geldes bitten.

An dieser Stelle kam Hannah Seisler ins Spiel.

Dem Dossier zufolge war sie dreiunddreißig Jahre alt. Seit acht Monaten arbeitete die gebürtige Saarländerin im DVA. Sie hatte an einer Fachhochschule in Nordrhein-Westfalen einen Abschluss als Finanzwirtin erworben und war später mit ihrem Ehemann, einem Zahnarzt, nach Dresden gekommen. Dr. Seisler entstammte einer angesehenen Arztfamilie und hatte im noblen Stadtteil Loschwitz die Praxis seines Großvaters übernommen. In einem stillen Viertel mit baumgesäumten Straßen und idyllischen Hanggrundstücken hatte sich das junge Paar ein saniertes Winzerhaus gekauft. Hannah bekam ein Angebot, im Finanzministerium zu arbeiten, lehnte es aber ab, weil sie bereits schwanger war. Als sie bald darauf eine gesunde Tochter zur Welt brachte, schien ihr Glück perfekt.

Wenn, ja, wenn Dr. Seisler sich nicht als brutaler Schläger erwiesen hätte.

Die Einfühlsamkeit und Sanftheit, die seine Patienten so an ihm schätzten, verschwand, sobald er die Schwelle seines Hauses überschritt. Er verprügelte Hannah, wenn er getrunken hatte und wenn er nüchtern war. Mit der flachen Hand, mit der Faust, manchmal auch mit einem Ledergürtel. Sie bekam Prügel, wenn sie die falsche Sorte Müsli gekauft oder kein Mineralwasser kalt gestellt hatte. Mitunter musste sie Schläge einstecken, weil sie in Gegenwart anderer zu fröhlich gewesen war. Oder nicht fröhlich genug. Manchmal gab es auch gar keinen Grund. Hannah lebte in einem Universum aus Kälte und Furcht, aus dem es selbst im Schlaf kein Entrinnen gab. Bisher war es zu keinem Strafverfahren gekommen, weil sie nie Anzeige erstattet hatte. Selbst über die Verletzungen, die sie erlitten hatte, stand in dem Dossier nur wenig. Offenbar kannte Dr. Seisler genügend Ärzte, die Platzwunden, Schwellungen und Rippenbrüche behandelten, ohne allzu viele Papierspuren zu hinterlassen. Zweimal hatte Hannah Seisler die Scheidung eingereicht, in beiden Fällen aber wieder zurückgezogen. Michael konnte sich denken, weshalb. Mittlerweile ging ihre Tochter Lisa in die dritte Klasse, und Hannah arbeitete halbtags im Justizministerium, erst im Haushaltsreferat, inzwischen im DVA als Assistentin des Dezernatsleiters.

Hannah Seisler war der Schlüssel zu den vier Millionen, und deshalb musste Michael sie kennenlernen.

Er saß im Bus, auf dem Weg zum Sportplatz des FSV Loschwitz. Lisa spielte in einer Mädchenfußballmannschaft, die heute gegen den Heidenauer SV antrat. Dem Dossier zufolge war Hannah bei diesen Spielen meist dabei.

Es war ein strahlend schöner Herbsttag, nicht zu heiß, aber sonnig, gerade richtig für ein Fußballspiel. Zwei Dutzend Mütter und Väter standen um das Spielfeld herum und klatschten, als ihre

Töchter mit ernsten Mienen aus der Kabine kamen. Auf Plastiktischen standen Mineralwasserflaschen und Schüsseln mit Nudel- und Kartoffelsalat, Wiener Würstchen und kleinen Beefsteaks. Daneben lagen Plastikteller, Besteck und Servietten. Alles war vorbereitet für einen unterhaltsamen Vormittag an der frischen Luft. Die Eltern würden ihre Kinder anfeuern, leidenschaftlich über Tore und Fouls diskutieren und am Ende gutgelaunt nach Hause fahren.

Dank zweier Fotos, die der Privatdetektiv geschossen hatte, erkannte Michael Hannah auf Anhieb. Sie war eine zierliche Frau mit kurzen dunkelblonden Haaren. Soeben sprach sie mit ein paar anderen Müttern, schüttelte dann aber plötzlich den Kopf und stellte sich allein hinter eines der Tore. Michael beschloss, diese Chance zu nutzen. Er ging auf direktem Weg zu ihr.

»Na, Ihre Tochter ist wohl die Torhüterin?«

Sie erschrak ein wenig, als neben ihr plötzlich eine Stimme ertönte. Unsicher drehte sie den Kopf.

Er lächelte, um ihr die Scheu zu nehmen. »Entschuldigen Sie. Ich bin Michael Hertwig.« Er reichte ihr die Hand.

»Hannah Seisler. Guten Tag. Ich habe Sie hier noch nie gesehen. Spielt Ihre Tochter in der gegnerischen Mannschaft?«

»Nein, nein. Ich trainiere eine Mädchenmannschaft in Striesen. Ab und zu schaue ich mir Spiele anderer Teams an. Wir können immer Verstärkung gebrauchen.«

»Da vorn, die Mittelstürmerin. Das ist meine Tochter.« Stolz zeigte Hannah auf Lisa, die die blonden Haare und die schmale Nase ihrer Mutter geerbt hatte. Im Gegensatz zu ihr trug sie ihre Haare allerdings schulterlang. »Ich kann Ihnen aber keine Hoffnungen machen. Lisa fühlt sich in ihrer Mannschaft hier sehr wohl.«

»Ein hübsches Mädchen.« Dem Dossier zufolge war Lisa acht. Selbst aus der Ferne wirkte ihr Gesicht jedoch reifer. Michael hielt das für kein gutes Zeichen.

Sie schauten sich das Spiel an. Nur ab und zu wechselten sie ein paar Worte. Lisa schoss zwei Tore. Nach der ersten Hälfte lag ihr Team mit vier zu zwei vorn.

Als der Halbzeitpfiff ertönte und die Teams in der Kabine verschwanden, zeigte Michael auf die Picknicktische. »Möchten Sie etwas essen oder trinken, Frau Seisler?«

»Ein Glas Wasser. Und etwas von dem Nudelsalat.«

Michael nahm sich selbst eine Cola und ein Paar Wiener Würstchen und trug alles zu einem kleinen weißen Tischchen am Spielfeldrand. Er rückte Hannah den Stuhl zurecht und genoss die Berührung ihres Armes, als sie sich setzte und seine Hand streifte.

»Ihre Stimme hat einen Klang, den man hier nicht oft hört«, stellte er fest.

»Ich bin in Saarbrücken geboren. Meine Eltern leben noch dort.«

»Ganz schön weit weg. Was hat Sie denn nach Sachsen verschlagen?«

»Mein Mann stammt von hier. Als sein Vater starb, heiratete seine Mutter wieder und zog nach Nordkirchen. Das liegt zwischen Münster und Recklinghausen. Ich habe ihn kennengelernt, als ich dort studierte. Mir hat es im Münsterland gut gefallen. Aber Daniel wollte unbedingt zurück nach Dresden, um die Praxis seines Großvaters zu übernehmen. Er ist Zahnarzt.«

»Dann sehen Sie Ihre Eltern ziemlich selten, oder?«

»Um ehrlich zu sein, überhaupt nicht. Sie waren gegen die Heirat, weil sie Daniel nicht mochten. Wir haben kaum noch Kontakt.« Ihre Stimme bekam einen bitteren Unterton. Für einige Momente blickte sie starr ins Leere.

Michael legte beruhigend seine Hand auf ihre. »Bitte entschuldigen Sie, Frau Seisler. Ich wollte nicht … kann ich etwas für Sie tun?«

Sie hob langsam die Augen. »Nein«, sagte sie fast unhörbar. »Trotzdem danke.«

Dann begann die zweite Halbzeit, und sie stellten sich hinter das andere Tor. Die letzten zehn Minuten des Spieles liefen, als Hannah plötzlich wie hypnotisiert auf die geschotterte Zufahrtsstraße starrte, die zum Sportplatz führte. Ein tomatenroter Porsche kam herangefahren, langsam, weil die Straße voller Schlaglöcher war. Michael sah, dass Hannahs Unterlippe leicht zu zittern begann.

»Entschuldigen Sie, ich muss … ich muss mich jetzt verabschieden. Da vorn kommt … kommt mein Mann«, stotterte sie.

Er spürte ihre Angst und hielt sie nicht zurück, als sie eilig wegging.

Der Porsche parkte dicht am Spielfeldrand. Dr. Seisler stieg aus. Er war ungefähr so groß wie Michael, muskulös, nur ein leichter Ansatz zum Bauch. Ein modischer Kurzhaarschnitt, gepflegter Kinnbart und Zähne, die selbst aus dieser Entfernung blitzten. Ein Mann, dem sich Patienten gern anvertrauten.

Hannah trat zu ihm und gab ihm einen Kuss auf die Wange. Dr. Seisler sagte etwas zu ihr, wobei seine Miene hässlich verzerrt war. Als einige der anderen Eltern herantraten und ihn begrüßten, setzte er allerdings sofort das souveräne Lächeln des Arztes auf.

Auf dem Spielfeld tobte das Geschehen gerade an der Mittellinie. Ein Mädchen aus Lisas Team legte sich den Ball zu weit vor, da spritzte eine Gegenspielerin heran und kickte die Lederkugel ins Aus. Es gab einen dumpfen Knall, als der Ball gegen den Kotflügel des Porsches krachte und eine Delle hinterließ.

Dr. Seislers Lippen wurden schmal.

Einige Zuschauer, vor allem die Anhänger des Teams aus Heidenau, lachten hämisch. Michael lachte nicht. Denn er sah Hannahs vor Angst weit aufgerissenen Augen.

62

»Ich verstehe das nicht, Roemer.« Peter Herzogs Stimme klang selbst durch das Telefon extrem ungehalten. »Es kann doch nun wirklich nicht so schwer sein, den Burschen zu finden, wenn er wieder in Dresden ist. Wir reden hier schließlich nicht von Tokio oder Mumbai.«

Roemer zählte in Gedanken bis drei, ehe er bedächtig antwortete: »Herr Herzog, auch in einer Stadt wie Dresden kann sich jemand, der sich geschickt anstellt, monatelang verbergen.«

»Nur, wenn ihm jemand hilft. Aber es gibt in Dresden niemanden, der Michael helfen würde.«

»Nun, zumindest niemanden, den wir derzeit nicht überwachen würden«, stimmte Roemer zu. »Ihr Schwiegersohn hat in den vergangenen Monaten allerdings bewiesen, dass er sich sehr wohl auch ohne fremde Hilfe verstecken kann. Ich bin übrigens davon überzeugt, dass er jener unbekannte Besucher war, der den Wachleuten Ihres Bürogebäudes neulich entwischt ist. Und er ist mit Sicherheit nicht ohne Grund gekommen.«

»Die einzigen Akten, die ihn interessieren könnten, sind die von Nadine Ovic und Alexander Nemzow. Beide sind noch da.«

»Vielleicht hat er sie kopiert.«

»Die Nemzow-Akte könnte er kopiert haben, aber das nützt ihm nichts. Da steht nichts drin, was für ihn von Belang wäre. Insbesondere nichts über den Aufbewahrungsort von Nemzows Geld. Und an die Ovic-Akte kam er überhaupt nicht heran.«

»Wieso? Sie sagten doch, sein Schlüssel passt zu allen Büros.«

»Außer zu meinem. Aber das ist nicht der Punkt. Einer der Partner hatte die Akte an diesem Abend mit nach Hause genommen.«

»Dann wird Ihr Schwiegersohn es vielleicht erneut versuchen.«

»Er würde keine Freude haben. Wir haben sämtliche Schlösser auswechseln lassen. Am besten wäre es allerdings, wenn Sie ihn endlich erwischen würden.«

»Wir tun, was wir können, Herr Herzog«, bellte Roemer wütend und unterbrach die Verbindung.

63

Die Beratung des Sächsischen Landtages zu einem Antrag der CDU-Fraktion mit dem Titel »Organisierte Kriminalität bekämpfen – Existenzgrundlagen zerschlagen« hatte um zehn begonnen. Gerade stand ein Abgeordneter am Mikrofon und sprach über ein gemeinsames EDV-Netzwerk der Staatsanwaltschaften und Polizeibehörden.

Auf der Besuchertribüne des Plenarsaales hatten sich etwa dreißig Personen versammelt, darunter eine Gruppe Offiziersanwärter der Bundeswehr, für die der Besuch einer Parlamentssitzung zum Ausbildungsprogramm gehörte. Als der Abgeordnete am Mikrofon mit seiner Rede fertig war, schaute der Landtagspräsident gequält auf die Uhr, um dann eine zweistündige Mittagspause zu verkünden.

Michael saß in der letzten Reihe der Besuchertribüne. Er sah Hannah Seisler, die ganz vorn gesessen hatte, aufstehen und in Richtung Tür kommen. Sie trug ein schwarzes Kostüm und eine Sonnenbrille, obwohl es im Saal nicht allzu hell war.

»Frau Seisler?«

Er trat neben sie, als sie an der Tür war, und hielt sie ihr auf. Sie blickte ihn erschrocken an, genau wie vor zwei Tagen auf dem Fußballplatz.

»Oh, Herr Hertwig, guten Tag. Ich hätte nicht erwartet, Sie hier zu treffen.«

»Nun, für eine Minute dachte ich, ich hätte mich geirrt. Was machen Sie denn in diesen heiligen Hallen?«

»Ich arbeite im Justizministerium. Im Bereich Vermögensabschöpfung. Und Sie?«

»Ich bin als Unternehmensberater tätig.« Er reichte ihr seine Karte. »Zu meinen Klienten gehören einige Banken, die natürlich alles interessiert, was mit dem Einfrieren von Konten zu tun hat. Sie wollen schließlich mit den Strafverfolgungsbehörden bestmöglich kooperieren.«

Sie verzog spöttisch den Mund. »Davon bin ich überzeugt.«

Michael überhörte die Stichelei. »Hören Sie, ich wollte gerade etwas essen gehen. Darf ich Sie einladen?«

Er registrierte ihre widerstreitenden Gefühle, die mühelos an ihrem Mienenspiel abzulesen waren. Hannah Seisler war eine sehr verängstigte Frau und eine sehr verheiratete. Früher hatte sie gern geflirtet. Jetzt war ihre Unsicherheit beinahe mit Händen zu greifen.

»Danke, aber eigentlich müsste ich noch ... Ach, warum eigentlich nicht? Bestehen Sie darauf, in die Landtagskantine zu gehen? Dort ist es nicht besonders gemütlich.«

»Überhaupt nicht. Kommen Sie, ich kenne ein hervorragendes kleines Restaurant, nicht weit von hier. Sie haben ein paar Tische im Freien und machen die beste Kürbissuppe der Stadt.«

Auf dem Weg zum Restaurant lief er dicht neben ihr und berührte leicht ihren Ellenbogen, als sei sie eine alte Bekannte. Er machte ein paar Witze und schaffte es sogar, ihr den Anflug eines Lächelns zu entlocken.

Als sie am Tisch vor ihren Tellern saßen, blickte er sie ernst an. »Wenn mich nicht alles täuscht, tragen Sie diese Brille nicht wegen der Sonne.«

»Nein«, antwortete sie und nahm die Brille für einen Moment ab. Ihr Auge schimmerte grün-gelblich.

Sie wirkt so verletzlich, dachte er, genau wie Julia. Er spürte das Verlangen, sie in den Arm zu nehmen und zu trösten, und konnte nicht begreifen, dass ein Mann in der Lage war, diese Frau zu schlagen.

»Der Porsche?«, fragte er.

Sie nickte wie eine Marionette.

»Und wenn es nicht der Porsche gewesen wäre, hätte es vermutlich einen anderen Grund gegeben, nicht wahr?«

Wieder nur ein Nicken. In ihren Augen glitzerten Tränen. Er griff nach ihrer Hand. »Frau Seisler, wir kennen uns nicht sonderlich gut. Gestatten Sie mir dennoch eine sehr persönliche Frage. Warum lassen Sie das zu?«

Sie schüttelte den Kopf. »Sie verstehen das nicht.«

»Ich verstehe, dass Sie brutal misshandelt werden. Niemand zwingt Sie, bei Ihrem Mann zu bleiben.«

Sie dachte ein paar Sekunden darüber nach, während sie ihre Hand unter seiner hervorzog. »Und was kommt danach?«, fragte sie leise.

»Sie haben doch einen Job. Sie sind von niemandem abhängig.«

»Ach ja? Wissen Sie, was für ein Kunststück es war, diese Stelle überhaupt zu bekommen? Mein Mann war natürlich strikt dagegen, dass ich arbeite. Und er hatte ziemlich schlagkräftige Argumente.« Ihr Lächeln war so bitter, wie ein Lächeln nur sein kann.

»Und wie haben Sie sich durchgesetzt?«, fragte Michael. Es hatte ihn von Anfang an erstaunt, dass Dr. Seisler seiner Frau gestattete, ein paar Stunden am Tag so etwas wie ein eigenes Leben zu führen.

»Ich habe es gar nicht erst versucht. Was, glauben Sie, wäre dabei herausgekommen?« Sie zeigte auf ihr Auge. »Nein, ich bin über seinen Großvater gegangen. Der ist das Familienoberhaupt und hat die Zügel fest in der Hand. Vor ihm kuschen sie alle, auch mein Mann. Denn noch gehört ihm die Praxis nicht.«

»Und sein Großvater hat Ihnen den Job im Ministerium besorgt?«

»Ja. Ich habe ihn natürlich nicht direkt gefragt, aber das Gespräch immer mal wieder auf das Thema gebracht, wenn wir allein waren. Ich erzählte ihm, dass ich vor Lisas Geburt ein Angebot aus dem Finanzministerium hatte. Irgendwann hat er mich dann vor der gesamten Familie gefragt, ob ich wieder arbeiten wollte. Er hätte nämlich etwas für mich. Ich habe sofort zugesagt, und damit war es beschlossene Sache. Das hat mir dann abends zwar ein paar Ohrfeigen eingebracht, aber verbieten konnte Daniel es mir nicht mehr. Ich war überglücklich. Nachdem Lisa eingeschult worden war, habe ich es zu Hause nicht mehr ausgehalten.«

Glücklich war sie, dachte Michael bitter. Wie musste das Leben mit einem umspringen, damit man so etwas als Glück empfand?

Sie schien seine Gedanken zu lesen. »Ja, man gibt sich schnell mit sehr wenig zufrieden«, sagte sie traurig. »Und man gewöhnt sich auch an Schläge.«

»Ich verstehe trotzdem nicht, warum Sie sich nicht scheiden lassen«, erwiderte er trotzig.

Sie sah ihn an, als wäre er ein ausgemachter Idiot. »Mein Arbeitsvertrag ist nur befristet. Daniels Großvater hat mir den Job verschafft. Ich schätze, er kann auch dafür sorgen, dass der Vertrag nicht verlängert wird. Ich habe sonst nichts. Zu meinen Eltern kann ich nicht zurück. Meinem Mann gehört das Haus und das Geld. Er stammt aus einer angesehenen Familie. Ich habe zwei Selbstmordversuche hinter mir. Wer würde wohl das Sorgerecht für Lisa bekommen?«

»So, wie Sie ihn schildern, glaube ich nicht, dass ihm viel an dem Kind liegt.«

»Sie ahnen gar nicht, wie Recht Sie haben. Aber im Falle einer Scheidung würde er alles tun, um mich zu zerbrechen. Mir Lisa wegzunehmen, wäre die sicherste Methode.«

»Glauben Sie wirklich, dass er so weit gehen würde?«

»Etwa ein Jahr nach Lisas Geburt hat er mich so brutal zusammengeschlagen, dass ich zwei Wochen ins Krankenhaus musste. Damals habe ich das erste Mal die Scheidung eingereicht. Zuerst kam er mit Blumen und entschuldigte sich. Als das nichts nützte, schlug er mich mit der Hundeleine und sagte, dass ich Lisa nie wieder sehen würde. Wenig später habe ich den Antrag zurückgezogen. Vor ein paar Jahren wiederholte sich das ganze Spiel. Seither habe ich es nicht mehr versucht.«

Beide schienen es zu bedauern, als die zwei Stunden um waren. Widerstrebend standen sie auf und gingen zurück zum Landtagsgebäude.

Ehe sie sich vor dem Sitzungssaal trennten, legte er seine Hand noch einmal sanft auf ihren Arm und sagte: »Sie haben meine Handynummer, Frau Seisler. Wenn ich Ihnen jemals irgendwie behilflich sein kann, zögern Sie bitte nicht, mich anzurufen. Jederzeit.«

Sie nickte, und für einen kurzen Moment leuchtete ihr Gesicht auf wie ein See, wenn die Sonne hinter seinem Ufer versinkt.

64

Karen Niebler war zwar einige Male in Pirna gewesen, aber noch nie auf dem Sonnenstein, einem Plattenbaugebiet, das sich aufgrund der Arroganz sozialistischer Städteplaner weithin sichtbar über die zu seinen Füßen liegende historische Altstadt und die den Ort umgebende Natur erhob.

Die Immobilienmaklerin parkte ihren Saab direkt vor dem Eingang des Hauses Remscheider Straße 33a. Sie drückte auf den Klingelknopf neben dem Namen Ebert und sagte, als aus der Sprechanlage ein dumpfes »Ja, bitte?« ertönte: »Frau Ebert, hier ist Karen Niebler. Wir hatten telefoniert.«

»Ich öffne Ihnen.«

Ein Summen ertönte.

Karen Niebler ging in den dritten Stock hinauf, wo Birgit Ebert sie erwartete. Die beiden Frauen reichten sich die Hände.

Nachdem die Gastgeberin Kaffee für Karen Niebler und für sich ein Glas Tee zubereitet hatte, nahm sie mit abwartender Miene Platz.

Karen Niebler saß in einem bequemen Sessel mit Satinbezug, der aus einer besseren, glücklicheren Zeit zu stammen schien. In die schäbige Plattenbauwohnung passte er ungefähr so gut wie André Rieu in ein Schulorchester.

»Frau Ebert, Sie kennen mich nicht. Ich bin die Lebensgefährtin von Arden Ovic. Oder war es, das weiß ich selbst nicht so genau.« Sie lachte nervös. »Ich möchte Ihnen mein Mitgefühl ausdrücken wegen des Schicksals, das Ihrer Tochter widerfahren ist.«

»Das ist sehr freundlich von Ihnen«, erwiderte Birgit Ebert mit einer Stimme, die nichts verriet. Ihre geröteten, knochigen Hände waren ineinander verschlungen.

»Ich kannte auch Marek, Ardens Sohn. Vor einigen Wochen war ein Staatsanwalt bei mir und hat mich nach Marek gefragt. Er hat auch von Ihrer Tochter erzählt und mir Bilder gezeigt. Bis dahin hatte ich all das weggeschoben. Verstehen Sie, es war wie bei den Nachrichten im Fernsehen. Bombenopfer im Irak. Der Einsturz einer Eishalle mit zweihundert Toten. Ein Unfall auf der A4. Schlimme Dinge, aber sie berühren uns nicht. Schon lange nicht mehr. Doch als ich die Bilder von Nadine sah … Ich … ich habe eine Tochter, die genauso alt ist.«

Birgit Ebert sah nachdenklich aus dem Fenster. Schließlich fragte sie: »Möchten Sie Nadine kennenlernen?«

Karen Niebler nickte. »Das würde ich sehr gern.« Birgit Ebert führte sie ins Nachbarzimmer. Das Bett stand in der Mitte des Raumes, mit Metallgittern an den Seiten und schlichten, sehr weißen Laken. Ein merkwürdiger Geruch lag in der Luft, den Karen Niebler nach einigen Sekunden als den einer Alkoholabreibung identifizierte, wie man sie beim Arzt vor einer Spritze bekam. Trotz des Bettes und des Geruchs war es jedoch kein Krankenzimmer. Es gab Blumen in zwei hübschen Glasvasen, an den Wänden hingen Poster und neben dem Schrank stand ein CD-Regal.

Nadine lag im Bett, zugedeckt. Quer über ihren Beinen ruhte ein Schäferhund, der den Kopf hob, als sich die Tür öffnete.

»Ganz ruhig, Max.« Birgit Ebert streichelte ihm sanft über das Fell und beugte sich dann zu ihrer Tochter hinunter. »Nadine, ich möchte dir Frau Niebler vorstellen.« Sie strich ihr eine schwitzige Haarsträhne aus dem Gesicht. »Sie kannte Marek.«

Karen Niebler trat an das Bett heran. »Guten Tag, Nadine.«

Nadine starrte an die Decke. Ihr Kiefer mahlte, ansonsten rief Karen Nieblers Besuch keine Reaktion hervor. Nur der Schäferhund wandte ihr den Kopf zu.

»Max gehört einer Kollegin von mir«, sagte Birgit Ebert. »Sie hat gelesen, dass die Nähe eines Tieres bei Wachkomapatienten wahre Wunder vollbringen kann.«

Karen Niebler sah sie überrascht an. »So? Wie denn das?«

»Nadine reagiert auf den Hund. Durch seine Wärme, sein sanftes Hin- und Herwiegen, wenn er auf ihr liegt, fühlt sie sich offenbar sicherer. Ihr Kreislauf hat sich deutlich stabilisiert, seit er da ist. Wir konnten sogar schon ein Medikament absetzen.«

Karen Niebler hielt sich über zwei Stunden bei den Eberts auf.

Auf dem Nachhauseweg, kurz hinter dem Betonpfeiler, der Nadines Leben so dramatisch verändert hatte, griff sie zum Telefon und wählte eine Dresdner Nummer. »Ich möchte Oberstaatsanwalt Friedrich sprechen«, sagte sie.

65

Das Läuten des Mobiltelefons riss Michael aus dem Schlaf. Mit verklebten Augen sah er auf die Leuchtziffern der Digitaluhr.

Zehn nach halb drei.

Auf dem Display stand »Unbekannte Nummer«, aber es gab nur zwei Menschen, denen er seine Visitenkarte gegeben hatte, und einen Anruf des Privatdetektivs erwartete er um diese Zeit nicht.

»Michael? Ich bin es, Hannah.«

Er hörte, dass sie geweint hatte. »Was ist passiert?«

»Ich ... ich brauche deine Hilfe.«

»Was ist passiert?«, fragte er noch einmal.

»Er hat mich verprügelt. Das Übliche, aber ... aber ich will nicht mehr. Ich kann nicht mehr.«

»Wo bist du?«

»Am Bahnhof Neustadt. Lisa ist bei mir. Wir sind mit einem Taxi aus Loschwitz gekommen. Aber jetzt habe ich kein Geld mehr und ...« Ihre Stimme erstarb. Er spürte, dass sie kurz vor dem Zusammenbruch stand.

»Am Bahnhof Neustadt?« Er dachte an die Penner, die dort nachts herumlagen. Das war keine gute Umgebung. »Hör zu, ich hole euch ab. Setzt euch so lange in den Burger King!« Hannah glaubte, dass er in Striesen wohnte. Aber er hatte ihr erzählt, dass er die Nächte oft im Büro verbrachte. Sie würde sich also nicht wundern, wenn er zu Fuß kam und nur wenige Minuten brauchte.

Nach ihrer Begegnung bei der Landtagssitzung vor drei Wochen hatte er Hannah noch mehrmals getroffen, meist mittags auf der

Hauptstraße, wo viele Angestellte aus dem Regierungsviertel zu Mittag aßen. Sie waren inzwischen per Du und sogar so etwas wie Freunde geworden, die sich gern unterhielten. Auch über das Thema Scheidung, das er immer wieder anriss, weil er nicht akzeptieren konnte, dass sie ihr Leben einfach verschenkte. Hannah wollte noch immer nichts davon wissen, reagierte aber längst nicht mehr so unwirsch wie beim ersten Mal. Michael legte große Behutsamkeit an den Tag und gab ihr Zeit, sich an den Gedanken zu gewöhnen.

Manchmal lag zwischen ihnen auch eine eigenartige Spannung in der Luft. Er achtete allerdings darauf, nicht zu weit zu gehen und nichts zu tun oder zu sagen, was dieser Spannung weitere Nahrung geben würde. Hannah war nicht Julia, und er beabsichtigte nicht, Hannah zu verletzen, indem er ihr etwas vormachte. Oder sich selbst.

Als er am Bahnhof ankam, stand Hannah mit ihrer Tochter vor dem Burger King. »Die haben um drei zugemacht«, murmelte sie. »Danke, dass du gekommen bist.«

Michael betrachtete sie entsetzt. Beide Wangen waren geschwollen, ihre Unterlippe aufgeplatzt. Lisa sah äußerlich unversehrt aus, wirkte aber zutiefst verängstigt. Kein Wunder, dachte Michael. Er bugsierte beide zu einem Taxi und ließ sich zurück zur Alaunstraße bringen. Natürlich murrte der Fahrer wegen der kurzen Strecke. Michael hielt ihm wortlos einen Zehner unter die Nase.

Nachdem das Taxi verschwunden war, brachte er Hannah und ihre Tochter in sein Büro hinauf. Oben kochte er Kaffee. Lisa hatte ein Glas heiße Milch bekommen und schlief jetzt auf der ausgezogenen Couch im Nachbarzimmer.

»Wie ist es passiert?«, fragte er, während er ihre Wunden mit einem feuchten Tuch abtupfte.

»Er kam von seiner Skatrunde, hatte getrunken. Ich habe ihn gebeten, etwas leiser zu sein, damit Lisa nicht auch noch aufwacht. Das reichte, um ...« Sie zeigte auf ihr Gesicht.

»Schon gut, Hannah.« Michael streichelte ihren Handrücken. »Ich schlage vor, du gehst hinüber zu Lisa und versuchst zu schlafen.« Er überlegte. »Was wird dein Mann tun, wenn du heute Nacht nicht mehr nach Hause kommst?«

»Ich weiß es nicht.« Mutlos zuckte sie mit den Schultern. »Aber die Polizei ruft er bestimmt nicht«, fügte sie bitter hinzu.

Michael nickte. »Gut, dann schlaf jetzt. Morgen früh reden wir über alles Weitere.«

Der nächste Tag war ein Sonnabend. Michael bereitete ein Frühstück aus Orangensaft, Toast, Marmelade, Rühreiern und Kaffee vor. Für Lisa hatte er beim Bäcker im Erdgeschoss zwei Schokoladendonuts gekauft.

Hannah kam aus dem Nachbarzimmer. Sie trug einen der Wollpullover, die er sich vor kurzem gekauft hatte. »Lisa schläft noch«, sagte sie leise.

Die Schwellungen waren etwas zurückgegangen, trotzdem standen ihr die Spuren der letzten Nacht deutlich ins Gesicht geschrieben. Dankbar griff sie nach der Kaffeetasse, die er ihr reichte.

»Michael, ich will nicht mehr zurück«, sagte sie mit einer Entschiedenheit, die ihn überraschte. »Nie mehr.« Es war, als hätten die letzten Attacken ihres Mannes eine Barriere durchbrochen, als sei Hannahs Seele endlich aus ihrem gefrorenen Grab befreit worden. Er sah in ihre Augen, die die Farbe eines sehr feinen, trockenen Sherrys hatten. Der Schmerz war fest in sie eingebrannt.

»Kannst du mir helfen?«, fragte Hannah.

Er lehnte sich auf seinem Stuhl zurück und legte die Fingerspitzen aneinander. In seinem Kopf war alles so klar wie der Himmel nach einem Wolkenbruch. Er musste jetzt sehr vorsichtig sein.

»Hannah, ich bin kein Scheidungsanwalt«, sagte er bedächtig. »Ich habe auch kein Geld. Jedenfalls nicht genug. Aber ich sehe tatsächlich eine Möglichkeit, etwas für dich zu tun. Eine, die dir zu finanzieller Unabhängigkeit verhilft. Du könntest deinen Mann verlassen, sofort, wenn du willst. Du brauchst nicht auf die Scheidung zuwarten und auch nicht um Almosen zu betteln. Du kannst mit Lisa zurück nach Saarbrücken gehen oder irgendwohin, wo man dich nicht kennt, und ein neues Leben beginnen.«

»Was muss ich dafür tun?«, fragte sie, plötzlich misstrauisch. Sie war verängstigt und verzweifelt, aber nicht dumm.

Michael stand auf und ging zur Tür, die ins Nachbarzimmer führte. Er vergewisserte sich, dass Lisa noch schlief. Als er sich zu Hannah umdrehte, war sein Gesicht ernst. »Das ist eine sehr lange Geschichte.«

Sie zuckte die Schultern. »Ich habe gerade nichts vor.«

»Mein richtiger Name ist Michael Krohn. Ich bin Anwalt. Wahrscheinlich kennst du mich aus der Zeitung.« Er erzählte ihr alles – von Julia und Brunner bis hin zu Frau Ebert und Dragan Krestic. Schließlich sprach er über den Gefallen, um den er sie bat. Es dauerte fast eine Stunde, bis er fertig war.

Danach saßen sie lange da, ohne ein Wort zu sagen.

»Dass wir uns kennengelernt haben, war also kein Zufall.« Sie fragte nicht, sie stellte es fest. An jedem Wort hing ein Eiszapfen.

»Nein«, erwiderte er schlicht. Es gab nichts zu beschönigen.

»Ich hätte es wissen müssen. Damals schon, als wir uns bei Lisas Fußballspiel begegnet sind.«

»Das hättest du nicht, Hannah«, antwortete Michael mit Nachdruck. »Es stimmt, ich habe deine Bekanntschaft gesucht. Ich wollte dich benutzen. Schließlich warst du für mich nur ein Name. Aber seither ist viel Zeit vergangen. Es ist mir nicht gleichgültig, was aus dir wird. Nicht mehr. Ich will dir helfen. So wie ich Birgit Ebert geholfen habe.«

»Du willst vor allem dir selbst helfen.«

»Natürlich geht es mir darum, auch mein eigenes Leben wieder in den Griff zu bekommen«, sagte Michael leicht verärgert. »Was ist daran denn so verwerflich?« Sie war in einer verzweifelten Situation, sicher, aber seine letzten Monate waren auch kein Zuckerlecken gewesen.

»Ich kann es nicht tun«, sagte sie. »Es wäre mir egal, wenn du deiner alten Kanzlei Geld wegnimmst. Aber wenn ich mich an deinem Plan beteilige, wird das Ministerium geschädigt, weil es Geld an jemanden zahlt, der zur Entgegennahme nicht berechtigt ist. Dein Schwiegervater könnte nach wie vor die Auszahlung der vier Millionen verlangen.«

»Eben nicht. Ihr fordert doch sicherlich die Gerichtsakten an, oder?«

Hannah nickte.

»In den Akten aus Pirna befindet sich eine auf mich lautende Vollmacht von Birgit Ebert. Sie wurde nie widerrufen. Die Kanzlei Herzog, Strasser & Beermann hat mich bisher nicht offiziell gefeuert. Ich bin also nach wie vor Nadines Anwalt. Und ich bin zur Entgegennahme von Zahlungen jeder Art bevollmächtigt. Wenn das Ministerium an mich zahlt, ist der Anspruch erloschen. Mein Schwiegervater kann überhaupt nichts mehr verlangen.«

»Wofür brauchst du mich dann?«

»Ich nehme an, dass meine alte Kanzlei bereits einen Antrag auf Auszahlung des Geldes eingereicht hat. Wenn der Staatsanwalt dem stattgibt, wird dein Chef die Auszahlungsanordnung an die Landesjustizkasse unterschreiben, richtig?«

»Ja.«

»Die du vorbereitest?«

»Wahrscheinlich.«

»Gut. Kurz vorher werde ich dir als Nadines Anwalt ein von mir unterzeichnetes Schreiben auf dem Briefpapier der Kanzlei geben, in dem ich eine neue Kontonummer mitteile. Du nimmst das Schreiben ganz offiziell zur Akte und sorgst dafür, dass meine Kontonummer auch auf der Auszahlungsanordnung steht.«

»Besteht nicht die Gefahr, dass die Bank bei der Empfängerangabe stutzig wird? Du hast dein Konto ja wohl kaum unter dem Namen Herzog, Strasser & Beermann eröffnet, oder?«

»Nein, aber unter Hertwig Strategieberatung.« Michael gestattete sich ein zufriedenes Lächeln. »Bei Überweisungen an die Kanzlei wird meist nur die Abkürzung HSB verwendet. Rein zufällig lautet so auch das Kürzel meiner Firma. Normalerweise ist für Banken nur wichtig, welche Bankleitzahl und welche Kontonummer angegeben sind. Wenn ein übereifriger Sachbearbeiter wegen der Höhe der Summe doch einen Blick auf den Empfänger werfen sollte, wird er feststellen, dass alles seine Ordnung hat. Es besteht keinerlei Risiko.«

Damit schienen Hannahs Einwände erschöpft. Lange, sehr lange dachte sie nach. »Wie hoch ist mein Anteil?«, fragte sie schließlich.

»Eine halbe Million Euro.«

Sie schien überrascht. »So viel?«

»Frau Ebert bekommt die drei Millionen, die ihr zustehen. Den Rest teilen wir uns. Wie ich schon sagte, es ist mir nicht gleichgültig, was aus dir wird.«

66

Dr. Seisler stand vor dem Spiegel, etwas, was er äußerst gern tat. Sorgfältig band er seine Krawatte und überprüfte mit den Fingern, ob der Knoten richtig saß. Als seine Frau ins Zimmer trat, drehte er sich zu ihr herum.

»Musst du heute gar nicht arbeiten?«, fragte er, ihre Khakihose und das schlichte T-Shirt missbilligend musternd.

»Äh ... nein.« Hannah sah ihren Mann an. »Lisa hat heute schulfrei. Deshalb habe ich mir auch einen Tag Urlaub genommen. Heute findet im Harbig-Stadion ein öffentliches Training der Frauennationalmannschaft statt. Ich wollte mit ihr hingehen. Du weißt doch, wie sehr sie sich das gewünscht hat.«

Dr. Seisler wusste es nicht. Es interessierte ihn auch nicht. »Schulfrei? Wieso denn das?« Er schnüffelte die Luft wie ein witternder Wolf.

»Ach, äh, zwei Lehrerinnen sind kurzfristig erkrankt. Die Schule hat offenbar keinen Ersatz gefunden, weil ... weil andere Lehrer mit ihren Schülern auf Klassenfahrt sind. Deswegen fallen die Stunden in Lisas Klasse heute komplett aus.« Sie war aufgeregt und betete, dass ihm ihr Stammeln nicht auffiel.

»Die machen sich's ja wirklich einfach. Na, dann bis heute Abend.« Dr. Seisler zog sein Jackett und einen Herbstmantel an und verließ das Haus.

Den Streit vor zwei Wochen, als Hannah mit Lisa aus dem Haus geflüchtet war, hatte er schon wieder vergessen. Sie waren gleich am nächsten Tag zurückgekommen. Hannah hatte ihm erzählt, dass sie bei einer Freundin gewesen seien. Sie hatte sich entschuldigt und gesagt, dass es nie wieder vorkommen werde. Da die Polizei aus dem Spiel geblieben war, hatte Dr. Seisler sich großzügig gezeigt und ihre Entschuldigung mit einem gnädigen Nicken akzeptiert.

Bis zu seiner Praxis waren es etwa zehn Minuten mit dem Auto.

Man sah sofort, dass es keine übliche Feld-, Wald- und Wiesenpraxis war. Eine blitzsaubere Granittreppe führte in helle, mit Lederstühlen und dunklen Holzmöbeln ausgestattete Räume. Die beiden hübschen Arzthelferinnen am Empfang lächelten freundlich und geleiteten die Patienten in ein gemütliches Wartezimmer, in dem es Tageszeitungen und Zeitschriften gab. An der Wand hingen teure Drucke moderner Künstler.

Wer hierher kam, erwartete nicht, durch eine schnöde Sprechanlage oder gar von einem automatischen Türöffner zum Eintreten ins Arztzimmer aufgefordert zu werden. Selbstverständlich öffnete Dr. Seisler persönlich die Tür und begrüßte seine Patienten.

»Rainer, wie geht's? Bitte komm herein.« Sein Lächeln wirkte herzlich und aufrichtig. Rainer Wolf war ein Nachbar, er wohnte mit seiner Familie auf derselben Straße wie die Seislers, keine drei Häuser entfernt. Sein Sohn Ronny ging in Lisas Klasse.

»Guten Morgen, Daniel.« Rainer Wolf schüttelte dem Arzt die Hand. »Ich hatte schon Angst, mich zu verspäten. Musste Ronny noch in die Schule bringen und bin dann im Stau stecken geblieben.«

Dr. Seislers Lächeln gefror. »Wieso in die Schule? Ich dachte, die Klasse hätte heute frei?«

»Wie kommst du denn darauf?« Rainer blickte ihn überrascht an, während er umständlich auf dem Behandlungsstuhl Platz nahm. »Nein, heute ist ganz normaler Unterricht. Als ich Ronny hinbrachte, waren die meisten Kinder schon da.«

»Muss mich wohl im Tag geirrt haben«, murmelte Seisler, während er sich zerstreut die Hände wusch. »Hannah sagte mir, dass jetzt irgendwann mal ein schulfreier Tag wäre.«

»Nicht, dass ich wüsste«, sagte Rainer. Er wirkte irritiert.

Dr. Seisler war ein sehr gründlicher Mann, was seinen Beruf anging, aber heute kam es der Arzthelferin so vor, als sei er nicht richtig bei der Sache. Die Routinedurchsicht bei Rainer Wolf dauerte keine Minute. Er klopfte leicht gegen ein paar Zähne, prüfte hier, kratzte da - und war fertig.

»Alles in Ordnung, Rainer. Um deine Zähne kann man dich wirklich beneiden.« Der Arzt zog seinen Kittel aus und wusch sich wieder die Hände. »Wir sehen uns in sechs Monaten wieder.«

Er verabschiedete seinen Patienten mit einem beruhigenden Klaps auf den Rücken. Kaum hatte sich die Tür geschlossen, raunzte er die Schwester an: »Ich muss für ein paar Minuten weg. Wen haben wir als Nächstes?«

Sie sah auf den Bildschirm des Computers. »Zunächst Frau Lehmann, eine Wurzelbehandlung. Danach Herrn Rasch.«

»Sagen Sie ihnen, ich sei zu einem Notfall gerufen worden. Sie mögen sich bitte ein paar Minuten gedulden.«

»Ja, natürlich. Aber was ist denn überhaupt los?«

»Noch so eine Frage und Sie können sich einen neuen Job suchen«, schnauzte Dr. Seisler und verließ die Praxis durch einen Hintereingang.

Auf dem Heimweg verstieß er gegen sämtliche Geschwindigkeitsbeschränkungen und überfuhr eine rote Ampel. Dadurch schaffte er es in weniger als sieben Minuten, ein neuer persönlicher Rekord. Mit quietschenden Reifen hielt er vor seinem Grundstück, vor dem ein Taxi wartete. Er rannte daran vorbei durch das Gartentor.

Vor der Haustür standen Hannah und Lisa. Sie waren soeben herausgekommen, reisefertig angezogen. Beide hielten einen Koffer in der Hand. Entsetzt blickten sie ihn an.

»Schulfrei, was? Abhauen wolltet ihr!« Dr. Seisler baute sich drohend vor seiner Frau auf. »Ich glaube, du hast mir ein paar Fragen zu beantworten, Schatz.« Er ließ keinen Zweifel daran, wie er sie dazu ermuntern wollte. Mit der rechten Hand holte er bereits aus.

67

Michael saß im Büro irgendeines Abteilungsleiters der Südsachsen-Bank und trank Kaffee. Vor ihm lag die letze Ausgabe der Dresdner Neuesten Nachrichten.

Die Tür öffnete sich, und der Abteilungsleiter kam zurück, ein paar Papiere in der Hand. »Ich kann den Eingang der Summe bestätigen, Herr Hertwig. Vier Millionen Euro. Sie wurden Ihrem Konto gestern gutgeschrieben.«

Michael atmete tief durch. »Prima. Ich habe jetzt ein paar Aufträge für Sie.«

Der Abteilungsleiter ahnte, dass die vier Millionen die längste Zeit auf Hertwigs erst vor wenigen Wochen eröffnetem Konto bei der Südsachsen-Bank gelegen hatten. Zwar gefiel ihm die Eile, mit der das alles vor sich ging, ganz und gar nicht, aber da das Geld seinem Kunden gehörte, hatte er keine andere Wahl. Er brachte ein professionelles Lächeln zustande und schlug einen Notizblock auf.

»Ich stehe zu Ihrer Verfügung.«

»Zunächst will ich etwas Geld auf andere Konten überweisen. Den größten Teil der Summe.«

»Wie viele Überweisungen?«

»Zwei. Als erstes drei Millionen Euro an einen Empfänger namens Ebert.« Er vermied es, Birgit Eberts vollständigen Namen zu nennen, weil der Banker ihn möglicherweise aus der Zeitung kannte.

»Die Kontonummer bitte.«

Er hatte sie im Kopf. »3254267468.«

»Bei welcher Bank?«

»Die Volksbank in Pirna.«

»Jawohl.« Der Stift kratzte über das Papier. »Die zweite Überweisung?«

»Fünftausend Euro zugunsten eines Empfängers namens Berger bei der Sparkasse hier in Dresden. Die Kontonummer lautet ...« Diesmal musste Michael nachschauen. Aus seiner schwarzen Tasche, genauer gesagt, aus Brunners Tasche entnahm er ein Blatt Papier. »4054075909.«

»Ist ebenfalls notiert. Haben Sie weitere Wünsche, Herr Hertwig?«

»Nur noch einen. Die Barabhebung.«

»Selbstverständlich.« Sein Gegenüber griff nach einem Blatt Papier. »Sie hatten bei unserer Kassenabteilung angerufen und für heute um Bereitstellung eines Betrages von rund einer Million Euro gebeten.«

Michael griff nach seiner Tasse und trank einen Schluck Kaffee. »Wenn ich richtig gerechnet habe, sind von der gestern eingegangenen Summe noch neunhundertfünfundneunzigtausend Euro übrig.«

»Exakt«, bestätigte der Abteilungsleiter mit säuerlichem Lächeln.

»Dann ist dies exakt der Betrag, den ich abheben möchte. Fünfzigtausend Euro in kleinen Scheinen bis maximal fünfzig Euro. Den Rest bitte in Fünfhundertern.«

»Es wird alles sofort erledigt. Wir benötigen nicht mehr als eine Stunde.«

»Gut. Ich warte solange.« Michael schlug die Beine übereinander und nahm sich die Zeitung.

Bisher war alles nach Plan verlaufen. Zwar hatte es ihm nicht gefallen, Hannah vorübergehend wieder nach Hause schicken zu müssen, aber es ging nicht anders. Jegliche Unregelmäßigkeit konnte Sand ins Getriebe streuen und alles zunichte machen. Niemand konnte vorhersagen, wie Dr. Seisler reagierte, wenn seine Frau und seine Tochter plötzlich nicht mehr nach Hause kamen. Womöglich tauchte er vor dem Ministerium auf, fing Hannah ab und sperrte sie zu Hause ein. Michael wollte ein solches Risiko nicht eingehen. Es war nur eine Rückkehr für kurze Zeit, aber trotzdem tat ihm jede Sekunde weh, die Hannah im Haus ihres Mannes verbringen musste. Heute allerdings sollte diese Zeit endgültig zu Ende gehen.

Vorgestern, kurz nach elf Uhr, war der Anruf gekommen, auf den er hingearbeitet hatte, seit ihm in Enders' schäbiger Strandhütte die Bild-Zeitung in die Hände gefallen war. Hannah hatte ihm mitgeteilt, dass der Leiter des DVA soeben die Auszahlungsanordnung für Nadine Ovic unterzeichnet hatte. Vier Millionen Euro, zu überweisen auf das von ihrem Anwalt schriftlich benannte Konto. Hannah hatte dafür gesorgt, dass die Anweisung sofort weitergeleitet und ausgeführt wurde. Michael hatte umgehend bei der Südsachsen-Bank angerufen und für heute die Abhebung angemeldet, damit sich die Bank nicht mit fehlenden Barreserven herausreden konnte.

Die Stunde war noch nicht ganz um, als der Abteilungsleiter zurückkehrte. Jetzt war er etwas freundlicher. Offenbar hatte er sich inzwischen damit abgefunden, dass die Südsachsen-Bank das Geld wieder los war.

»Die Überweisungen wurden ausgeführt, Herr Hertwig. Dies sind die Belege für die beiden Transaktionen.«

Michael nickte, rührte die Unterlagen aber nicht an. »Sehr schön. Und das Geld?«

»Hier.« Der Mann legte einen grauen Karton aus sehr starker Pappe auf den Tisch. Er war etwa halb so groß wie ein Schuhkarton. Michael musste ein Lächeln unterdrücken, als er sich der Merkwürdigkeit der Szene bewusst wurde. »Es wurde zweimal nachgezählt.«

»Daran zweifle ich nicht.« Michael nahm seine schwarze Aktentasche in die eine Hand, den Karton in die andere. »Ich danke Ihnen.«

68

Dr. Seisler bekam keine Gelegenheit, das zu tun, was er wollte.

Hannahs rechte Hand umklammerte noch immer den Koffer, aber in der linken, die sie hinter dem Rücken verborgen gehalten hatte, tauchte plötzlich eine Sprühdose mit Pfefferspray auf. Ihr Mann konnte das Gesicht im letzten Moment noch zur Seite wenden. Dennoch löste die Ladung einen sofortigen Hustenreiz aus. Hannah ließ es nicht dabei bewenden. Sie rammte ihm ihr Knie zwischen die Beine und legte in diesen Stoß allen Zorn, der sich in ihr aufgestaut hatte. Dr. Seisler heulte schrill auf. Er ging in die Knie und wälzte sich herum, die Hände zwischen seine Beine gepresst.

»Schnell, komm!« Hannah griff nach Lisas Hand und wollte mit ihr zum Taxi rennen.

Doch es war noch nicht vorbei. Lisa schrie plötzlich angsterfüllt auf. »Mama!«

Dr. Seisler lag noch immer am Boden, aber eine Hand war eisern um Lisas Knöchel gekrallt. »Ihr geht nirgendwohin!«, keuchte er.

Hannah zögerte nicht. Sie holte aus und stieß ihm die Schuhspitze mit voller Wucht in den Magen.

Wieder brüllte er laut auf vor Schmerz. Jetzt konnte Lisa sich losreißen.

»Nimm deinen Koffer!«, befahl Hannah.

Sie rannten zum Taxi. »In die Neustadt«, rief Hannah atemlos. »Zum Albertplatz.«

Der Fahrer gab mit keiner Miene zu erkennen, ob er mitbekommen hatte, was sich eben im Garten abgespielt hatte. Aber er schien für seine Kundin Partei zu ergreifen, denn er fuhr mit durchdrehenden Reifen los. Aus dem Rückfenster sah Hannah, wie ihr Mann zu seinem Porsche torkelte. Sie spürte, dass Lisa neben ihr zitterte und sich regelrecht an ihr festhielt.

»Mein Gott, machen Sie bitte schneller«, rief Hannah angsterfüllt. »Er fährt uns nach.«

»Ich tue, was ich kann«, antwortete der Fahrer, registrierte aber durchaus zufrieden, dass sie einen Fünfziger vorn auf den Beifahrersitz legte.

Sie rasten die Pillnitzer Landstraße entlang und dann weiter auf die Schillerstraße. Hinter dem Schillerhäuschen bog der Fahrer abrupt in eine schmale Seitenstraße ein und fuhr in eine Parklücke.

»Lassen Sie uns hier warten«, meinte er und drehte sich herum, um Lisa beruhigend die Wange zu tätscheln. »Keine Angst, Kleine! Euch passiert nichts, okay?«

Auf der Schillerstraße raste wenig später der rote Porsche vorbei.

»Ich schlage vor, Sie und Ihre Tochter machen sich unsichtbar«, sagte der Taxifahrer. »Legen Sie sich auf der Rückbank hin. Dann ist das hier ein Taxi wie jedes andere, und wir fallen nicht auf.«

Sie warteten noch ein paar Minuten, dann fuhren sie weiter auf die Bautzner Straße, bis zum Albertplatz. Der Porsche war nirgendwo zu sehen.

»Wo genau wollen Sie eigentlich hin?« Der Fahrer sah in den Rückspiegel.

»Setzen Sie uns bitte vor der Südsachsen-Bank ab.«

»Geht klar.« Der Fahrer bog auf die Königsbrücker Straße.

»Was passiert in der Bank, Mama?«, fragte Lisa. Ihre Stimme war dünn und brüchig. Ihr verstörter Blick verriet, wie aufgewühlt sie war.

Gestern Abend hatte Hannah ihr flüsternd erzählt, dass sie Dresden verlassen würden, heimlich und allein. Für immer. Lisa wollte nicht weg von ihren Freunden und ihrer Fußballmannschaft. Aber schon lange sehnte sie sich danach, den Schlägen und der Kälte ihres Vaters zu entkommen. Vor Aufregung hatte sie die ganze Nacht kein Auge zugetan.

Hannah streichelte ihren Kopf und drückte sie fest an sich. »Hab keine Angst, mein Schatz. Es wird alles gut. Du erinnerst dich doch an Herrn Hertwig, oder? Er wartet dort auf uns.«

Lisa nickte. Ja, sie erinnerte sich an ihn. Schon einmal hatten sie bei ihm Schutz gefunden.

Hannah gab dem Fahrer weitere fünfzig Euro, nahm die beiden Koffer und stieg mit Lisa aus. Michael hatte sie schon entdeckt und kam ihnen mit eiligen Schritten entgegen.

»Alles in Ordnung?«, fragte er.

Hannahs bestürzter Gesichtsausdruck gab ihm die Antwort. »Er ist uns gefolgt. Er kann jeden Moment hier auftauchen.« Ängstlich schaute sie sich um.

Michael zeigte in Richtung Bautzner Straße. »Hier lang. Wieso ist dein Mann denn nicht in seiner Praxis?«

»Dort war er, aber er ist misstrauisch geworden und zurückgekommen.«

Sie hasteten zum Bahnhof Neustadt. Michael hatte Hannah einen Koffer abgenommen und ihr stattdessen die Aktentasche gegeben. Unter dem linken Arm trug er den Karton mit dem Geld.

»Was ist passiert?«, fragte er unter leisem Keuchen.

In aller Kürze erzählte sie, welche Geschichte sie sich für ihren Mann zurechtgelegt hatte. »Zum Glück hat Rainer, unser Nachbar, mich von seinem Handy angerufen. Er weiß, wie die Dinge bei uns zu Hause stehen. Alle Nachbarn wissen es.« Sie verzog den Mund. »Er meinte, er habe nicht schnell genug geschaltet, als Daniel ihn wegen des angeblich schulfreien Tages gefragt hat.« Dann schilderte sie, was später vor dem Haus passiert war. Michael machte sich insgeheim Vorwürfe, weil er sie nicht schon gestern Abend zu sich geholt hatte.

Plötzlich stieß Lisa einen halblauten Schrei aus und zeigte nach vorn. »Da ...«, stammelte sie.

»Oh mein Gott, das ist er«, stöhnte Hannah, das Gesicht kalkweiß vor Schreck.

Auf der Bautzner Straße kam ihnen ein roter Porsche entgegen. Der Bahnhof war nur noch sechzig Meter entfernt, aber an der Stelle, an der sie standen, gab es keine Gelegenheit, sich zu verstecken.

»Rumdrehen«, befahl Michael und stellte sich vor sie, um sie mit seinem Körper zu verbergen. Doch es nutzte nichts. Als Dr. Seisler an ihnen vorbeifuhr, schaute er sich suchend um. Seine Augen blitzten auf wie winzige Messer, als er Hannah entdeckte.

»Schnell, er hat uns gesehen. Zum Bahnhof«, rief Michael. Sie rannten los. Lisa, die Fußballerin, hatte keine Mühe, mit dem Tempo der Erwachsenen mitzuhalten.

»Schneller, Mama«, rief sie atemlos. Ihre langen Zöpfe flogen hin und her.

Michael sah sich im Laufen um. Der Porsche hielt bereits. Doch der dichte Verkehr ließ ein Wenden nicht zu. Dr. Seisler musste warten und verlor wertvolle Sekunden. Derweil hatten die drei den Bahnhof erreicht.

»Ich habe schon Fahrkarten«, japste Michael. »Wir müssen Richtung Flughafen fahren.«

Sie stürzten die Treppen hinauf. Die S-Bahn zum Flughafen fuhr erst in zehn Minuten, aber die Regionalbahn nach Königsbrück stand bereit.

»Einsteigen!«, kommandierte Michael, während er die Karten mit zitternden Fingern entwertete. »In Klotzsche können wir in die Flughafen-S-Bahn umsteigen.«

Ängstlich starrten alle drei zur Treppe.

»Na los! Warum fährt das verdammte Ding nicht ab?« Hannah zitterte, und ihr Magen schlug Purzelbäume. Lisa weinte.

Dann schlossen die Türen. In diesem Moment tauchte auf der Treppe Dr. Seisler auf. Mit einem gewaltigen Satz stand er auf dem Bahnsteig, doch der Zug fuhr bereits. Wütend drosch er mit der Faust an das Fensterglas.

»Geschafft«, ächzte Michael.

In Klotzsche verbrachten sie einige bange Minuten, während sie auf die S-Bahn warteten, denn sie wussten nicht, wo der wütende Dr. Seisler überall nach ihnen suchen würde. Doch es gab keine weiteren Zwischenfälle. Gegen halb zwölf erreichten sie den Flughafen.

Michael schloss sich in einer Toilettenkabine ein, wo er dem Geldkarton dreißigtausend Euro entnahm, die er in drei Beträge verschiedener Höhe aufteilte und in drei Briefumschläge steckte. Die Umschläge verschwanden in seinem Jackett. Dann zählte er weitere fünfhunderttausend Euro ab. Sorgfältig packte er sie in eine schwarze Plastiktüte ein. Er ging zurück in die Abflughalle und verstaute den Geldkarton und die Plastiktüte in zwei getrennten Schließfächern.

Hannah hatte mit ihrer Tochter bei den Check-in-Schaltern gewartet. Als Michael wieder bei ihr war, zog er ein Blatt mit einem Reservierungscode aus der Aktentasche. »Wir fliegen jetzt nach Frankfurt.«

»Was wollen wir denn in Frankfurt?«, fragte Hannah.

»Überhaupt nichts. Es geht nur darum, unsere Spuren zu verwischen. Dein Mann wird dich garantiert suchen lassen.«

Hannah zuckte unsicher die Schultern. »Ehrlich gesagt, ich weiß überhaupt nicht, wo wir hinsollen. Ich glaube, Saarbrücken wäre keine so gute Idee.«

»Nein, da vermutet er euch wahrscheinlich zuerst.«

Michael unterbrach seine Erklärungen, weil sie nun mit dem Check-in an der Reihe waren. Es gab keinerlei Probleme, auch bei der anschließenden Sicherheitskontrolle nicht.

Als sie den Wartebereich vor dem Gate erreicht hatten, führte Michael die beiden zu einer abgelegenen Sitzreihe, wo sie allein waren.

»Hier.« Er zog den Schlüssel für eines der Schließfächer aus der Hosentasche. »In diesem Fach liegt eine halbe Million Euro. Dort ist das Geld erst einmal sicher. Ich wollte nicht, dass wir mit derartigen Summen durch die Gegend fliegen. Und das ...« Er gab ihr einen der Briefumschläge. »... sind zehntausend Euro für die ersten Wochen.«

Sie sah mit großen Augen auf den Schlüssel und den Umschlag in ihren Händen.

»Von Frankfurt aus fahrt ihr mit der Bahn nach Leipzig. Ich dachte, ihr könntet eine Zeitlang bei meinen Eltern wohnen«, fuhr Michael fort. »Sie haben in der Nähe von Leipzig ein schönes Bauernhaus mit zwei freien Zimmern. Dort könnt ihr euch verstecken und überlegen, wie es weitergehen soll.«

Hannah schluckte hart, um aufkommende Tränen zu unterdrücken. Es war lange her, dass sich jemand so um sie gekümmert hatte. »Das ... das klingt wirklich verlockend. Ich weiß nicht, was ich sagen soll.«

»Meine Eltern würden sich sehr freuen. Und ihr seid dort vollkommen in Sicherheit.«

»Glaubst du denn wirklich, dass Daniel nach mir suchen lässt?«, fragte Hannah ängstlich.

»Ja, das glaube ich«, erwiderte Michael ernst. Er sprach leise, damit Lisa nicht alles mitbekam. »Soll er seinem Großvater und dem Rest der Familie erzählen, dass du ihn verlassen hast? Womöglich noch wegen eines anderen Mannes? Die Schmach wäre viel zu groß.«

»Dann ist es vielleicht keine so gute Idee, zu deinen Eltern zu fahren. Ich will dich nicht in irgendetwas hineinziehen.«

»Das tust du nicht, weil man dich dort niemals finden wird. Zwischen uns beiden gibt es keine Verbindung. Eure Spur verliert sich in Frankfurt, weil du von dort anonym mit der Bahn weiterreist. Glaub mir, ich weiß, wovon ich rede.« Michael lächelte kurz, während er fortfuhr. »Mein Vater wird euch heute Abend mit dem Auto in Leipzig abholen und nach Wiedemar bringen. Unser Grundstück liegt außerhalb des Dorfes und ist von Feldern umgeben. Niemand wird erfahren, dass ihr dort seid. Ich werde meinen Vater bitten, irgendwann hierherzukommen und dein Geld abzuholen. Dann musst du nur noch entscheiden, wo du künftig leben willst.«

»Wissen deine Eltern denn überhaupt schon, dass ich mit Lisa auftauche?«

»Sobald wir in Frankfurt angekommen sind, rufe ich sie an und erkläre ihnen alles. Übrigens, hier sind noch fünfzehntausend Euro.« Michael zog einen weiteren Umschlag aus seiner Jackettasche. »Mein Vater hatte sie mir geliehen, als ich nach meiner Flucht aus Dresden Geld brauchte. Würdest du sie ihm bitte zurückgeben?«

»Gern.« Hannah verstaute den Umschlag in ihrem Koffer.

Michael sah nach draußen, auf die Rollbahn. Seine Gedanken wanderten weiter. Sobald er sich in Frankfurt von Hannah und Lisa verabschiedet hatte, würde er mit der nächsten Maschine zurück nach Dresden fliegen.

Denn der letzte schwere Kampf stand ihm noch bevor.

Als Michael Krohn war er gegangen. Als Michael Hertwig kam er zurück, um Julia erneut für sich zu gewinnen. Es gab so vieles, was zwischen ihnen stand. Aber wo stand geschrieben, dass es im Leben keine zweite Chance gab? Alles, was er wollte, war, dass Julia mit ihm kam, um irgendwo im Ausland einen Neuanfang zu versuchen. Er dachte an ein kleines Strandhaus in Pattaya. Sie besaßen eine halbe Million Euro, was in Thailand soviel war wie eine ganze. Genug, um zehn Jahre ohne Sorgen leben zu können. Und für die Zeit danach würde ihm schon etwas einfallen.

69

Julia hatte den Abend in ihrem Fitnessstudio auf der Prager Straße verbracht. Seit Aline wieder nach München zurückgekehrt war, trainierte sie meistens abends, weil sie keine Lust hatte, allein auszugehen. Neben ihrem üblichen Workout hatte sie zusätzlich dreißig Minuten auf dem Stairmaster absolviert und fühlte sich angenehm erschöpft, als sie die Treppen zu ihrer Wohnung hinaufstieg.

Im Flur streifte sie ihre Schuhe ab und ließ sie achtlos liegen.

Als sie das Wohnzimmer betrat, stieß sie einen Laut der Überraschung aus. Im gesamten Raum brannten Kerzen, auf dem Boden, den Sideboards, auf den Fensterbrettern. Es mussten Dutzende sein. Auf dem Esstisch war ein verlockendes Tapas-Büffet angerichtet. Daneben stand ein Krug Rotwein. Sie musste nicht lange überlegen, was das zu bedeuten hatte. Schon öffnete sich die andere Tür, die zur Küche führte.

»Guten Abend, Julia.«

Sie wich einen Schritt zurück, als Michael ins Zimmer trat, braungebrannt, rasiert, geradezu unverschämt gut aussehend in dem dunklen Anzug und dem blauen Hemd.

»Wow. Du hast dich ziemlich verändert«, entfuhr es ihr.

Regungslos stand sie an der Tür. In ihre Überraschung mischte sich Neugier, aber auch eine gewisse Vorsicht. Sie hatte nicht vergessen, was im Mai in dieser Wohnung passiert war. An jenem Abend hatte sie Angst vor ihm verspürt. Doch Michael vermittelte im Moment ganz und gar nicht den Eindruck, gefährlich zu sein.

Er zeigte lächelnd auf den Tisch. »Möchtest du etwas essen?«

»Die Tapas-Bar. Unser erstes Essen, damals in Leipzig.«

»Setz dich.« Er zog ihr den Stuhl zurück. Ihr Duft erinnerte zart und süß an Vanille, und allein ihre Nähe betörte ihn so sehr, dass er erschauerte. Am liebsten hätte er sie in die Arme genommen. Aber er wusste, dass er sehr behutsam sein musste.

Julia sah ihn an. »Es ist lange her, dass wir zusammen gegessen haben. Und es ist viel passiert seitdem.«

Vorsichtig goss er Rotwein in zwei Gläser. »Mehr als du ahnst«, erwiderte er und nahm ebenfalls Platz. »Ich habe dir einiges zu erzählen, Julia. Aber zuerst musst du wissen, was damals wirklich mit Andreas passiert ist.«

Ihre Miene verdüsterte sich bei der Erwähnung des Namens, aber das konnte er ihr nicht ersparen. Wenn sie neu beginnen wollten, musste er diese Sache vorher klären.

Während sie aßen, sprach er mit leisen und eindringlichen Worten. Es erwies sich als Vorteil, dass er zuvor schon Jan und Hannah alles erzählt hatte, denn das machte es jetzt viel einfacher.

»Aber warum dann die Flucht?«, fragte sie, als er fertig war.

»Erinnerst du dich, wie du reagiert hast, als du hereinkamst? Du warst sofort überzeugt, dass ich Andreas kaltblütig erschossen hätte. Du hast mich als Mörder beschimpft.«

»Ja, und das tut mir ungeheuer leid, Michael.« Sie legte ihre Hand auf seinen Arm. Die Berührung und die Worte wirkten auf ihn wie Stromstöße. »Was ist passiert, nachdem du die Wohnung verlassen hast?«

Er erzählte es ihr und nahm sich dafür viel Zeit. Ein paar Kleinigkeiten ließ er allerdings aus. Etwa die Sache mit der Kulikow-Akte. Er wollte keinen Streit mit Julia über ihren Vater und seine Kanzlei. Auch dass Hannah jetzt bei seinen Eltern war, verschwieg er. Die letzten Monate hatten ihn vorsichtig werden lassen. Als er schilderte, wie er Krestics Geld auf sein Konto umgeleitet und anschließend verteilt hatte, grinste Julia anerkennend.

»Das heißt also, du besitzt jetzt eine halbe Million Euro.«

»Du kommst gleich zur Sache, was?« Er grinste ebenfalls und stellte den Karton auf den Tisch. »Hier.«

»Dieses Geld macht dich unabhängig. Warum bist du das Risiko eingegangen, hierher zurückzukommen, Michael? Du wirst noch immer wegen Mordes gesucht!«

Er überging die Frage. »Möchtest du tanzen?« Er stand auf, um den CD-Player einzuschalten.

Ein altes Lied von Barry White erklang. Sie zögerte etwas, gab aber schließlich nach. Michael hätte am liebsten geweint vor Glück. Als sie die Arme um seinen Hals schlang, waren die Stromstöße wieder da. Er fühlte sich wie im Himmel. Seine Hände auf ihren Hüften schienen zu glühen. Er spürte ihren Atem an seinem Hals und wünschte sich, dass er die Zeit anhalten könnte.

Julia schmiegte sich an ihn. Zum ersten Mal seit vielen Monaten fühlte sie wieder so etwas wie Spannung und Erwartung. Wie im Rausch genoss sie die Musik und Michaels Berührungen. Sie hoffte, dass er den Bann nicht durch Worte brechen würde. Langsam ließ er seine linke Hand über ihren Rücken gleiten. Sie rieb ihre Wange an seiner, dann suchten ihre Lippen seinen Mund, ließen ihn nicht mehr los. Ihre Hände öffneten die Knöpfe seines Hemdes. Seine Brust war glatt rasiert und deutlich fester, als sie sie in Erinnerung hatte. Die Schultern waren breiter, die Oberarme muskulöser. Sie genoss es, ihn zu berühren. Ihre Finger glitten tiefer, um seinen Gürtel zu lösen und die Hose zu öffnen. Derweil streiften seine Hände ihr das schwarze Kleid von den Schultern. Langsam, fast widerwillig glitt es über ihre Brüste und rutschte langsam nach unten. Ihre Küsse ließen ihn erschauern. Prickelnde Erregung breitete sich in ihm aus, heiß und unaufhaltsam wie Lava. Ohne voneinander abzulassen, schoben und zogen sie sich gegenseitig in Richtung des Schlafzimmers. Michaels Fingerkuppen strichen über ihre Schultern, ihren Rücken. Sie stöhnte auf, als sie seine Hände auf ihren Brüsten spürte. Ihre Haut brannte unter seinen Berührungen. Wie in Trance drehte sie sich um und stieß ihn auf das Bett.

»Ausziehen!«, befahl sie heiser. In ihren Augen lag fiebriges Verlangen.

Während er gehorsam seine Shorts abstreifte, zog Julia erst das rechte, dann das linke Band ihres Höschens auf und ließ es zu Boden fallen. Sie bebte vor Erregung, als sie Michael betrachtete, der muskulös und braungebrannt vor ihr lag. Mit einem Schritt war sie auf dem Bett und setzte sich auf ihn. Wonneschauer liefen ihr den Rücken herunter, als sie ihn heiß in sich spürte. Seine Finger gruben sich in ihre Oberschenkel, wanderten über ihre Hüften zu ihren Pobacken und bestimmten den Takt ihrer Bewegungen. Lustvoll stöhnend gab sich Julia seinen Berührungen hin, ganz und gar verloren in dem wunderbar wiegenden Gefühl. Später war er über ihr, schwer und stark, nach Moschus duftend. Sie umklammerte ihn mit ihren Schenkeln und presste ihn fest an sich. Sein Geruch machte sie trunken, und sie hatte das Gefühl zu zerfließen. Schließlich, als seine Bewegungen schneller wurden, zog sich alles in ihr zusammen, zitterte und vibrierte, bis sie sich voller Erlösung aufbäumte.

»Oh, mein Gott!« Sekundenlang rang sie nach Atem, als sei sie soeben vom Meer ans Ufer gespült worden. »Oh, mein Gott!«

Verschwitzt und erschöpft lagen sie nebeneinander. Julia fuhr spielerisch mit dem Finger über seine nackte Brust. »Eines habe ich übrigens immer noch nicht verstanden.«

»Was denn?«

»Wieso bist du für eine halbe Million derartige Risiken eingegangen, wenn du die ganze Zeit vierzig Millionen mit dir herumgeschleppt hast?«

Er fiel aus allen Wolken. »Was? Wovon redest du?«

Sie kicherte über sein fassungsloses Gesicht. »Als du geflohen bist, hattest du doch Andreas' Tasche bei dir, oder?«

»Ja, ich hatte sie in der Hektik verwechselt. Und?«

»Er war an dem Tag in Zürich.«

»Ich weiß. Irgendwelche Bankgeschäfte.«

»Konkret ging es dabei um Schmiergeld für einen russischen Politiker. Andreas hat vierzig Millionen Euro von einem Treuhandkonto der Kanzlei auf ein neu eröffnetes Nummernkonto bei irgendeiner anderen Bank überwiesen. Die Kontonummer muss sich bei seinen Unterlagen befunden haben. In der Tasche. Niemand sonst kennt sie. Deshalb hat Papa sogar einen Privatdetektiv beauftragt, der nach dir suchen sollte. Du hast den Schlüssel zu einem riesigen Vermögen bei dir.«

»Einen Privatdetektiv?« Er setzte sich kerzengerade hin.

Rügen. Der Fremde, der mir gefolgt ist.

Verwirrt sah er Julia an. »Aber in der Tasche ist nichts. Ich habe sie durchsucht, als ich in Göhren ankam. Es gab keinerlei juristische Dokumente, keine Bankunterlagen, nichts.«

»Irgendetwas muss da sein. Papa und dieser Detektiv gehen davon aus, dass Andreas vielleicht irgendwo in seinem Terminkalender etwas hingekritzelt hat, womit du nichts anfangen konntest.«

Michael ließ sich in die Kissen zurücksinken. Diese Neuigkeit musste er erst einmal verdauen. Vierzig Millionen. Es kam ihm so vor, als hätte dieser verdammte Brunner ihn ein zweites Mal betrogen. Selbst im Grab lachte er noch über ihn.

»Wo ist die Tasche eigentlich?«, fragte Julia.

»In ... in meinem Versteck.« Plötzlich war er voller Energie. »Hör zu! Ich fahre hin und hole sie. Kann ich deinen Wagen nehmen?«

»Klar.«

»Ich bin in einer halben Stunde wieder da.«

Als er weg war, blieb sie auf dem Bett liegen. Über ihre Wange rollte eine Träne. Sie fühlte sich jetzt noch schuldiger. Alles, was Michael ihr heute erzählt hatte, klang logisch und überzeugend. Wenn sie in jener Nacht auf seiner Seite gestanden hätte ... Damals hatte sie nicht eine Sekunde an dem gezweifelt, was sie zu sehen glaubte. Und genau das hatte sie auch bei der Polizei zu Protokoll gegeben und damit die Jagd auf den Mann eröffnet, mit dem sie verheiratet war. War diese Jagd jetzt noch zu stoppen? Konnte sie zur Polizei gehen und ihre Aussage widerrufen? Würde Harder akzeptieren, dass der Tod seines Cousins ein bedauerlicher Unfall war, an dem Andreas durchaus eine Mitschuld trug? Julia bezweifelte das.

Sie machte sich bittere Vorwürfe.

70

Eine Dreiviertelstunde später hörte sie Michaels Schritte im Flur. Er stürmte ins Schlafzimmer und warf eine schwarze Tasche aufs Bett. »Da ist sie. Schnell, sehen wir nach!«

Mit fliegenden Fingern öffneten sie die Tasche und schütteten den Inhalt aufs Bett. Julia nahm sich den schwarzen Kalender und schlug die Seiten vom Mai auf.

»Hier ist der Freitag, als er in Zürich war«, flüsterte sie atemlos. Dass ihre Verabredung mit Brunner ebenfalls eingetragen war, überging sie. »Da!«, kreischte sie plötzlich und tippte auf die Seite vom Donnerstag davor. »Das ist es.«

Sie drehte den Kalender zu ihm herum.

Wie durch einen Schleier sah Michael auf die handschriftliche Eintragung.

Nemzow/40
Forum Credit Bank, Vaduz
577GH-45-X-96/05
Potemkin

»Andreas' russischer Klient heißt Nemzow. Generalgouverneur Alexander Nemzow. Vierzig heißt vierzig Millionen Euro. Da ist die Kontonummer, und Potemkin muss das Kennwort sein. Papa hat gesagt, dass es ein IBCO-Account ist, also ein Nummernkonto mit Kennwort.« Julias Gesicht leuchtete vor fieberhafter Spannung.

Sie rutschte hinüber zu Michael, der sich wieder ausgezogen hatte und so teilnahmslos dalag, als ginge ihn das alles nichts an. »Was willst du jetzt tun?«, fragte sie.

»Das hängt von dir ab!« Seine Hand fuhr durch ihre schwarzen Haare.

»Von mir? Wie meinst du das?«

»Du weißt genau, wie ich das meine.« Mit dem Zeigefinger umspielte er ihr Feuermal. »Wir könnten die vierzig Millionen nehmen und einfach verschwinden. Nach Amerika, nach Asien - wohin du willst. Wichtig ist nur, dass du bei mir bist. Ich wollte nie mehr, als einfach nur mit dir zusammen sein. Ich liebe dich, Julia!«

Sie sah in seine Augen und spürte die Zärtlichkeit in seinem Blick. Wieder wurde ihr bewusst, was sie stets an ihm angezogen hatte. Es war die Bedingungslosigkeit seiner Zuneigung, die ihr das Gefühl von Geborgenheit gab.

71

Als Michael am Morgen erwachte, suchten seine Augen als erstes nach Julia, so, als wollte er sich vergewissern, das Wiedersehen mit ihr nicht nur geträumt zu haben. Er war erleichtert, dass sie neben ihm lag, schlafend und mit der Andeutung eines Lächelns auf den Lippen.

Doch diese Erleichterung verschwand, als er feststellte, dass er seine Arme nicht bewegen konnte. Ein leises metallisches Klirren verriet ihm den Grund: Sie waren mit Handschellen an das eiserne Bettgestell gekettet.

»Guten Morgen, Micha.« Peter Herzog saß in einem bequemen Korbsessel direkt am Fußende des Bettes. Seine Miene zeigte weder Triumph noch Freude, nur Müdigkeit und Erschöpfung. »Es hat lange gedauert, aber nun wendet sich doch noch alles zum Guten. Ich möchte dir Herrn Roemer vorstellen.« Er zeigte auf den hageren Mann an der Tür, der die dunklen, wachsamen Augen eines Hühnerhabichts hatte. Dann wies Herzog auf Stefanie Anders und Jörg Sänger. »Zwei seiner Mitarbeiter.«

Michael hob den Kopf ein wenig, um sie der Reihe nach anzusehen. Am liebsten hätte er geweint vor Wut und Enttäuschung. Sein schlimmster Alptraum war Realität geworden. Seine Augen wanderten wieder zu Julia.

»Nein, sie wusste von nichts«, sagte Herzog, der den Blick registrierte.

Jetzt wachte Julia ebenfalls auf, blinzelte verschlafen und fuhr dann, als sie ihren Vater sah, erschrocken hoch. »Papa! Was tust du denn hier?« Verwirrt sah sie sich um. Ihre Finger umklammerten das dünne Laken.

Herzog vermied es, seiner Tochter in die Augen zu sehen. »Es tut mir leid, Julia, aber du warst unsere letzte Chance, Micha doch noch zu kriegen. Beziehungsweise das hier.« Er hielt den schwarzen Taschenkalender in die Höhe. »Ich wusste, irgendwann würde Micha zu dir kommen. Du bedeutest ihm alles.«

»Ach, auf einmal?« Michael zerrte wütend an den Handschellen. »Früher wolltest du das nie wahrhaben, Peter. Du konntest mich nicht ausstehen.«

Herzog nickte. »Ich habe viel mit Julia geredet in den letzten Monaten. Und einige Dinge sehe ich heute anders. Mir wurde klar, es ist nur eine Frage der Zeit, bis du hier auftauchst. Deshalb haben wir auf dich gewartet.«

»Soll das heißen, dass du mich überwacht hast?« Julia sah ihren Vater fassungslos an. In diesem Moment verabscheute sie ihn, weil er sie benutzte, um seine Probleme zu lösen.

»Es tut mir entsetzlich leid, Julia, aber was hätte ich tun sollen? Ich musste einfach wissen, was mit dem Geld passiert ist. Meine Kanzlei war verantwortlich dafür. Ich persönlich war verantwortlich.« Seine Stimme war voller Bedauern. »Eigentlich wollten wir sofort zuschlagen, nachdem Michael gestern hierher gekommen ist. Aber er hatte die verdammte Tasche nicht bei sich. Also haben wir gewartet. Dann habt ihr euch über das Geld unterhalten.«

»Was sagst du da?« Julias Gesicht war krebsrot vor Wut. Sie sah aus, als könne sie jeden Moment explodieren. »Soll das heißen, ihr habt uns zugehört? Die ganze Nacht?«

Alle vier Eindringlinge hatten den Anstand, leicht zu erröten.

»Nein, Julia, nur ich. Niemand sonst.« Herzog streckte verlegen die Hand nach ihr aus. »Glaub mir, ich weiß, wie all das aussehen muss, aber ...« Er verstummte resigniert.

Julia schlang das Laken um ihren Körper. Dann stürmte sie aus dem Zimmer und schlug krachend die Tür hinter sich zu. Keiner wagte es, sie zurückzuhalten.

Herzog blätterte in Brunners Kalender, bis er den Donnerstag mit der Eintragung fand. Nachdenklich sah er Michael an. »Ein Leben ausgelöscht, eine Karriere zerstört, Vater und Tochter entfremdet, einen wichtigen Mandanten enttäuscht. Quälende Monate voller gegenseitiger Vorwürfe. Außerdem eine gewaltige Kraftanstrengung, um das hier wiederzubekommen – und alles nur, weil dieser Brunner seinen Unterleib nicht unter Kontrolle hatte.«

Er stand auf und schickte sich an zu gehen.

»Und was wird jetzt aus mir?«, fragte Michael ohne große Illusionen. Sein Schwiegervater hatte ihn schon einmal der Polizei ausgeliefert.

Doch zu seinem Erstaunen erwiderte Herzog kühl: »Ich habe nicht vor, Harder oder die Polizei zu informieren. Das bedeutet allerdings nicht, dass ich dir deine Geschichte glaube.« Er wandte sich ab und nickte Roemer zu.

»Ich kann also gehen?« Michael klirrte mit den Ketten, wie zur Erinnerung, dass er noch immer gegen seinen Willen festgehalten wurde.

»Nicht so schnell«, sagte Tim Roemer. »Ich fliege mit Ihrem Schwiegervater jetzt nach Liechtenstein. Bis in Vaduz alles geregelt ist, bleiben Sie hier. Wir wollen nicht, dass Sie uns noch einmal dazwischenfunken. Herr Sänger wird auf Sie aufpassen.« Er klopfte Sänger auf die Schulter und sagte: »Entferne bei der Gelegenheit sämtliche Mikros aus der Wohnung.«

Von draußen war plötzlich das Knallen einer Tür zu hören.

Sänger und Stefanie eilten hinaus, kamen aber schon wenige Momente später wieder zurück. »Frau Krohn ist weg«, sagte Stefanie.

Sänger fügte mit einem schadenfrohen Blick auf Michael hinzu: »Die halbe Million hat sie mitgenommen. Sollen wir ihr folgen?«

»Nein! Lassen Sie sie in Ruhe!«, befahl Herzog barsch. »Ich kümmere mich um sie.« Dann wandte er sich noch einmal an Michael. »Ach ja, das Geld aus dem Fall Ovic. Wir haben uns schon gedacht, dass du die Sache verfolgen würdest. Allerdings habe ich mich wirklich gefragt, wie du es anstellen könntest, an unser Honorar zu kommen.«

»*Unser* Honorar? Das war mein Fall. Du wolltest nicht einmal, dass die Kanzlei ihn übernimmt, erinnerst du dich?«

»Natürlich. Ich habe dich allerdings immer für einen guten Anwalt gehalten. Dies ist der Beweis, dass ich Recht hatte. Ich weiß auch, dass du Nadine Ovic die ihr zustehenden drei Millionen Euro überwiesen hast. Das war anständig, Michael, verdammt anständig.«

Michael musste bei diesem Lob aus dem Mund seines Schwiegervaters lächeln. Wenn Peter wüsste, was der Preis für Friedrichs Unterstützung gewesen war, würde er ganz anders reden, dachte er. Aber offenbar war ihm das Fehlen der Kulikow-Akte noch nicht aufgefallen. Jan hatte ihm per E-Mail mitgeteilt, dass der Oberstaatsanwalt begeistert war von dem Material.

Sorgfältig verstaute Herzog den Kalender in der Innentasche seines Jacketts.

»Was soll ich jetzt tun?«, fragte Stefanie.

Roemer inspizierte gerade ein letztes Mal die Handschellen. »Du fährst zurück nach Berlin. Unser Job hier ist zu Ende«, sagte er. Dann wandte er sich wieder zu Sänger. »Sobald wir in Vaduz alles erledigt haben, rufe ich an. Du lässt ihn frei und kehrst ebenfalls nach Berlin zurück!«

Dort warteten bereits ein paar neue Aufträge, aber das meiste davon war Kinderkram, um den sich seine Mitarbeiter kümmern konnten. Tim Roemer zog es nicht so schnell ins Büro zurück. Schließlich hatte er soeben vier Millionen Euro verdient. Er beschloss, sich ein verlängertes Wochenende in der Toskana zu gönnen.

72

Es hatte zwei Tage und zwei Nächte ununterbrochen geregnet. Jetzt lag der Geruch von feuchten Blättern über dem Grundstück der Krohns. Die Erde war so weich, dass man mit jedem Schritt einsackte und tiefe Fußabdrücke hinterließ. Zwischen den mächtigen Eichenstämmen, die das Wohnhaus auf zwei Seiten umgaben, glomm ein blasses Morgenrot.

Hannah war eine Stunde lang in Gummistiefeln auf dem Anwesen herumgewandert. Sie hatte die feuchte Luft so intensiv eingeatmet wie jemand, der nach vielen Jahren im Gefängnis endlich wieder die Freiheit genoss. Es stimmte, was Michael gesagt hatte. Hier würde sie so schnell keiner Menschenseele begegnen. Dicke Bäume, Büsche und Sträucher schirmten das Haus vor der Straße ab. Die nächsten Nachbarn wohnten einen Kilometer entfernt, dazwischen lagen Felder und Wiesen.

Ihre Reise hierher war genau nach Plan verlaufen. Niemand hatte sich dafür interessiert, als sie und Lisa gestern am Leipziger Hauptbahnhof bei strömendem Regen in Winfried Krohns Wagen geschlüpft waren. Gegen Abend waren sie in Wiedemar angekommen, mit nichts als ihren Koffern in der Hand, aber einem neuen Leben vor sich. Hannah fühlte, wie ihre Angst mit jeder Stunde etwas nachließ. Außerdem hatte sie das Gefühl, bei den Krohns wirklich willkommen zu sein. Die beiden freuten sich sichtlich über ihre Gäste. Nachdem Michael mit ihnen telefoniert und Hannahs Kommen angekündigt hatte, hatten sie im Obergeschoss zwei Zimmer für sie hergerichtet und für Lisa sogar ein paar alte Kinderbücher und Spielsachen vom Dachboden geholt. Es hatte ein üppiges Abendessen für die beiden erschöpften Ankömmlinge gegeben. Hannah musste den Krohns alles über Michael erzählen und unzählige Fragen beantworten. Ein großes Glas Rotwein sorgte dafür, dass sie anschließend fest und traumlos schlief.

»Guten Morgen, Hannah. Lisa frühstückt gerade. Kommen Sie doch auf eine Tasse Kakao herein«, rief Frau Krohn durch das Küchenfenster. Sie war eine kleine, kräftige Frau voller Warmherzigkeit und Mitgefühl, die das Landleben liebte und leidenschaftlich gern kochte.

Hannah ging in die Küche, in der ein Herdfeuer prasselte, gab ihrer Tochter einen Kuss und nahm von Frau Krohn dankend eine Tasse mit Kakao entgegen.

»Hier, probieren Sie ein Stück von dem Kuchen«, sagte die Gastgeberin.

»Und was ist mit mir?« Winfried Krohn trat ein. Er trug Jeans, eine Cordjacke und eine Schirmmütze, die er abnahm und an einen Haken hängte. »Guten Morgen. Wie war Ihre erste Nacht auf dem Bauernhof, Hannah?«

»Ich habe lange nicht mehr so gut geschlafen. Es ist wunderschön hier«, sagte Hannah und atmete tief durch. »So friedlich und ruhig. Einfach idyllisch.«

Frau Krohn schenkte ihrem Mann aus einer dickwandigen, mit roten Blüten bemalten Kanne ebenfalls Kakao ein. Dann schnitt sie ein weiteres Stück von dem Schokoladenkuchen ab. »Es freut mich, dass es Ihnen gefällt. Sie können bleiben, so lange Sie wollen«, sagte sie. »Niemand wird Sie hier finden. Und niemand wird Sie von hier vertreiben.«

An Lisas leuchtenden Augen erkannte Hannah, dass ihrer Tochter die Vorstellung gefiel, ein paar Wochen hier zu wohnen. Es hatte etwas von einem Abenteuer. Niemand durfte wissen, wo sie waren, Schule gab es nicht, dafür konnte sie den ganzen Tag spielen und fernsehen. Ihr Vater und ihre Angst vor ihm waren weit weg. Nur der Sport fehlte ihr. Aber Herr Krohn hatte bereits versprochen, in der Stadt einen Ball zu kaufen und auf der Wiese hinter dem Haus ein kleines Fußballtor zu errichten.

»Wir möchten Ihnen unter keinen Umständen zur Last fallen«, sagte Hannah verlegen.

Das ließ die Gastgeberin jedoch nicht gelten. »Unsinn. Es ist sowieso viel zu ruhig hier, seit die Kinder aus dem Haus sind. Außerdem – haben Sie denn schon eine Idee, wo Sie künftig leben wollen?«

»Nein«, musste Hannah zugeben.

»Na also. Sie und Lisa bleiben jetzt erst einmal hier und erholen sich. Dann sehen wir weiter.«

73

Sänger schien sein Telefon, ein Motorola Milestone, zu streicheln, so geschmeidig glitten seine Finger über die Bildschirmtastatur. »Sänger am Apparat. Ich habe Krohn in Gewahrsam, Herr Minister. Verschnürt und versandfertig. Er wartet auf Sie.«

Vom anderen Ende der Leitung war ein überraschtes scharfes Atmen zu hören. »Wo sind Sie?«

Sänger saß in dem Korbsessel vor dem Bett und blickte hinüber zu Michael, der ihn mit vor Entsetzen aufgerissenen Augen anstarrte. »Bevor er in Ihren Besitz übergeht, haben wir allerdings noch eine Sache zum Abschluss zu bringen, Herr Minister.«

»So? Was denn?«

»Mein Bruder«, presste Sänger zwischen den Zähnen hervor, verärgert über die gespielte Unwissenheit seines Gesprächspartners. »Er sitzt noch immer im Gefängnis. Hier geschieht nichts, ehe er nicht frei ist.«

»Ich sagte doch, ich werde ihn rausholen.«

»Dann tun Sie das!«

»Das könnte eine Weile dauern.«

»Nein, Herr Harder. Sie sind der verdammte Innenminister. Ihn rauszuholen, dauert keine Weile. Nicht für Sie. Ich gebe Ihnen drei Stunden. Wenn er mir innerhalb dieser Frist mitteilt, dass er frei ist, kriegen Sie Krohn. Andernfalls können Sie unseren Deal vergessen.«

»Warum sollte ich mich darauf einlassen? Wer sagt mir denn, dass Sie Krohn wirklich haben?«

»Sobald wir unser Gespräch beendet haben, bekommen Sie per MMS ein schönes Foto von uns beiden. Das müsste als Beweis genügen.«

»Na schön. Danach sollten Sie und Ihr Bruder mir allerdings aus dem Weg gehen, Sänger. Am besten, Sie beide verschwinden aus Sachsen. Und zwar für immer.«

Dann war die Verbindung unterbrochen.

Sänger setzte sich neben Michael aufs Bett. »Bitte lächeln, Micha!« Er hielt das Smartphone mit der integrierten Digitalkamera vor ihre Köpfe und schoss das Foto. Anschließend schickte er es als MMS an Harder.

Das wäre erledigt.« Er sah Michael mit gespieltem Bedauern an. »So, wie Roemer und dein Schwiegervater sich die Sache vorstellen, wird es nicht laufen. Ich kann dich leider nicht freilassen.«

»Was ist das denn für eine Geschichte mit Ihrem Bruder?«

Sänger holte eine Flasche Bier aus dem Kühlschrank und machte es sich wieder im Korbsessel bequem. Eine Schale mit Erdnüssen stand in Reichweite. »Ralf hat sechs Jahre abzusitzen. Eine Kneipenschlägerei. Vier Jahre hat er demnächst weg.«

»Dann kommt er doch sowieso auf Bewährung raus. Was soll der Zirkus mit Harder?«

»Es gibt keine Zwei-Drittel-Entlassung. Ralf ist manchmal ... nicht diplomatisch genug. Und jetzt hat er im Gefängnis ein bisschen Ärger.«

»Was hat das mit mir zu tun, verdammt?«

»Ich bin davon ausgegangen, dass wir dich früher oder später schnappen. Allerdings wollte dein Schwiegervater nur das Geld, nicht dich«, fuhr Sänger fort. »Da habe ich die Chance gesehen, meinem Bruder zu helfen. Ich bin zu Harder und habe ihm einen Deal vorgeschlagen. Ich liefere dich, er lässt Ralf frei. Jetzt bekommen alle, was sie verdienen. Der Mandant deines Schwiegervaters kriegt seine Kohle zurück. Ich hole meinen Bruder aus dem Gefängnis. Harder kann seinen Cousin rächen, indem er dich zu lebenslänglicher Haft verurteilen lässt. Sieht so aus, als hättest du am Ende die Arschkarte gezogen.« Er lehnte sich voller Zufriedenheit zurück und nahm einen Schluck aus der Bierflasche.

»Wie wollen Sie Roemer eigentlich erklären, dass ich hier verhaftet wurde?«

»Gar nicht. Er wird irgendwann anrufen und sagen, dass ich dich freilassen kann. In meinem Bericht wird später stehen, dass ich dir die Handschellen abgenommen habe und verschwunden bin. Keine Ahnung, wie der Innenminister herausgefunden hat, dass du hier bist.«

Damit schien Sängers Redefluss erschöpft. Er zog die neueste Ausgabe der Sport-Bild aus seiner Jackentasche und lehnte sich zurück. Zwischendurch schaute er immer wieder auf die Uhr.

Michael hatte nicht den Hauch einer Chance. Die Handschellen machten von vornherein jede Flucht unmöglich. Keine zwei Meter entfernt saß Sänger, dessen Wachsamkeit auch hinter dem Sportmagazin nicht nachließ.

Der Sekundenzeiger der Uhr drehte langsam, aber unermüdlich seine Runden.

Nach zwei Stunden und fünfzig Minuten zerriss das Klingeln des Smartphones die Stille in der Wohnung.

»Jörg? Hier ist Ralf. Ich bin draußen. Du hast es geschafft, verdammt noch mal.«

Sänger ballte triumphierend die Faust und stand auf. »Wo bist du?«

»Am Hauptbahnhof. Die Bullen haben mich hier abgesetzt.«

»Hast du Geld?«

»Etwa hundertzwanzig Euro.«

»Gut, das reicht. Hör mir jetzt genau zu, Ralf! Du nimmst ein Taxi und fährst zum Bahnhof Mitte. Gegenüber befindet sich das Hotel Schnellenbach.«

»Ja, ich weiß. Das gab es damals schon.«

»Dort quartierst du dich erstmal ein. Ich habe ein Zimmer reserviert. In einer Stunde bin ich bei dir.«

»Wird gemacht. Und, Kleiner, das vergesse ich dir nie.«

Die Verbindung war keine Minute unterbrochen, da klingelte es erneut. Diesmal war es der Minister.

»Ihr Bruder wurde auf Bewährung freigelassen, Sänger. Wo ist Krohn?« Harders Stimme vibrierte vor Ungeduld.

»In Dresden. In seiner Wohnung auf der Bürgerstraße, Herr Minister.« Er nannte ihm die Nummer. »Sie können ihn hier abholen lassen.«

Dann packte Sänger seine Sachen. »Ich schätze, dass Harders Leute in spätestens fünfzehn Minuten hier sind. Das war es dann für dich. Tut mir leid, Kumpel.«

Das Mobiltelefon klingelte zum dritten Mal. Sänger nickte zuversichtlich, so wie jemand, der mit dem Lauf der Dinge ganz und gar einverstanden ist. »Das wird Roemer sein. Der Kreis schließt sich.«

74

Sänger stand mit dem Telefon am Fenster, sprach aber kein Wort bis auf ein vereinzeltes »Was?« und »Das gibt's doch nicht.« Auf seinen Lippen gefror das Siegerlächeln. Nach drei Minuten legte er das Telefon weg und sah Michael verwirrt an.

»Das war Roemer.«

»Und?« Michael wusste, was jetzt kam. In seinen Augen funkelte Schadenfreude.

»Er war mit deinem Schwiegervater in der Bank, um das Geld abzuholen. Bei der Forum Credit Bank in Vaduz gibt es überhaupt kein Konto mit dieser Nummer. Sie standen wie Trottel vor dem Bankdirektor. Du hast uns reingelegt.« Sängers Lippen bebten.

»Allerdings.« Michael sah ihn triumphierend an.

Einen Augenblick herrschte völlige Stille. Beide stellten sich vor, wie Herzog und Roemer selbstbewusst die Bank betreten hatten und umgehend ins Büro des Direktors geführt worden waren. Kaffee für alle, vielleicht auch ein paar Kekse und ein geschäftsmäßiges Lächeln des Direktors, der zur Unterstützung einen Assistenten hinzugezogen hatte. Voll innerer Erleichterung hatte

Herzog sein Anliegen vorgetragen und die Kontonummer heruntergeschnurrt.

Was dann folgte, waren Momente der Peinlichkeit. Zunächst vorsichtiges Nachfragen hier, gutgläubiges Beharren da. Zunehmende Irritationen, nervöse Blickwechsel zwischen dem Direktor und seinem Assistenten, hektisches Geklapper auf einer Computertastatur, nochmaliges Überprüfen und schließlich das endgültige Ergebnis. Bei der Forum Credit Bank existierte kein Konto mit der angegebenen Nummer. Hatte nie existiert.

»Eigentlich hätte mein Schwiegervater ja bereits bei dem Kennwort stutzig werden können«, sagte Michael grinsend. »Potemkin, klingelt da was, hm?« Doch sein Bewacher hatte offenbar keinen Sinn für feine Ironie. Es war an der Zeit, zu handfesteren Dingen überzugehen. »Roemer hat Ihnen natürlich die strikte Anweisung erteilt, mich nicht freizulassen?«, fragte Michael. Sängers Schweigen war Antwort genug.

»Dürfte schwierig werden, ihm zu erklären, dass ich mich in Polizeigewahrsam befinde, wenn er wieder hier landet. Zumal ich natürlich eine umfangreiche Aussage mache über alles, was sich hier abgespielt hat, nachdem mein Schwiegervater die Wohnung verlassen hat. Ihren Job sind Sie los, Sänger.«

Sänger stürzte zum Bett und packte Michael wutentbrannt am Hals. »Wo ist das Geld? Los, rede!«

»Sie werden es nie erfahren, wenn Sie mich umbringen«, keuchte Michael. »Alle Daten sind in meinem Kopf gespeichert. Nur dort.«

Sänger holte ein Messer hervor. »Noch einmal: Wo ist das Geld?«

»Ihr Messer beeindruckt mich nicht im Geringsten, Herr Sänger.« Michael sprach so bestimmt wie möglich, um sich seine Angst nicht anmerken zu lassen. Er setzte darauf, dass Sänger die Zeit weglief. *Gehetzte Männer machen Fehler.*

»Zum letzten Mal: Wo ist das Geld«, zischte Sänger und drückte ihm das Messer gegen den Hals. Auf seiner Stirn standen kleine Schweißperlen.

Michael holte zum entscheidenden Schlag aus. »Vierzig Millionen Euro warten auf uns. Zwanzig für jeden.« In seiner Stimme lag ein sanftes, geduldiges Timbre, als er zum vertraulichen Du überging. »Zwanzig Millionen für dich, wenn du mich hier rausschaffst, ehe Harders Leute kommen. Dann brauchst du den Job bei Roemer nicht mehr. Du musst nie mehr arbeiten. Außerdem hast du deinen Bruder aus dem Knast bekommen. Ein Sieg auf der ganzen Linie.«

Er sah das schlagartige Aufflackern der Gier in Sängers Augen, sah, wie sein Hirn auf Hochtouren arbeitete. Zwanzig Millionen Euro. Wer konnte bei einer solchen Summe schon widerstehen?

»Uns bleibt nicht viel Zeit, Sänger«, drängte Michael.

Sänger rannte zum Fenster und sah hinunter auf die Straße. Dann ging er zum Bett zurück. »Okay, wir teilen. Sag mir, wo das Geld ist, Partner!« Seine Verschlagenheit stand ihm so deutlich ins Gesicht geschrieben wie der Abdruck einer Hand nach einer harten Ohrfeige.

Michael schnaubte verächtlich. »Wir müssen zum Flughafen. Mehr erfährst du erst, wenn wir dort sind ... Partner«, fügte er gedehnt hinzu.

Sänger hielt ihm wieder das Messer an den Hals. »Ich warne dich! Keine Tricks. Wenn du abhauen willst, mache ich dich fertig!« Er suchte seine Schlüssel hervor und löste die Handschellen von Michaels Armen. »Wir nehmen meinen Wagen«, sagte er.

Michael schlüpfte eilig in seine Sachen. Zuletzt warf er den grauen Herbstmantel über, den er sich zugelegt hatte, als die Tage allmählich kälter geworden waren. Darin befanden sich sein Ausweis und seine Geldbörse.

Zehn Sekunden später rannten sie die Treppe hinunter. Auf der Straße war noch alles ruhig. Doch kaum saßen sie in Sängers Toyota, rasten auf der Bürgerstraße drei Polizeiwagen heran.

»Runter«, schrie Sänger.

Sie duckten sich so tief wie möglich. Von ihrem Standort konnten sie erkennen, dass die Streifenwagen direkt vor dem Hauseingang hielten und acht Polizisten hineinstürmten.

»Los, du fährst«, zischte Sänger und drückte ihm den Schlüssel in die Hand. »Aber keine Zicken, klar?«

Bis zum Dresdner Flughafen waren es über die A4 knapp zwölf Kilometer. Sie fuhren gerade am Elbe-Park vorbei, einem großen

Einkaufszentrum kurz vor der Autobahnauffahrt, als Sänger hektisch in seiner Tasche zu wühlen begann und schließlich einen wütenden Fluch ausstieß. »Scheiße, ich hab mein Telefon in der Wohnung liegenlassen.« Er wies auf die Telefonzelle neben McDonalds. »Fahr dort ran, ich muss unbedingt im Schnellenbach anrufen. Wenn Harder dich nicht findet, wird er Ralf wieder einbuchten wollen.«

Michael sah, dass sich neben der Telefonzelle direkt am Straßenrand ein roter Hydrant befand. Er witterte seine Chance. »Muss das wirklich sein?«, wandte er betont unwirsch ein. »Wir haben keine Zeit.«

»Ich sagte, du sollst da ranfahren«, schnauzte Sänger und hielt ihm das Messer an die Seite. »Und dann kommst du schön mit zum Telefon.«

Michael verringerte das Tempo und fuhr scheinbar gehorsam an den Straßenrand. »Bist du wenigstens sicher, dass uns niemand folgt?«, fragte er.

Sänger drehte sich um, und dieser Moment der Unaufmerksamkeit wurde ihm zum Verhängnis. Er achtete nicht darauf, wo genau der Wagen zum Stehen kam. Als er aussteigen wollte, öffnete sich die Tür ganze zwanzig Zentimeter, dann krachte sie dumpf gegen den Hydranten. Ehe Sänger begriff, was los war, hatte Michael den Schlüssel abgezogen, die Fahrertür geöffnet und war aus dem Wagen gesprungen.

»Du Drecksack!«, schrie Sänger und hechtete auf den Fahrersitz.

Michael knallte mit aller Kraft die Tür zu. Die Scheibe schlug hart gegen Sängers Kopf, der wie ein Gummiball zurückprallte. Seine langen schwarzen Haare flogen hin und her.

Michael hetzte zum Parkplatz des McDonalds. Wegen der Nähe der Autobahn war er ein beliebter Treffpunkt für Pendler, Tramper und Fahrgemeinschaften. In der vorderen Ecke sah er eine Gruppe von Jugendlichen mit Motorrädern stehen. Hastig zog er einen Fünfziger aus seiner Geldbörse und schwenkte ihn.

»Jungs, kann mich einer von euch zum Flughafen bringen?«, japste er. »Meine Karre streikt, und ich muss den Flieger nach Mallorca erwischen, sonst kriege ich Ärger mit meiner Alten.« Er zog noch einen Zwanziger hervor. »Den gibt's als Trinkgeld, wenn wir in zehn Minuten da sind.«

»Schaffen wir locker, Mann«, sagte einer der Jugendlichen und klopfte auf seine nagelneue Yamaha. Er war in achteinhalb Minuten am Ziel und kassierte die siebzig Euro.

Am Flughafen ging Michael auf direktem Wege zu dem etwas abseits gelegenen Terminal für Privatflugzeuge. Auf der Rollbahn standen ein halbes Dutzend kleinere Maschinen. Es kostete Michael fünfzehn Minuten, eine Cessna 340A-III für einen Flug nach Zürich zu chartern. Während der Pilot alles vorbereitete, ging Michael in das Hauptgebäude und setzte sich an ein Internet-Terminal. Er verfasste eine kurze E-Mail an die Polizei. Darin teilte er mit, dass sich ein gewisser Ralf Sänger im Hotel Schnellenbach in Dresden-Mitte befand. Anschließend besuchte er die Buchhandlung und kaufte sich einen Reiseführer über Zürich.

Die Cessna 340A-III war ein zweimotoriges Propellerflugzeug mit sechs Plätzen, aber heute war Michael der einzige Passagier. Er setzte sich an eines der kleinen Fenster und ließ sich ein kaltes Bier geben.

75

Fünfundachtzig Minuten später landete der Pilot auf dem Flughafen Zürich. Michael absolvierte die Passkontrolle und fuhr mit einem Taxi zum Park Hyatt in der Beethovenstraße.

Das Hotel verfügte über eine eigene Boutique. Während Michael duschte, wurden ein dunkler Anzug, ein weißes Hemd, Socken und Unterwäsche auf sein Zimmer gebracht. Er schlief eine Stunde. Dann schlüpfte er in seine neuen Kleider und ging zu Fuß zur Bahnhofstraße, wo sich gleich mehrere elegante Bankgebäude befanden. Dutzende von Menschen waren unterwegs, Geschäftsleute, die im Finanzviertel arbeiteten, aber auch etliche Touristen. Michael setzte sich in ein kleines Café, bestellte heiße Schokolade und ein Stück Nusskuchen. Kurz vor fünf begab er sich zu einem alten, imposanten Kuppelbau, den er bisher nur von einem Prospekt kannte.

Die Panama Commercial Bank.

Er erläuterte der Empfangsdame sein Anliegen und wurde von ihr eine Etage höher in das Büro eines Herrn Huggel gebracht.

Herr Huggel war etwa in Michaels Alter, schlank und gepflegt und trug eine Brille mit sehr dicken Gläsern. »Was kann ich für Sie tun?«, fragte er.

»Bei Ihrer Bank wurde vor einiger Zeit ein Konto für mich eingerichtet.« Michael lehnte sich entspannt zurück.

»Auf welchen Namen?«

Michael lächelte. »Es ist ein IBCO-Konto.« Was soviel hieß wie: Mein Name tut nichts zur Sache, lieber Herr Huggel.

»Ich verstehe. Die Nummer bitte!«

»889-87/87-45XF2-3000/ATB.«

Herr Huggel tippte auf seiner Tastatur und blickte dann zu Michael. »Bitte entschuldigen Sie mich einen Augenblick.«

Das war so nicht vorgesehen. Michaels Nerven waren mit einem Mal sehr angespannt. Rief Huggel jetzt etwa die Polizei? Aber das konnte eigentlich nicht sein. Unbehaglich rutschte er auf seinem Stuhl hin und her.

Als Huggel nach etwa drei Minuten wiederkam, bat er Michael, ihm zu folgen. »Vizepräsident Lichtsteiner erwartet Sie in seinem Büro. Bei Konten mit derart beträchtlichen Guthaben wird er persönlich eingeschaltet. Interne Vorschrift unseres Hauses.« Er lächelte beruhigend.

»Das verstehe ich.« Michael erwiderte das Lächeln, obwohl ihm nicht danach zumute war.

Herr Lichtsteiner empfing ihn mit der ihm eigenen Zurückhaltung. Seine Frisur saß ebenso perfekt wie der maßgeschneiderte Anzug. Auf dem breiten Schreibtisch lag nichts außer einem Computerausdruck. Er wartete, bis die Sekretärin Kaffee für ihn und ein

Glas Mineralwasser für Michael serviert hatte. Sorgfältig studierte er den Ausdruck. »Für dieses Konto existiert ein Kennwort.«

»Natürlich.«

»Wie lautet es?«

»Fairmont.«

Lichtsteiner wirkte enttäuscht. Er blickte auf sein Papier und runzelte die Stirn. »Das ist korrekt«, gestand er widerwillig ein. »Wie kann ich Ihnen behilflich sein?«

»Auf welche Summe beläuft sich das aktuelle Guthaben?«

»Etwa 39,2 Millionen Euro.«

»Ich möchte es überweisen.«

»Die gesamte Summe?«

»Abzüglich Ihrer Provision natürlich. Und weiterer dreißigtausend Euro.« Michael blickte ihn unschuldig an. »Die benötige ich in bar.«

»Natürlich«, antwortete Herr Lichtsteiner schmallippig.

Er ahnte, warum der unbekannte Besucher das Konto leerräumen wollte. Ja, er hatte sehr genaue Vorstellungen, was hier gerade vor sich ging. Es war keineswegs so, dass er verlangte, bei hohen Guthaben stets persönlich eingeschaltet zu werden. Nur bei diesem hier. Es hatte ihn brennend interessiert, wer bei der seltsamen Jagd nach dem Millionenvermögen am Ende die Nase vorn haben würde. Dem Computerausdruck in seinen Händen zufolge war das Geld am 23. Mai eingegangen, dem Tag von Andreas Brunners Besuch. Überwiesen von einer Bank auf der Isle of Man. Die Summe stimmte, wenn man die üblichen Bankgebühren abzog, in verblüffender Weise mit jenem Betrag überein, der auf dem Treuhandkonto der Kanzlei gelegen hatte und an jenem Freitag von Andreas Brunner auf den Weg geschickt worden war. Zürich, Belize, Grand Cayman, vielleicht noch ein oder zwei weitere Zwischenstationen, dann die Isle of Man und am Ende wieder Zürich. Alles innerhalb weniger Minuten.

Einfach genial.

Lichtsteiner war von Anfang an davon ausgegangen, dass es sich bei dem Guthaben um die besagten Brunner-Millionen handelte, die nach einer kurzen Reise um die Welt zur Panama Commercial

Bank zurückgekehrt waren. Eine solche Transaktion wäre nicht einmal ungewöhnlich, sondern ziemlich clever. Der Anwalt hatte die Herkunft des Geldes verschleiert, wusste gleichzeitig aber, dass es bei einer soliden, gut geführten und problemlos erreichbaren Bank lag. Lichtsteiner hätte allerdings nicht einmal im Traum in Erwägung gezogen, Herzog über dieses Konto zu informieren. Er war ein hervorragender Kunde, sicher, doch was dieses Konto betraf, ohne jede Legitimation. Eine Bank lebte nun einmal von ihrer Verschwiegenheit. Absolute Korrektheit und Diskretion waren in diesem Geschäft das Wichtigste überhaupt.

Gewissermaßen die Kronjuwelen.

Außerdem gab es ja keine definitive Bestätigung, dass es wirklich jene Millionen waren, die der Kanzlei auf so tragische Weise verloren gegangen waren. Das Geld lag auf einem IBCO-Konto, und es war völlig unvorstellbar, die Summe jemandem auszuhändigen, der die Nummer oder das Kennwort nicht kannte. Dummerweise kannte sein namenloser Besucher beides. Da war nichts zu machen.

»Reden wir über die Überweisung. Wer ist die Empfängerbank?«, fragte Lichtsteiner und nahm einen Stift in die Hand.

»Die Forum Credit Bank in Vaduz." Es war für Michael nicht einfach, einen Lachanfall zu unterdrücken. Er trank schnell einen Schluck Wasser und erstickte das Lachen mit einem diskreten Husten.

»Die Kontonummer?«

»Das Konto soll mit der Überweisung eröffnet werden. Wiederum ein IBCO-Konto. Ebenfalls unter dem Kennwort Fairmont.«

Lichtsteiner verließ den Raum und kehrte dreißig Minuten später mit einigen Unterlagen und dem Bargeld zurück. Michael hatte es jetzt plötzlich sehr eilig. Beim Hinausgehen ließ er das leere Wasserglas unauffällig in seine Manteltasche gleiten. Warum sollte er Fingerabdrücke hinterlassen?

Auf der Bahnhofstraße suchte er die nächstgelegene Telefonzelle. Er wählte die Nummer der Forum Credit Bank in Vaduz, die er von dem Beleg ablas, den Lichtsteiner ihm gegeben hatte. Nachdem er mehrmals weitervermittelt worden war, landete er schließlich bei einer jungen Frau namens Denise, die mit einer angenehmen Stimme nach seinen Wünschen fragte. Er erläuterte ihr, dass er das Kennwort für sein soeben eröffnetes IBCO-Konto ändern wolle. Das sei kein Problem, erwiderte Denise. Natürlich, dies ginge auch telefonisch. Er solle ihr einfach die ersten fünf Ziffern der Kontonummer nennen, außerdem die letzten zwei und das bisherige Kennwort. In den Papieren, die Lichtsteiner ihm gegeben hatte, war auch ein telefonischer Zugangscode vermerkt, den Denise ebenfalls erfragte.

Drei Minuten später war alles erledigt. Befriedigt hängte Michael den Hörer auf. Entspannt spazierte er in sein Hotel zurück. Er fühlte sich wie ein Mann, der frei war und über ein Guthaben von rund neununddreißig Millionen Euro verfügte. In diesem Moment gehörte ihm die ganze Welt.

76

Fünf Tage, nachdem die Suche nach dem Geld endgültig gescheitert war, saß Peter Herzog allein beim Mittagessen in einem vor kurzem eröffneten Sushi-Restaurant in Radebeul, ganz in der Nähe des Karl-May-Museums. Vor ihm stand ein Teller mit Lachs- und Thunfisch-Nigiri.

Michael tauchte wie aus dem Nichts auf und setzte sich an seinen Tisch, mit dem Rücken zur Wand und dem Gesicht zur Tür. »Peter«, sagte er nur.

Herzog schaute überrascht auf. Schon bei ihrer letzten Begegnung war ihm aufgefallen, wie sehr sich sein Schwiegersohn äußerlich verändert hatte, vorteilhaft verändert, wie Herzog stumm eingestand.

»Du hast das Geld.« Es war eine Feststellung, keine Frage.

»Ja.«

»Es gehört dir nicht.«

»Jetzt schon.«

»Du bist Anwalt, Michael. Wie kannst du einen Mandanten unserer Kanzlei verraten?«

Er schüttelte den Kopf. »Ich war Anwalt, Peter. Jetzt bin ich ein Mann auf der Flucht.«

»Die Eintragung in Brunners Kalender stammte von dir. Ein Experte für Handschriften hat es mir bestätigt.«

»Druckbuchstaben und Zahlen nachzuahmen, ist gar nicht so schwer.« Er nahm sich Stäbchen und tunkte ein Lachs-Nigiri in die Sojasauce. Dann schob er es sich in den Mund. »Köstlich«, murmelte er, eher er fortfuhr. »An jenem Abend, als ich bei Julia war und sie mir von dem Geld erzählt hat, bin ich doch in mein Versteck gefahren, um die Tasche zu holen.«

»Ja.«

»Ehe ich in die Wohnung zurückkehrte, habe ich noch einmal den Inhalt von Brunners Tasche überprüft. In dem Kalender stand nichts, wirklich absolut nichts. Aber da war ein Prospekt der Panama Commercial Bank, den ich nie so richtig beachtet hatte. Ich blätterte ihn durch und fand auf der vorletzten Seite die Angaben, nach denen ihr gesucht habt, von Brunner mit Bleistift hineingeschrieben. Das Passwort war allerdings verschlüsselt. Unter der Kontonummer stand nur: PW - Hotel AZ.«

»Und damit konntest du etwas anfangen?«

»Erfreulicherweise ja. Brunner war Anfang Mai eine Woche in Scottsdale, Arizona, zum Golfspielen. Wegen des Hotels hat er mich um Rat gefragt. Er hasste es, Kataloge durchzublättern oder im Internet zu suchen. Ich habe ihm das Fairmont empfohlen. Das Passwort war also kein Problem.«

»Wie schön für dich. Aber du bist nicht mit dieser Bankverbindung zu Julia zurückgegangen.«

»Nein.« Michael kostete von dem eingelegten Ingwer und nahm sich dann ein weiteres Nigiri. »Dabei war ich praktisch schon auf dem Weg. Dann habe ich aber noch einmal kehrtgemacht. Frag mich nicht, wieso, aber irgendeine innere Stimme riet mir, vorsichtig zu sein. Vielleicht hat mein Unterbewusstsein gespürt, dass du ganz in der Nähe warst.«

Herzog verzog den Mund zu einer Grimasse.

»Jedenfalls habe ich den Prospekt genommen und mir die Kontonummer genau eingeprägt. Anschließend habe ich die Broschüre in kleine Schnipsel zerrissen, verbrannt und die Asche die Toilette hinuntergespült. Dann habe ich ein paar Mal auf einem Blatt Papier geübt, ehe ich in Brunners Kalender eine frei erfundene Bankverbindung eingetragen habe.«

»Woher wusstest du, dass es in Vaduz die Forum Credit Bank gibt?«

»Ich habe in dem Kalender einen älteren Eintrag gefunden. Brunner hatte im Februar in dieser Bank zu tun.«

»Und wo war das Geld wirklich?«

Michael lächelte. »Glaub mir, Peter, das willst du nicht wissen.«

Herzog zuckte mit den Schultern und bohrte nicht weiter. Er war ein müder alter Mann, der keine Lust mehr hatte zu kämpfen.

»Roemer ist zurück nach Berlin gefahren«, sagte er. »Nachdem du aus der Wohnung entkommen warst, habe ich ihn gefeuert.«

»Ich weiß. Wo ist Julia? Sie hält sich nicht bei Aline auf. Zu Hause ist sie auch nicht.«

Herzog blickte in Michaels Augen, und er sah, dass ein gewaltiges Feuer in ihnen loderte. Vielleicht hatte seine Tochter ja Recht, vielleicht war es wirklich so wie bei ihm und Maria.

»Sie hat Dresden noch am selben Tag verlassen«, sagte er rau, aber sein blasses Gesicht spiegelte Verzweiflung. »Ich habe herausgefunden, dass sie über London nach Los Angeles geflogen ist. Bei mir hat sie sich seither nicht ein einziges Mal gemeldet. Allerdings schickt sie Aline regelmäßig E-Mails. Die letzte haben wir nach San Diego zurückverfolgen können.«

»Wir? Wer ist wir?«

»Ich habe einen Privatdetektiv engagiert.«

»Pfeif ihn zurück, Peter! Ich werde nach Julia suchen. Ich allein. In den letzten Monaten habe ich gelernt, wie man sich versteckt.

Ich kenne Julia besser als jeder Privatdetektiv. Für ihn ist sie nur eine Zielperson. Für mich ist sie der wichtigste Mensch auf der Welt.«

Er griff nach der Hand seines Schwiegervaters und drückte sie. »Vertrau mir! Wenn sie jemand findet, dann ich.«

ENDE

Vom selben Autor im Prolibris Verlag

Kai Leuner, Schüsse auf die Staatsanwältin
219 Seiten, Paperback, Originalausgabe 2008
ISBN 978-3-935263-59-7 / 12,00 EUR

Die junge Dresdner Staatsanwältin Manja Koeberlin hat Anklage erhoben gegen einen skrupellosen Drahtzieher des organisierten Verbrechens und ist sich ihres Erfolges sicher. Ihr Kronzeuge, einst rechte Hand des »Litauers«, ist bereit, gegen ihn auszusagen. Doch Valkunas schwört ihr im Gerichtssaal unerbittliche Rache. Und nun gerät sie selbst ins Visier eines übermächtigen Feindes, der kaltblütig sein Ziel verfolgt: ihre Vernichtung. Der Debütroman von Kai Leuner, im bürgerlichen Leben Staatsanwalt in Dresden, beginnt als Wirtschaftskrimi, wandelt sich aber schnell zu einem packenden Thriller.

»...geschrieben von einem, der ziemlich genau weiß, wie Verbrechen funktioniert ...« (Dresdner Morgenpost)

Vom selben Autor im Prolibris Verlag

Kai Leuner, Kardinalfehler
226 Seiten, Paperback, Originalausgabe 2009
ISBN 978-3-935263-69-6 / 12,00 EUR

Wenige Stunden nachdem der ehemalige BKA-Beamte Bobby Cramer am Dresdner Flughafen den geheimnisvollen Auftragskiller Ratcher erkannt hat, wird Bobby erschossen und seine Freundin Kristin Eggert als Hauptverdächtige gejagt. Aber die junge Polizistin kennt die Wahrheit – und Ratchers neue Mission. Er hat den Bundeskanzler im Visier, der kurz vor einem wichtigen öffentlichen Auftritt in Dresden steht. Zusammen mit Bobbys Bruder, dem Staatsanwalt Mark Cramer, versucht Kristin, das Attentat zu verhindern. Doch der Killer scheint ihnen stets einen Schritt voraus.

»Eine präzise konstruierte Story, packend, rasant, ja atemberaubend im Stil amerikanischer Thriller erzählt ... Ein großartiger Krimi.«
(Plauener Zeitung)

Rügen Krimi im Prolibris Verlag

Birgit C, Wolgarten, Der Tod der Königskinder
202 Seiten, Paperback, Originalausgabe 2005, 2. Auflage 2009
ISBN 978-935263-32-0 / 11,00 EUR

Katja Sommers zweiter Fall auf Rügen!
Die spätwinterliche Idylle am Schwarzen See trügt. Unter der dicken Eisschicht schwimmen die Leichen von Melanie und Darius. Hauptkommissarin Katja Sommer und ihr smarter Kollege Sven Widahn finden keine heiße Spur. Das Eis ist getaut, die Touristen sind nach Rügen zurückgekehrt, und nur eines ist klar: Die Eltern waren gegen die Beziehung, ihre Aussagen widersprechen sich. Was wollen sie verbergen? Eine mysteriöse Tonkassette bringt die Kripo einen großen Schritt weiter. Der Mörder hatte sich für die Liebenden etwas ganz Besonderes ausgedacht ...

Hiddensee Krimi im Prolibris Verlag

Birgit Lautenbach, Johann Ebend
144 Seiten, Taschenbuch, Originalausgabe 2005, 4. Auflage 2010
ISBN 978-3-935263-29-0 / 8,90 EUR

Hiddensee hält den Atem an. Die kleine Leonie ist verschwunden. Eine Entführung auf der Insel, wo jeder jeden kennt und nichts verborgen bleibt?
Inselpolizisten, Kripo aus Stralsund und eine Polizei-Hundertschaft werden in Bewegung gesetzt. Wie lange kann ein Säugling ohne seine Mutter überleben?
Gespannt und bewegt verfolgt man die dramatische Suche und fiebert mit den Betroffenen. Hier wurden beeindruckend gezeichnete Charaktere geschaffen, die man lange nicht vergisst.

Der Krimi zur TV-Show

Antje Friedrichs, Noch eine Frage bis zum Tod
176 Seiten, Paperback, Originalausgabe 2009
ISBN: 978-3-935263-65-8 / 9,90 EUR

Millionär werden! Kandidat sein in einer Quizsendung und den berühmten Moderator live erleben. Marianne Rump aus Quakenbrück hat es geschafft. Sie wird in die Glamourwelt der Fernsehstudios eingeladen und spielt mit um die Million. Nach und nach begreift sie, dass sie sich auf einen erbarmungslosen Kampf um den »heißen Stuhl« eingelassen hat. Bereits im Warm-Up der Show stellt sie fest, dass manche Kandidaten keine Skrupel kennen. – Ein wahrhaft mörderisches Spiel beginnt.
Der Krimi erlaubt einen Blick hinter die Kulissen einer großen Quizshow, denn die Autorin war selbst Kandidatin der Show »Wer wird Millionär«.

Basel Krimi im Prolibris Verlag

Roger Aeschbacher, Kommt Schnee
236 Seiten, Paperback, Originalausgabe April 2010
ISBN 978-3-935263-71-9 / 12,00 EUR

Amoklauf am Bahnhof Basel SBB.
Mit einem Samuraischwert wird ein Mann getötet. Der Täter verschanzt sich mit einer Geisel, einem jungen Mädchen, im Bahnhofsbistro. Kommissar Baumer ist sofort am Tatort und versucht, die gefährliche Situation zu deeskalieren. Zwar kann der Amoklauf gestoppt werden, aber es gibt einen weiteren Toten.
Baumer glaubt nicht an einen willkürlichen Gewaltausbruch mit zufälligen Opfern. Gegen alle Widerstände macht er sich auf die Suche nach der Wahr heit hinter den Bistromorden. Hilfe bekommt er von Wachtmeister Heinzmann, Gerichtsmediziner Reggazoni und Zeitungsreporter Danner, ein außergewöhnliches Team.

Wien Krimi im Prolibris Verlag

Robert Pucher, Rattenfalle
239 Seiten, Paperback, Originalausgabe November 2007
ISBN 978-3-935263-53-5 / 12,00 EUR (D)

Der Besitzer einer großen Brauerei ist entführt worden. Der Fall wird Kurt Doppler übertragen. Und erneut beweist er, dass man einen völligen Mangel an kriminalistischem Scharfsinn nicht mit einem Übermaß an Grobschlächtigkeit ausgleichen kann. Jeder Verdächtige kommt ihm gerade recht. Und davon gibt es reichlich. Dummerweise gehört auch Daniel Reichenbach dazu, der Bruder seiner Chefin ...
Das Enfant terrible der Wiener Krimiszene, Robert Pucher, hat erneut ein fulminantes Kriminalstück geschrieben. Vor seinem schwarzen Humor können zartbesaitete Leserinnen und Leser nur gewarnt werden.